one day Suddenly

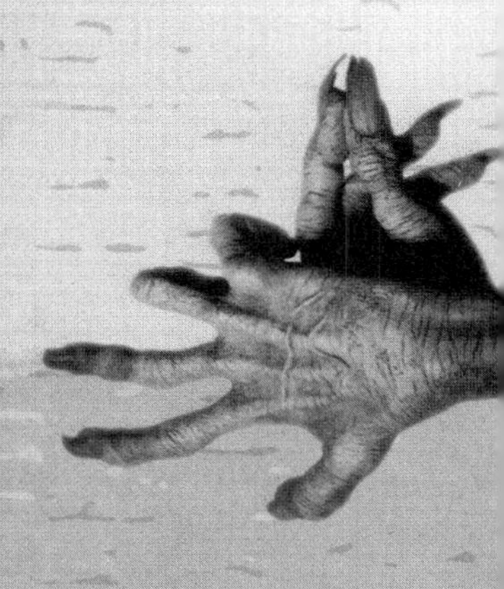

5

광선의 늪

유・일・한・공・포・소・설

청어

유일한 지음

발행처 · 도서출판 청어
발행인 · 이영철
기 획 · 손영국 | 김흥순
영 업 · 이동호
편 집 · 김영신 | 방세화
디자인 · 오주연
인 쇄 · 두리터

등 록 · 1999년 5월 3일(제22-1541호)

1판 1쇄 발행 · 2004년 7월 30일
2판 1쇄 발행 · 2007년 8월 25일

주소 · 서울시 서초구 서초동 1588-1 신성빌딩 A동 412호
대표전화 · 586-0477
팩시밀리 · 586-0478

E-mail · ppi20@hanmail.net

ISBN · 89-89232-64-3 (03810)
89-89232-27-9 (03810) 세트

어느날
갑자기

"내 인생을 바꾼 세 여인
찬경, 주영, 그리고 어머니께 감사드립니다."

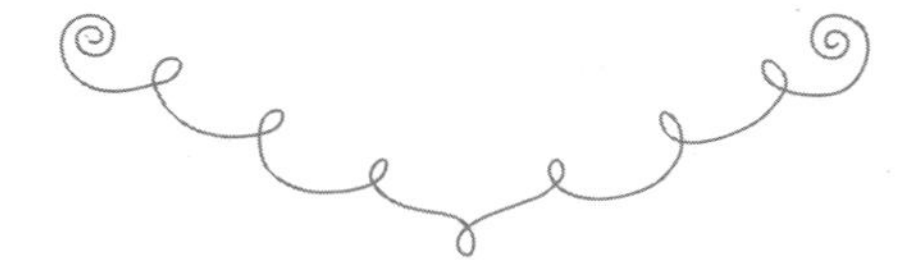

어느날
갑자기

contents

어느날 갑자기

광신의 늪

종교는 인간을 구원하기 위하여 생겨났다.
하지만 아이러니컬하게도 인류 역사를 보면
어느 재난이나 전쟁보다도,
종교에 대한 광신으로 더 많은 사람이 희생되어 왔다.

– 준수와의 대화 중에서

약속 장소인 현대백화점 앞은 저녁 시간이라 퇴근하는 사람, 저녁 장 보는 주부들, 누군가를 기다리는 사람들로 북적거렸다. 그들 하나하나를 살펴보았지만 아직 준수는 나와 있지 않았다.

나는 담배를 물고 앉아 준수를 기다렸다. 거의 육 개월 만의 만남이었다. 요즘은 뭘하고 지내는지 무척 궁금하기도 했다.

준수에게서 얼굴이나 한번 보자는 전화를 받은 것은 일주일 전이었다. 오랜만에 걸려 온 그의 전화는 나에게 많은 생각을 하게 했다. 준수는 내가 2년 전에 필라델피아에서 처음 만난 친구였다. 그 당시 나는 어학연수를 핑계삼아 미국 여기저기를 기웃거리고 다녔었다.

그때 그는 기타리스트를 꿈꾸고 있었는데 영화를 무척 좋아해 만난 지 얼마 되지 않아 금세 의기투합할 수 있었다. 우리는 많은 논쟁을 하면서 많은 시간을 보냈다. 음악과 영화, 그리고 인생에 대해서 서로 토론하면서 매일같이 술을 마시곤 했었다. 하지만 나는 준수와의 그런 많은 추억들 중에서 가장 강렬한 것은 바로 여행이었다. 악몽 같던 여행….

그 생각을 하자 갑자기 몸서리가 처졌다. 여행에 대한 기억을 떨쳐 버리려고 머리를 젓고 있는데, 저만치서 준수가 다가왔다. 나는 자리에서 일어나며 번쩍 손을 들었다.

준수는 육 개월 전에 마지막으로 보았을 때와는 많이 달라져 있었다. 그때의 그는 절망에 휩싸여 거의 인생을 포기한 폐인과도 같았다. 하지만 지금의 준수는 뭔가 활기에 넘쳐 보였다. 눈빛도 처음 만났을 때처럼 정열로 불타오르고 있었다. 하지만 왼손에는 예전과 다름없이 검은 장갑을 끼고 있었다. 장갑 낀 손을 보니 다시 그 생각이 떠올랐다. 준수는 이런 내 마음을 전혀 모르는지 밝은 표정으로 말을 걸었다.

"오랜만이다. 그 동안 뭐했니? 연락 좀 하지…."

나는 애써 그의 왼손을 외면하고 오른손을 힘껏 잡았다.

"그냥 좀 바빴어. 그래 너는 요즘 뭐하고 지내니? 뭐 좋은 일이라도 있니? 얼굴이 좋아 보이는데."

"좋은 일은…. 나 다시 음악 시작했어. 이번에는 컴퓨터 음악이야. 손을 많이 안 써도 되지."

준수는 환하게 웃었다. 준수의 대답은 약간 의외였다. 어쨌든 이제는 손 얘기를 아무렇지 않게 할 정도로 정신적으로 회복되었다고 생각하니 반가웠다. 거기다가 다시 음악까지 시작하다니….

준석과 이야기를 나누다 보니 옛날 기분이 되살아났다. 우리는 이야기를 나누면서 술을 마실 수 있는 장소를 찾아 걸음을 옮겼다.

우리가 들어간 곳은 사람들이 그리 북적거리지 않는 아주 조용한 노바다야끼였다. 우리는 오랜만에 만나는 사람들이 으레 나누는 일상적인 대화를 나누면서 술을 마셨다.

준수는 지난날의 충격에서 회복돼 정상적인 생활로 돌아온 것 같았다. 하긴 벌써 2년 전 일이니까 다시 일어설 때도 되었으리라. 준수는 컴퓨터 음악의 매력에 대해서 한동안 떠벌렸다. 나는 준수의 이야기에 간간이 장단을 맞춰 주었다.

내가 보기에도 준수는 음악 없이는 못 살 것 같았다. 델라웨어 강변에서 기타를 치면서, 케니 로긴스의 'The More We Try'를 부를 때의 모습이 떠올랐다.

그 당시 준수는 정말로 멋있었다. 나는 나중에 준수가 기타를 못 치게 되었을 때 많은 걱정을 했고, 그는 실제로 자살을 기도하기도 했었다.

그래도 참으로 다행이었다. 나는 준수가 이렇게 다시 웃게 될 거라곤 전혀 예상하지 못했었다. 우리는 예전처럼 음악과 영화에 대해 서로 의견을 나누었고 점점 취해 갔다. 술이 좀 들어가자 우리는 서로의 아픈 과거에 대해서도 이야기를 나누었다. 내가 아직도 수민이랑은 연락하고 지내냐고 묻자 준수는 태연히 말했다.

"수민이는 미국에서 잘 지내고 있대. 이번 겨울에는 바빠서 못 나올 것 같다던데. 해야 할 일은 많은데 겨울 방학이 짧아서…."

하지만 준수의 내면에 균열이 생긴 것을 느낄 수 있었다.

"아직도 힘드니?"

"아니! 하지만 그 일 이후로 서로에게 벽이 생긴 것 같아. 하하핫! 세월이 지나면 괜찮아지겠지."

준수는 너털웃음을 터뜨렸지만 아무래도 어색했다.

"참, 너는 이제 은영이 완전히 잊었니?"

내가 수민이 이야기를 꺼낸 것에 대한 복수라도 하듯이 은영이 얘기를 꺼냈다.

"글쎄… 잊을 수 없을 것 같아. 하지만 미국에 있을 때보다는 많이 나아졌어."

나는 애써 미소를 띠면서 잔을 들었다. 그때 등뒤에서 왁자지껄한 소리가 들려왔다. 한 떼의 젊은이들이 우르르 들어와 우리 옆자리에 앉았다. 그들은 큰소리로 떠들었는데, 근처에 있는 교회 또는 성당의 주일학교 교사를 하고 있는 대학생들 같았다.

나나 준수나 꽤 취해 있었지만 정신이 퍼뜩 들었다. 나는 얼른 준수를 살폈다. 준수가 취중에 무슨 일을 저지를지도 모른다는 우려 때문이었다. 아닌 게 아니라 준수는 옆 테이블로 고개를 돌리고 있었다. 그의 눈에서 한순간 살기 같은 것이 번뜩거렸다. 나는 긴장하며 준수의 어깨에 손을 올렸다. 준수가 아무렇지도 않은 듯 나에게 시선을 돌렸다.

"걱정 마. 이제 이 정도는 참을 수 있으니까."

준수는 검은 장갑을 낀 왼손으로 술병을 가볍게 두드리다가 말을 이었다.

"이제 이 손가락들에 대한 미련 다 버렸어. 어차피 끝난 일이잖아."

나는 굳어 가는 준수의 얼굴을 바라보다가 술잔을 단숨에 비웠다. 빈 잔 위로 다시는 떠올리기조차 싫은 지옥 같은 여행이 아른거렸다. 준수의 인생을 파멸로 몰고 갔던 2년 전의 그 여행길이….

그때 여행 계획을 세운 사람은 준수였다. 나는 당시 어학연수 중이었지만 그것은 어디까지나 말뿐이었다. 우린 주말만 되면 사람들을 모아 차를 끌고 여행을 다니곤 했다.

그런데 어느 날이었다. 준수가 인디애나에서 공부하고 있는 여자친구 수민이를 만나러 가는데 같이 가자는 것이었다. 나는 그런 자리에 끼기 싫다고 거절했지만 준수는 물러서지 않았다. 견우와 직녀가 만나는데 까치가 되어 달라는 것이었다. 준수가 나하고 같이 가자고 한 데는 몇 가지 이유가 있었다.

장거리니까 혼자 가면 무료하기도 하겠지만 그보다도 차 때문인 것 같았다.

준수는 국제 면허증이 없어서 운전뿐만 아니라 카 렌트도 할 수 없는 처지였다. 그는 나를 통해서 차도 렌트하고 운전까지도 부탁할 생각이었던 것이다. 한국 같으면 대중 교통을 이용했겠지만 미국이다 보니 그런 발상을 한 것이리라. 사실 미국에서는 렌트카가 대중 교통 수단의 일부로 인식되어 있다. 그만큼 싸고 편리하게 때문이다.

연료비도 우리나라의 반값도 안 되니 장거리를 뛴다 해도 그리 부담이 없다. 실제로 기차나 버스를 이용하는 게 렌트카를 이용하는 것보다 비싼 경우가 비일비재하다. 아주 먼 거리가 아니고, 혼자서 여행하지 않는 이상 렌트카를 쓰는 쪽이 여러모로 유리하다.

망설이는 나에게 준수는 토요일에 렌트해서 뉴욕 브로드웨이로 가자는 것이었다. 저녁 공연보다 싼 마티네(오후) 뮤지컬 한 편 보고 다시 출발하자고 나를 유혹했다.

나는 수민이가 있다는 인디애나가 저 중부에 있는 인디애나주가 아니고, 같은 펜실베니아 주에 있는 작은 도시 인디애나라는 사실에 흔들렸고, 뮤지컬을 보자는 제의에 그만 승낙하고 말았다.

사실 인디애나라고 하면 뉴욕에서 자동차로 열 시간 정도의 거리여서 별로 먼 거리는 아니었다. 준수가 그토록 자랑하는 수민 씨도 직접 볼 수 있는 기회였다.

여행을 가기로 한 토요일이 왔다. 우리는 '만나 렌트카 회사'로 향했다. 예약은 내가 전화로 먼저 해 놓았기 때문에 차를 끌고 출발하면 되었다. 미국이라고 해서 아무나 차를 렌트할 수 있는 것은 아니다. 렌트카 회사는 많지만 규정이 조금씩 달랐다. 특히 '헐츠'나 '어비스' 같은 대형 렌트카 회사는 규칙도 까다롭고 이용료도 비싼 편이다.

주마다 차이는 있지만 플로리다 같은 관광지를 제외하고 동부에 있는 대부분의 주에서는 렌트할 때 나이 제한이 있다. 대체적으로 만 25세를 넘지 않으면 회사의 보증이 없는 한 차를 렌트할 수 없다. 그 밖에도 신용카드가 있어야 하는 데다 비싼 보험료를 내야 한다. 하지만 차를 빌리기만 한다면 지점이 수없이 많아 서비스가 대단히 잘 되어 있다. 차를 돌려줄 때도 상당히 편한 데다 다양한 차종을 선택할 수 있다. 또한 보험료가 비싼 만큼 보상도 완벽한 편이다.

하지만 당시 우리는 만 25살을 넘지 않아서, 다른 작은 회사를 찾아야 했다. 물론 '알라모'나 '엔터프라이즈' 같은 큰 회사는 21세만 넘어도 차를 빌려 주지만, 그 대신에 가산금을 붙였다. 가산금까지 주고서 렌트할 경우에는 비용이 만만치 않다.

그래서 우리는 늘 애용하던 도요다 렌트카 센터에서 렌트하기로 합의했다. 여기서는 21세만 넘으면 아무런 가산금 없이 차를 빌려 준다. 보험금도 싸고 렌트비도 싼 편이다. 차의 종류는 도요다 차로 한정되어 있지만, 사흘에 보험금과 세금 포함해서 8만 원 정도니 우리로서는 그리 불만이 없었다.

물론 보험금이 싼 만큼 사고가 났을 때 이용자가 배상해야 하는 몫도 크지만, 그런 것까지 고려할 만큼 여유가 없었다. 우린 싼 데다 쉽게 렌트가 가능하다는 장점만 보기로 했다.

렌트카 회사는 우리들의 기숙사에서 10블록 정도 떨어져 있었다. 버스를 타고 갈까 하다가 기다리기도 지루해 그냥 걷기로 작정했다. 한참 걷다가 준수가 걸음을 멈추고 이상한 간판을 올려다보았다. 그 간판을 보니 미국식 무속인 집임을 알 수 있었다.

"야, 우리 점 한번 보고 가자!"

준수가 불쑥 제안했다. 나는 점을 본다는 것이 그리 내키지 않았지만, 시간도 남는 데다 미국에서는 점을 어떻게 보나 하는 호기심도 생기고 해서 따라 들어갔다.

"야, 미국 점은 어떻게 볼까? 미아리처럼 솔잎이나, 쌀 같은 걸로 볼까?"

"교회도 다니는 자식이 점은 어지간히 좋아하네."

나는 준수 뒤를 따라 지하로 내려갔다. 손잡이에 손을 대자 문이 스르르 열렸다. 문이 열리면서 딸랑거리는 소리가 났다. 실내는 몹시도 어두웠다. 환기가 잘 안 되는지 쾨쾨한 냄새가 났다. 어둠이 다소 눈에 익자 흐릿한 불빛 아래 앉아 있는 흑인이 보였다. 그는 전혀 점쟁이 같아 보이지 않았다.

"잠깐 앉아서 기다리세요."

그는 무표정한 얼굴로 소파를 가리켰다. 나는 소파에 앉아서 실내를 둘러보았다. 특별한 장식은 없었다. 약간은 어두운 색깔의 벽지가 발라져 있었는데 그 위에 '당신의 운명과 미래를 알 수 있습니다' 라고 씌어진 글귀가 적힌 종이가 붙어 있었다. 어딘지 모르게 음산하다는 느낌이 들었다. 준수는 한국에서 점을 보았던 이야기를 했지만 귀에 잘 들어오지 않았다.

우리가 앉아 있는 왼쪽에서 문이 열리고 백인 여자가 나왔다. 그녀는 우리를 힐끗 보고는 지하실을 나갔다. 흑인 조수가 안으로 들어갔다가 나오더니 우리를 그 방으로 안내했다.

그 방 안은 더 침침했다. 가운데 알록달록한 테이블보를 뒤집어쓴 둥근 테이블이 놓여 있었다. 그 중앙에는 영화에서나 볼 수 있었던 커다란 수정 구슬이 자리하고 있었다.

"어디서 왔지?"

어둠 속에서 불쑥 목소리가 들려 왔다. 잘 알아듣기 힘든 악센트였다. 목소리가 들려온 곳을 보니 이상한 옷을 걸친 흑인 노파가 앉아 있었다. 그녀는 마치 대형 포스터 속의 마귀할멈처럼 미동도 하지 않았다. 빗자루만 쥐어 주면 영락없는 동화 속의 마녀였다.

"한국에서 왔는데요."

준수가 자리에 앉으며 말했다. 그녀는 한국이라는 나라에 대해서 잘 아는 건지 건성으로 그러는 건지 고개를 끄덕거렸다. 그러곤 의미심장한 미소를 지었다.

"그래, 뭘 알고 싶어서 왔나?"

"우리의 미래와 운명을 볼 수 있나요?"

준수가 다시 말했다.

"물론이지. 내 손을 잡게."

노파는 뼈가 드러나 앙상한 손을 테이블 위로 내밀었다. 우린 순간 누가 먼저 할까 눈치를 보았다. 나는 이왕 하는 거라면 내가 먼저 해야겠다고 생각했다.

노파의 손을 잡았다. 그녀의 손은 깜짝 놀랄 정도로 차가웠다. 도저히 살아 있는 사람의 손이라고는 믿기지 않을 정도였다. 그녀는 눈을 감고서 알아들을 수 없는 영어로 뭐라고 중얼중얼 주문을 외웠다. 나는 그녀의 손을 잡은 채 그녀의 의식이 끝나기를 기다렸다.

한참을 중얼거리던 노파는 주문을 멈추고 눈을 떴다. 그러더니 나의 미래와 운명에 대해 말하기 시작했다. 그녀의 발음은 유독 알아듣기 힘들었는데, 그녀는 우리가 이방인이라는 걸 감안해서인지 천천히 부드럽게 말했다.

"당신은 지금 과거의 일로 인해 고통 받고 있군. 하지만 곧 과거의 아픔에서 회복될 거야. 밤이 가고 나면 초원에 찬란한 태양이 떠오르듯이…. 하지만 당신의 고통이 깨끗이 씻어지지는 않아. 현재의 고통을 씻는 데는 좀더 많은 비가 필요해. 모든 것은 세월이 현명하게 해결해 줄 걸세. 고통은 끝이 없어. 생명을 지니고 있는 한… 더 큰 고통이 몰려올 수 있지. 당신은 고통 속에서 온 세상이 빛으로 가득 차 있음을 보게 될 거야. 지금은 온통 불신뿐이지만…."

너무도 애매모호한 말이었다. 무슨 말을 하는 건지 감을 잡을 수가 없었다. 물론 그녀가 한 말에다 의미를 부여하려고 하면 충분히 할 수 있었지만 나는 일부러 그러지 않았다.

"무슨 말씀이죠?"

"자네가 들은 그대로라네."

점쟁이는 다시 무뚝뚝하게 말했다. 나는 대단히 실망했다. 그 정도의 예언이라면 나도 할 수 있을 것 같았다. 준수도 실망한 눈치였다. 준수는 잠시 망설이다가 점쟁이의 손을 잡았다.

방법은 같았다. 그녀는 준수의 손을 꽉 잡더니 예의 주문을 중얼거리는 것이었다. 그런데 조금 달랐다. 나를 할 때와는 달리 시간이 지남에 따라, 그녀의 주문이 점점 빨라지고 커졌다. 이마에서 땀방울이 흘러내렸고 그녀의 몸이 격렬하게 흔들렸다.

준수가 당황하여 나를 보았다. 나 역시 겁이 덜컥 났다. 그것은 앞으로 있을 예언 때문이 아니라 그녀가 어떤 사기를 치기 위해서 사전 공작을 하고 있는 게 아닐까 하는 우려 때문이었다.

우리가 있는 곳은 흑인 거주지역 안이었다. 범죄가 잦은 곳이라 해가 지면 백인이나 유색 인종은 아무도 돌아다니지 않는 곳이었다. 우리는 토요일 낮이고 해서 지나가던 길이었는데, 꼭 뭔 일이 일어날 것만 같은 안 좋은 예감이 들었다.

준수가 손을 빼내려고 하는데 점쟁이가 갑자기 눈을 동그랗게 떴다. 그러곤 숨이 차는지 할딱거렸다. 목울대 밑으로 닭처럼 살이 출렁거렸다. 혹시 강도라도 나타나지 않을까 걱정돼서 나는 방 주변을 두리번거렸다. 이 점쟁이가 누군가와 짜고 우리를 함정에 빠뜨릴 것만 같아 불안하기 짝이 없었다.

점쟁이는 아무 말 없이 수건으로 이마와 목덜미의 땀을 닦았다. 그러고는 테이블 위에 카드를 올려놓았다. 우리는 그냥 일어서려 하다가 꺼내 놓은 카드에 끌려 다시 앉았다.

테이블 위의 카드는 포커를 할 때 쓰는 것이 아니라 서양에서 점을 볼 때 쓰는 카드였다. 점쟁이는 카드를 마구 섞더니 피라미드 모양으로 카드를 테이블 위에 배열해 놓았다.

"아무 거나 한 장 뽑아."

점쟁이가 준수에게 카드를 뽑으라고 권했다. 왜 나한테는 안 하던 짓을 준수에게 하는 걸까, 하고 의아해하고 있는데 준수가 카드 한 장을 뽑아 뒤집었다. 순간 나는 소름이 끼치는 것을 느꼈다. 준수가 뽑을 카드는 영화에서 흔히 볼 수 있는 죽음의 사자가 그려져 있는 카드였다. 해골로 된 유령이 망토를 두르고 긴 낫을 비스듬히 들고 있는….

준수의 얼굴을 보았다. 준수는 떨떠름한 얼굴이었다. 하긴 아무리 장난이라 하더라도 그런 카드를 뽑고 나면 꺼림칙할 것 같았다. 당황한 사람은 우리뿐만이 아니었다. 카드를 뽑으라고 한 점쟁이도 마찬가지였다. 그녀는 몹시 당황해서 카드를 마구 섞었다. 그러곤 두 손으로 카드를 꽉 쥐고는 눈을 감은 채 주문을 외웠다.

이번에는 주문이 그리 길지 않았다. 그녀는 다시 카드를 피라미드형으로 배열해 놓고, 맨 위 꼭지점 부분에다 남은 카드를 올려놓았다. 그러더니 자기가 피라미드의 양 끝에 놓인 카드를 뒤집었다.

공교롭게도 두 장 모두 아까 준수가 뒤집은 카드와 같은 죽음의 사자가 그려져 있는 카드였다. 준수의 표정은 심하게 일그러졌다. 나도 기분이 몹시 상했다. 점쟁이도 당황해서는 손을 마구 떨기 시작했다.

"다시 한 장을 뽑게. 아주 신중하게… 주의해서…"

점쟁이가 떨리는 음성으로 말했다. 준수는 인상을 찌푸렸다. 기분이 몹시 상했는지 아무렇게나 한 장을 뽑았다. 뒤집힌 카드를 보았더니 역시 죽음의 사자가 그려져 있었다. 아무리 미신이나 사기라고 생각해도 기분이 몹시 나빴다. 준수의 얼굴은 돌처럼 굳어져 있었다. 점쟁이는 준수가 고른 카드를 한동안 내려다보더니 한숨을 내쉬었다. 그러곤 체념한 듯이 얘기를 꺼냈다.

"죽음의 사자가 당신을 보고 있어. 죽음의 사자는 당신에게 재앙을 안겨 줄 거야. 사악한 믿음을 경계해야 해. 앞으로 한동안은 아무 곳으로도 떠나지 마. 죽음의 사자는 먼 곳에서 당신이 다가오기를 기다리고 있어. 내 말을 명심하게, 젊은이."

점쟁이의 말은 우리를 난처하게 했다. 지금 막 여행을 떠나려고 하는데 그런 재수 없는 말을 하다니. 내 눈에는 정말로 그녀가 준수에게 저주를 내리는 마녀처럼 보였다. 나는 몹시도 언짢았지만 그녀에게 화를 낼 수 없었다. 그녀의 표정은 너무나 진지했고 조심스러웠다.

"That' s okay…"

준수는 금세 평소의 모습으로 돌아왔다. 오히려 안절부절못하는 쪽은 점쟁이였다. 점쟁이는 조심하라는 얘기를 연발했다. 여행을 결코 떠나지 말라는 말과 함께.

나는 준수와 함께 일어났다. 준수는 방을 나와서 20불을 요금으로 조수에게 건네주었다. 뒤돌아 떠나려는데 희미하게 점쟁이의 음성이 들려 왔다.

"저들에게 신의 가호가 있기를…"

기분 나쁜 예언을 듣고 점쟁이 집을 나온 우리는 렌트카 회사로 향했다. 점쟁이의 얘기가 마음에 계속 걸렸다. 준수는 아무렇지도 않은 척하면서 도리어 나를 위로했다.

"미국에도 점 같은 걸로 사기치는 사람들이 있다니…. 불길하게 말하면 돈 뭉치라도 쥐어 주며 살려 달라고 매달릴 줄 알았나 보지. 사람 사는 데는 다 똑같다니까."

나는 준수의 말에 전적으로 동감했다. 이내 점쟁이에 대한 기억을 떨쳐 버리고 이번 여행에 대한 얘기로 화제를 바꾸었다.

"12시에 출발하면 뉴욕에 도착하면 2시쯤 될 거야. 그럼 맨해튼 타임 스퀘어에서 반값으로 파는 브로드웨이 뮤지컬 낮 공연을 보는 거야. 그러고 나서 5시쯤에 인디애나로 출발하는 거야. 잠은 가다가 모텔에서 자고."

준수가 다시 스케줄을 상기시켰다. 우리는 도요다 렌트카 회사에서 예약한 코로라를 빌렸다. 코로라는 도요다 차로 엘란트라와 동급이다. 우리는 가져온 짐을 뒷좌석에 싣고 그대로 출발했다. 차를 몰고 렌트카 회사를 나서자 준수가 가져 온 가방에서 음악테이프를 꺼냈다. 나도 질세라 차를 한쪽에 세우고 테이프를 꺼냈다. 우리가 준비해 온 테이프를 합하니 족히 70여 개는 되어 보였다. 차에서 다 들을 수 없을 정도로 많은 양이었다.

토요일 오전의 고속도로는 생각보다 막히지 않았다. 필라델피아에서 뉴욕까지는 이미 여러 번 왔다 갔다 했던 길이었기 때문에, 지도 없이도 갈 수 있었다. 하지만 나머지 길은 전적으로 지도에 의존해야만 했다.

나는 항상 낯선 곳을 찾아갈 때는 떠나기 전에 큰 지도를 준비했다. 미국 도로 지도는 크면 클수록 비쌌지만 비싼 만큼 자세했다. 그래서 아무리 낯선 곳이라 해도 둘 이상 차에 타면 지도를 보고 충분히 찾아갈 수 있었다.

뉴욕까지 가는 데는 아무 문제가 없었다. 과속으로 경찰에게 적발되지 않게끔 조심하면 되었다. 뉴욕에 도착할 때까지 우리는 번갈아가며 자기가 좋아하는 음악을 틀었다.

내가 파코 데 루치아의 기타 연주곡을 틀면 준수는 알디 미올라를 틀었고, 동물원의 '말하지 못한 내 사랑' 을 틀면 준수는 김광석의 '사랑했지만' 을 틀고, 내가 모차르트를 틀면 그는 베토벤을, 내가 페트릭 브뤼월의 노래를 틀면 그는 루이스 미구엘의 노래를, 왕걸의 노래를 틀면 왕정문의 노래를, 파바로티를 틀면 까레라스를, 데이빗 란츠를 틀면 조지 윈스턴을, 루이 암스트롱을 틀면 빌리 할리데이를, 카펜터스를 틀면 에어 써플라이를, 프랭크 시나트라를 틀면 헤리 코닉 주니어를, 안전지대를 틀면 샤게 앤 아스카를, 존 윌리암스의 영화 음악을 틀면 빌 콘티의 음악을, 데이빗 센본을 틀면 키스 자렛을, 유재하를 틀면 김현식을…

우리는 지루한 고속도로를 달리면서 계속 이런 식으로 음악을 들었다. 예정한 시간 안에 뉴욕에 도착한 우리는 곧바로 타임스퀘어에 가서 뮤지컬 표를 구했다.

타임스퀘어에서는 당일 팔고 남은 티켓을 반값으로 팔고 있었다. 우리는 운 좋게 알랭 보빌리와 클로드 미셸 숀버그 콤비의 유명한 뮤지컬 〈미스 사이공〉을 볼 수 있었다. 소문대로 무대에 헬기가 나왔고 소문대로 재미있었다. 동양 여자를 무시하는 듯한 내용이 기분을 조금 상하게 했지만 나머지는 그런대로 볼 만했다.

우리는 극장을 나서며 역시 불후의 걸작 〈오페라의 유령〉보다는 약간 처지는 작품이라는 데 동의했다. 차에 오르면서 시계를 보니 4시 반이었다. 우리는 퇴근 시간을 피해 서둘러 맨해튼을 빠져 나왔다.

이때부터는 처음 가는 길이었다. 옆자리의 준수가 지도를 꺼내 타야 할 도로를 살피기 시작했다. 우리는 일단 80번 고속도로를 탔다. 가다가 휴게소에서 햄버거로 저녁을 때우고 나서 다시 출발했다.

여섯 시간 정도 계속해서 80번 도로를 달렸다. 피곤하긴 했지만 준수가 운전을 못하니 계속 핸들을 잡아야만 했다. 우리는 모텔에서 잔다는 계획을 세웠지만 일단 가는 데까지 가보기로 했다.

밤 10시경에 우리는 지방국도로 접어들었다. 220번 도로를 타고 내려가다 보니 작은 마을들이 보였다. 마을마다 교회 십자가가 서 있었다. 나는 무심코 중얼거렸다.

"참 교회 많은 세상이야."

"자식, 교회 많아서 불만이냐."

교회를 열심히 다니는 준수가 나의 말을 걸고넘어졌다. 나는 지루하던 터라 화제를 아예 그쪽으로 돌렸다.

"야, 너 아니? 우리나라가 세계에서 단위 면적 당 교회가 제일 많은 나라 중에 하나라는 걸. 그런데 교회가 그렇게 많을 필요가 있는 거냐?"

"그만큼 우리나라 사람들의 신앙심이 깊다는 얘기가 아니겠냐."

"그만큼 장사가 잘 된다는 뜻도 되지."

나는 별 신경 안 쓰고 말했다. 갑자기 옆자리가 잠잠해져서 보니 준수가 나를 빤히 보고 있었다. 순간, 내가 실수했다는 것을 깨닫고는 재빨리 덧붙였다.

"내 얘기는 그렇게 많은 교회가 정말로 필요하느냐, 하는 거야. 난 솔직히 종교에 대해서 불신을 품고 있어. 물론 종교는 좋은 일도 많이 했겠지만 나쁜 짓도 많이 했어. 너, 인류 역사상 어떠한 재난이나 전쟁보다도 종교의 독선에 의해서 희생된 사람이 더 많다는 것을 아니? 인류를 구원하기 위해 생겨난 종교 때문에 무수한 사람이 죽었다니 아이러니한 일 아니니?"

"종교가 뭘 어쨌는데?"

"역사를 봐봐. 수백 년에 걸친 십자군 원정, 신구교도 간의 종교 전쟁, 현대에 와서는 이스라엘 아랍 전쟁, 이란 이라크 전쟁 등 종교가 원인이 되어 벌어진 전쟁은 끝도 없어. 이러한 전쟁이나 학살은 모두 상대방의 종교를 포용하지 않고 파괴하려는 독선에서 나온 것 아니겠어?"

"종교 전쟁은 근본 원인이 좀더 복잡한 경우가 대부분이야. 종교 전쟁을 놓고 종교가 근본적으로 나쁘다고 할 수는 없어."

"그렇기는 하지. 하지만 십계명에 '살인하지 말라' 라는 계명도 있을 텐데 왜들 이렇게 죽이는지…. 다른 이교도를 죽이는 건 살인이 안 되는 거니? 이교도들도 분명 하나님의 창조물일 텐데 말야."

"이교도들을 처단한 건 과거의 일이야."

"그래, 네 말대로 한날 과거사였다고 치부해 버릴 수도 있어. 인간의 도덕성이 발달함에 따라 종교도 합리적으로 발전했다고 볼 수 있을 테니까. 하지만 뒤집어서 생각해 봐. 십자군 원정이나 마녀 사냥이 자행되는 그때에는 그 당시의 교리가 절대 선이었잖아. 하지만 지금은 그 당시의 교리가 옳다고 인정하는 사람은 없잖아. 그와 마찬가지로 우리가 최고로 믿고 따르는 지금의 교리도 수백 년이 지난 후에는 야만적인 교리였다고 밝혀질지도 모르는 일 아니냐?"

"네 말도 일리는 있어. 처음부터 완벽한 것은 없으니까. 종교의 역사도 자세히 들여다보면 오류를 수정해 가는 과정이었어. 이러한 과정을 거쳐 신의 뜻에 가깝게 접근하는 거지. 너도 알다시피 인간은 허점투성이잖아."

"하지만 모든 오류가 시정되었다고 할 수 있을까? 작년에 있던 휴거 소동 기억나니? 물론 사이비나 이단일수는 있지만, 그것을 믿는 사람들에게는 그것이 최고의 가치였어. 그들 앞에서 '너희는 사이비다' 라고 말한다면, 말한 그 사람은 그 자리에서 맞아죽을걸. 내가 혐오하는 것은 종교 그 자체가 아니라, 그것을 맹목적으로 광신하는 사람들이야. 최소한의 이성도 잃은 채로… 그렇기 때문에 사악한 사이비 종교가 그럴듯한 논리를 들어 번창하는 것 같아.

기독교나 불교, 그리고 이슬람교 같은 숭고하고 거대한 종교들도, 지금은 많이 나아졌다 하더라도 서로를 포용하길 꺼려하는 것 같은데, 정말로 자기의 종교가 유일한 진리라면 다른 종교를 포용하고 설득하는 측면을 중요시돼야 하는 것 아니니? 그런데 뭐만 하면 종교 갈등으로 인한 전쟁이고, 학살이니… 나는 신의 존재를 믿는다. 하지만 인간이 만들어낸 종교의 논리에는 반감을 가지고 있어.

결국 인간사에서 종교는 자기 행위의 정당화 논리로 씌어졌잖아. 종교의 순수한 목적을 망각하고, 인간의 탐욕과 아집에 이용되고, 나아가서는 종교의 진정한 의미보다는 자기가 믿는 것이 옳다는 것에 더 큰 가치를 두어 수많은 죄악을 저지르는… 나는 종교에 대해서는 환상을 가지고 있어. 가장 아름답고 숭고하며, 또 선하고 자기희생적인… 그런데 내가 보기엔 현실 종교는 가장 탐욕스럽고 독선적이게 보여… 절에서 깡패가 동원되질 않나, 목사가 사기를 치질 않나, 옛날에는 교황청에서 면죄부를 팔지 않나….”

“자식, 너무 과격한 거 아냐. 너 그런 말 함부로 했단 큰일난다. 네가 말한 것처럼 종교에 대한 비난은 곧 신에 대한 불경으로 받아들여지니까. 여하튼 얘기 잘 들었다.”

준수는 내 얘기를 끝까지 기분 상하지 않고 잘 들어주었다. 얘기를 마치고 준수가 한참동안 지도를 살펴보다가 다급한 목소리로 우리가 길을 잘못 든 것 같다고 했다.

나는 그제야 사방을 둘러보았다. 지나가는 차들도 없었다. 주위는 온통 숲이었다. 준수의 손에서 지도를 빼앗아 들었다. 계속 직진하면 잃어버렸던 도로와 다시 만날 것 같았다. 준수가 돌아가자고 했지만 온 거리가 만만치 않아서 그냥 앞으로 계속 달렸다. 그것이 나의 결정적인 실수였음을 깨달은 것을 훨씬 후의 일이었다. 그때 차를 돌렸어야 했다.

도로에는 짙은 어둠이 내려앉기 시작했다. 앞쪽에 푯말이 보였다. 가까이 가 보니 이정표가 아니라 ‘사슴주의’ 푯말이었다. 도로로 사슴이 뛰어나오니 조심하라는 푯말이었다.

시계를 보니 밤 12시였다. 어둠이 양편으로 갈라지며 두 갈래 길이 나왔다. 어느 쪽으로 갈까 고민하다 우린 왼쪽 길을 택했다. 그때는 전혀 몰랐지만 우리가 선택한 길은 악몽의 시작이었다.

갈수록 길은 더욱 음침해졌다. 어디선가 물안개가 피어올랐다. 도로 위로 구렁이처럼 물안개가 기어올랐다. 안개 등을 켰지만 앞이 잘 보이지 않았다. 사방을 둘러보아도 우리 차에서 나오는 불빛 외에는 아무런 빛도 보이지 않았다.

차를 세우고 소변을 보면서 나는 장난으로 차의 불빛을 꺼봤다. 세상은 순식간에 시꺼먼 어둠으로 뒤바뀌었다. 뒤에서 불쑥 뭔가 튀어나올 것 같아 황급히 불을 켰다.

우리는 다시 차를 몰고 도로를 달렸다. 어둠 속에서, 숲 안쪽 어딘가에서 누군가 우리를 쳐다보고 있는 것만 같았다.

"분위기 죽이는데…."

준수가 긴장된 음성으로 말하며 테이프를 새로 꽂았다. 마이크 올드필드의 '센티넬'이 흘러나왔다. 공포영화 〈엑소시스트〉 주제 음악답게 음산한 분위기를 자아냈다.

우리는 얼마 안가 숨막히는 어둠이 끝나고 불빛이 보일 거라는 기대를 품고 있었다. 하지만 우리의 기대는 현실로 이루어지지 않았다. 점점 숲은 깊어졌고 길은 끝날 것 같지 않았다.

"일한아, 차를 돌릴까?"

준수도 걱정되는지 끝없는 어둠 속을 들여다보며 말했다.

"글쎄… 돌아가기엔 너무 늦은 것 같아. 두 시간은 넘게 들어온 것 같은데…. 가는 데까지 가 보자. 가다 보면 표지판이라든가 마을이 나오겠지."

나는 힘껏 액셀러레이터를 밟으며 말했다. 미국이 워낙 넓은 나라라는 것은 알지만 설마하니 끝없이 숲길만 나오지는 않겠지, 하는 일종의 오기 같은 것이 솟았다. 하지만 만약 공원이나 산길로 완전히 잘못 든 것이라면 정말 큰일이었다.

준수는 미간을 잔뜩 찌푸리며 지도를 뚫어져라 보고 있었지만 어느 도로인지 찾질 못했다. 아무리 간선도로라고 하지만 지도에 나와 있지 않을 수는 없는 일이었다. 그래서 더욱 기분이 꺼림칙했지만 내친걸음이었다. 시간이 흐를수록 차 안의 분위기는 경직되어 갔다. 열 시간 가량 운전을 해서인지 피로도 슬슬 몰려오기 시작했다.

"정 길이 안 나오면 길가에 차를 대고 자자."

"그러다가 곰이라도 나타나면 어떡하려고?"

준수가 걱정 같지도 않은 걱정을 했다. 정말 곰이라도 나타나면 어쩔 수 없는 일이었지만 구더기 무서워서 장 못 담글 수는 없는 일이었다.

새벽 1시가 넘어서자 피곤이 급속도로 빠르게 몰려 왔다. 머리도 아파오고 몸도 으슬으슬 떨려 왔다. 밤안개는 더욱 짙어져서 이제는 10미터 전방을 보는 것조차도 불가능했다. 이역만리 타국에서 지도에도 없는 길을 달린다는 것은 분명 유쾌한 일은 아니었다. 잠깐 눈이라도 붙인 후에 다시 돌아가든지 앞으로 나가든지 해야겠다고 마음먹고 있는데 준수가 불쑥 소리쳤다.

"야! 저기, 무슨 불이 보이는데!"

나는 깜짝 놀라 준수가 가리킨 쪽을 보았다. 앞쪽에 정말 희미한 불빛이 보였다. 서 있는 자동차 불빛 같았다. 정말로 사막에서 오아시스를 발견한 것처럼 반가웠다. 나는 속도를 내서 달렸다. 길을 물어보기 위해서였다.

불빛이 점점 가까워졌다. 한참 달리다보니 불빛이 허공에 떠 있음을 알 수 있었다. 자세히 보니 자동차 불빛이 아니라 집에서 흘러나오는 현관 불이었다. 속도를 죽여 불빛을 향해 천천히 다가갔다. 주변을 둘러보니 그 집뿐만 아니라 다른 집도 드문드문 보였다. 아주 작은 마을인 모양이었다.

불 켜진 집 앞에 차를 세웠다. 문득, 이상한 기분이 들었다. 아무리 늦은 시간이라지만 불이 모조리 꺼져 있고 단 한 집만 켜 있다니. 마치 유령 마을에 들어온 듯한 기분이었다. 하지만 우리에게 다른 선택은 없었다. 밤안개가 유령처럼 떠도는 대기 속을 헤치고 불 켜진 집을 향해 다가갔다.

초인종을 눌렀다. 여기가 도대체 어디인지, 모텔은 어디쯤에 있는지… 물어보고 싶은 것이 너무도 많았다. 초인종 소리는 고요 속에서 깜짝 놀랄 만큼 크게 울렸다. 너무 소리가 커서 자욱한 안개 속에서 곤히 자던 괴물을 깨우기라도 할 것 같은 착각이 들 정도였다. 작은 마을을 뒤흔든 초인종 소리가 사라지자 다시 고요함이 찾아왔다.

나는 심호흡을 하며 집 안에서 사람이 나오기를 기다렸다. 얼마나 지났을까, 문이 삐거덕하는 소리와 함께 열렸다. 문을 열고 나온 사람은 40세쯤으로 보이는 선량하게 생긴 백인이었다. 우리가 우려했던 것처럼 자고 있지는 않았는지 두 눈이 초롱초롱 빛났다. 게다가 그는 이 한밤중에 어디 갈 곳이 있었는지 말쑥한 외출복을 차려 입고 있었다.

한밤중의 외출복이 영 어색하게 느껴졌지만 우리는 그에게 우리의 난처한 처지를 이야기해주었다. 그는 우리의 이야기를 끝까지 귀찮다거나 당황하는 빛 없이 친절하게 얘기를 들어 주었다. 우리처럼 길을 잃은 사람들을 아주 많이 봐 온 듯한 태도였다. 그는 이 근처에는 호텔이나 모텔이 없으니, 자기 집으로 들어와 묵었다 가라는 것이었다. 준수와 나는 서로를 쳐다보았다. 우린 짧은 순간에 다른 선택의 여지가 없음을 깨닫고 그 사람의 호의를 감사하게 받아들이기로 결정했다.

그 사람은 친절하게 우리를 집 안으로 안내했다. 집은 낡지 않은 깔끔한 집이었다. 그가 안내한 거실엔 아무도 없었지만, 방금 전까지 사람들이 모여 있었는지 의자들이 제멋대로 배치돼 있었다. 또한, 테이블 위에 놓인 재떨이에는 여러 종류의 담배꽁초가 수북이 쌓여 있었다.

나는 낮에 손님을 맞았다가 치우지 않고 그대로 둔 모양이라고 생각했다. 그는 우리를 맞은편 소파에 앉으라고 권했다. 그제야 우리는 제대로 된 인사를 다시 나눴다. 우리가 영어에 익숙하지 못해 더듬거리자 그는 천천히 쉬운 단어를 골라 가면서 말했다.

그는 자신을 데이빗 월링이라고 소개했고, 이 마을 이름은 앤센빌(Ansenvill)이라고 말했다. 그는 우리에게 어디서 왔냐고 물었고 우리가 한국에서 온 학생이라고 하니, 놀란 표정을 지으며 자기는 한국 사람을 처음 봤다며 몹시 반가워했다.

"밤이 깊으니 우리 집에서 묵었다 가세요. 빈 방은 충분하니까."

데이빗은 우리의 목적지를 물은 뒤에 스스럼없이 말했다. 우리는 그의 제의에 진심으로 감사했다.

"오랫동안 먼 길을 달려오느라고 피곤했겠어요. 술 한잔하세요. 여행자에게 있어 술은 노독을 풀어 주는 아주 좋은 친구죠."

그는 자리에서 일어나더니 양주병을 들고 왔다. 몸이 몹시도 지쳐 있던 터라 그리 내키지는 않았지만 성의를 무시할 수 없어 술잔을 받았다. 우리는 데이빗과 술을 마시면서 이런저런 이야기를 나눴다. 데이빗은 이 마을의 목사라고 했다. 나는 선량해 보이는 그의 얼굴을 보며 고개를 끄덕였다.

"저희가 가족들의 잠을 깨운 거나 아닌지 모르겠네요."

준수가 밤늦은 방문에 대해서 사과를 했다.

"아녜요! 우리는 지금껏 이야기를 나누고 있었어요. 모두들 창문을 통해서 당신네들이 현관 앞에 서 있는 것을 보았죠. 내가 문을 열러 가자, 동양인을 한번도 본 적이 없는 우리 식구들은 몹시 부끄러워 하며 각자 방으로 들어갔어요."

"네, 그랬군요."

나는 그의 말에 고개를 주억거리긴 했지만 이상한 생각이 들었다. 여러 인종이 말 그대로 짬뽕이 되어 살고 있는 미국에서 동양인을 한 번도 본 적이 없는 사람이 있다니. 아무리 시골이라지만 그럴 수 있나?

"두 분 다 하나님을 믿죠?"

데이빗이 성직자다운 질문을 해 왔다. 나를 빤히 쳐다보길래 나는 사실대로 말했다.

"죄송합니다만 저는 교회를 다니지 않습니다."

"저는 독실한 크리스천이죠!"

준수가 내 말이 떨어지기가 무섭게 재빨리 말했다. 나는 데이빗의 두 눈을 아무 생각 없이 보고 있었는데 그의 반응이 좀 이상하다고 느껴졌다. 그는 교회를 안 다닌다는 나의 대답에는 별 반응을 보이지 않다가 크리스천이라는 준수의 말을 듣더니 눈을 번뜩였는데, 내가 볼 때 그 눈빛은 결코 호의적인 눈빛이 아니었다. 몇 초 후 흔들리던 그의 눈빛은 다시 평상시로 돌아왔고, 준수를 형제라고 부르며 가볍게 손을 잡았다. 하나님에 대한 이야기가 지루하게 이어질 태세였다.

난 화장실이 어디 있느냐고 데이빗에게 물었다. 그들이 종교 얘기를 하는 동안 꿔다 놓은 보릿자루처럼 앉아 있느니 집 구경이라도 해야겠다는 속셈이었다. 데이빗이 복도 끝에 있다고 알려 주었다. 나는 화장실로 걸어가면서 천천히 집 안을 살펴보았다. 특별한 장식이나 가구도 없이 아주 검소하게 꾸며져 있었다. 거실에는 흔한 텔레비전도 없었으나 집 안은 생각보다 무척 넓었다.

여러 개의 방문을 지나서 복도 끝으로 갔다. 벽에 커다란 그림이 걸려있는 게 보였다. 성경에서 따온 그림 같았다. 조잡하게 그려진 그림이었지만 이상하게 사람의 마음을 끄는 힘이 있었다.

화폭에는 이스라엘의 영웅 다윗이 거인 골리앗을 쓰러뜨린 다음 밟고 있는 장면이 담겨 있었다. 그런데 이상하게도 성경 구절과는 많이 달랐다. 먼저 그림 속 다윗의 손에는 골리앗의 심장인 것처럼 보이는 피 묻은 것을 들고 있었다. 골리앗은 그런 다윗의 발아래 가슴과 머리에 피를 흘린 채 쓰러져 있는 것이었다. 그 뒤로 다윗에게 머리를 조아리고 있는 군중과 병사들의 모습이 보였다. 그림이 섬뜩하게 느껴지는 이유는 그것 외에도 또 있었다. 바로 다윗의 눈빛이었다. 다윗은 성경의 영웅이라고는 믿기지 않을 정도로 사악하고 탐욕스런 눈빛을 뿜어내고 있었다. 거기다가 한술 더 떠서 쓰러져 있는 골리앗은 흑인으로, 다윗은 금발을 휘날리는 백인으로 묘사되어 있었다.

'흑인들이 보면 몹시 언짢아하겠는데….'

피 흘리고 쓰러진 골리앗을 보니 입안이 씁쓰름했다. 돌아서려 했지만 그림 속의 다윗의 눈이 자꾸만 걸렸다. 뱀의 눈을 연상시키는, 마치 살아 있는 듯한 눈빛이었다.

그림을 보고 있는데, 갑자기 전신에 소름이 끼쳤다. 누군가가 나를 주시하고 있는 듯한 기분이 강하게 들었다. 재빨리 고개를 돌려보니, 여러 개의 방문 중에서 하나가 슬그머니 닫히는 소리가 들려 왔다. 나는 호기심 많은 데이빗의 가족이려니 생각하고 화장실로 들어갔다.

용변을 보고 손을 씻으며 얼굴을 들었다. 으레 보여야 할 거울 속 내 모습이 보이지 않았다. 화장실을 둘러보며 거울을 찾았지만 거울은 없었다. 나는 순간적으로 거울에 비치지 않는 드라큘라 백작의 얘기가 생각나 피식 웃었다.

화장실을 나오자 데이빗과 준수의 이야기 소리가 들렸다. 이제는 그만 자자고 해야겠다고 생각하며 거실로 걸음을 옮겼다. 걷다 보니 방문이 비스듬히 열려 있는 것이 보였다. 순간적으로 호기심이 발동한 나는 문틈으로 방 안을 들여다보았다. 방 안에는 희미한 등잔불이 밝혀져 있었다. 방 안에는 아무도 없었다. 돌아서려는데 뭔가 움직였다. 나는 깜짝 놀라 안을 자세히 주시했다. 여러 사람이 있었다. 그들은 모두 검은 옷을 입은 채 테이블에 둘러앉아 있었다.

그들은 하나같이 고개를 숙이고 있었다. 나는 데이빗의 가족들이 예배를 보는 중인가 보다고 생각했다. 하지만 곧 '예배 시간이라고 하기엔 너무 늦은 게 아냐?' 라는 의문이 떠올랐다. 그들은 뭐라고 알아들을 수 없는 목소리로 중얼거리고 있었다. 그 중얼거림과 함께 모두들 어깨를 들썩거리곤 했다. 음성도 음성이었지만 그들의 몸짓이 너무도 기괴하게 보였다. 어디선가 '쉬시식' 하는 소름 끼치는 소리도 들려 왔다.

'도대체 이 사람들이 뭘 하고 있는 거야?'

나는 안을 더 자세히 보려고 얼굴을 바짝 들이댔다. 그때였다. 갑자기 고개를 숙이고 있던 한 사람이 고개를 벌떡 세우더니, 나를 뚫어지게 쳐다보았다. 그 사람은 어른이 아니라 열두세 살쯤 돼 보이는 남자아이였다. 금발이 인상적이었지만 나에게 충격을 준 것은 심장까지 꿰뚫을 듯한 날카로운 눈빛이었다. 도저히 어린아이의 눈이라고는 상상할 수 없는, 차갑고 싸늘한 눈길로 나를 노려보았다. 마치 뱀의 눈과 마주쳐 움직일 수 없게 된 개구리처럼, 나는 순간적으로 몸이 얼어붙는 것을 느꼈다. 이어서 다른 사람들까지 눈치채기 전에 달아나야 한다는 생각이 들었다.

나는 황급히 물러나서 걸음을 옮겼다. 거실에서는 데이빗과 준수가 나를 기다리고 있었다. 나는 훔쳐본 방안 풍경에 대해서는 언급하지 않고, 다윗의 그림이 인상 깊다는 얘기만 했다.

데이빗이 시간도 늦었으니 잠자리에 들자고 했다. 그는 우리를 이층으로 안내했다. 이층에도 긴 복도를 따라 방이 여러 개 있었다. 우리를 맨 끝 방으로 안내했다. 침대 두 개와 화장실이 딸려 있는 깔끔한 방이었다. TV와 전화만 없을 뿐, 웬만한 모텔과 비교해도 손색이 없었다. 우리 같은 여행자가 자주 묵고 갔는지 방안에 먼지도 없었고, 금방 새로 깐 듯한 침대 시트나 베개도 깨끗했다.

데이빗은 아침까지 푹 쉬라며 방을 나섰다. 우리는 데이빗의 호의에 감동해서 다시 한번 감사를 표했다. 그가 나가고 나자 준수가 창 밖을 보면서 말했다.

"야, 여기 좀 봐. 이런 시골에도 도둑이 많나 보지?"

나는 다가가서 창을 살폈다. 창문에는 두꺼운 쇠창살이 쳐있었다. 순간적으로 쇠창살은 밖에서의 침입을 막기 위한 것이 아니라 밖으로의 탈출을 막기 위한 것일 수도 있다는 생각이 들었다.

"만약 불이라도 나면 어떡하려고 이렇게 쇠창살을 처 놨을까?"

내가 중얼거리자 준수가 머리를 쥐어박으며 말했다.

"임마, 재수 없는 소리 그만해. 어, 저것 좀 봐! 불이 켜지고 있어."

재빨리 창 밖을 보았다. 정말로 쥐 죽은 듯이 잠들었던 집집마다 하나둘씩 불이 켜지고 있었다. 참으로 이상한 일이었다. 새벽 2시가 넘은 시간에 일제히 불이 켜지다니…. 문득 불길한 생각이 들었다. 거미줄에 희생물이 걸리자, 자는 척하고 있던 거미가 눈을 뜨고 활동을 개시하는 듯한….

생각을 너무 많이 해서인지 몸도 으슬으슬 떨리고 머리도 아팠다. 준수에게 감기약 같은 것 없냐고 묻자, 준수가 한국에서 비상 상비약으로 가져 왔다며 알약을 내밀었다. 나는 그걸 먹은 뒤 침대로 다가갔다. 침대에 막 누우려는데 바닥에 검붉은 얼룩이 보였다.

"어, 이게 뭐지?"

나는 주저앉아 얼룩을 살폈다. 검붉은 얼룩이 마치 핏자국처럼 보였다.

"야, 누가 포도주 먹다가 흘린 거겠지. 피곤하다, 자자."

준수가 길게 하품을 하며 말했다. 나는 불길한 생각에 휩싸이며 침대에 누웠다. 준수가 불을 껐다. 창문 사이로 마을의 불빛이 새어 들어왔다. 쇠창살이 천장에 괴기하게 비쳤다. 준수가 졸음 섞인 목소리로 중얼거렸다.

"내일은 수민이를 볼 수 있겠지. 못 만난 지 벌써 3개월이 넘었어. 그 동안 잘 지내고 있는지. 헤어질 때 눈물을 흘렸는데… 만나면 잘해줘야 할…."

준수는 금세 코를 골았다. 마치 마취제에 중독된 사람처럼. 준수의 코고는 소리를 들으며 나도 금세 잠에 곯아떨어졌다.

처음엔 꿈이려니 했다. 어디선가 고통스런 비명이 들려 왔다. 귀에 너무도 거슬리는 소리였다. 곧 그쳐주길 간절히 바랐지만 나의 기대와는 정반대로 비명소리는 계속 이어졌다. 잔혹한 고문을 당할 때나 낼 수 있는, 폐부 깊은 곳에서 흘러나오는 쥐어짜는 듯한 신음이었다.

나는 지독한 악몽을 꾸었다고 생각하고 눈을 떴다. 희미한 신음소리가 현실까지 이어지고 있었다. 가끔씩 몸서리가 쳐지는 비명소리도 들려 왔다. 시계를 보았다. 새벽 4시를 조금 넘어서고 있었다. 밖은 아직도 깜깜했다. 나는 일단 어디서 나는 소리인지 알아봐야겠다고 생각했다.

준수를 깨우기 위해 흔들었다. 하지만 준수는 일어날 생각을 하지 않았다. 볼을 때리며 일어나라고 재촉했지만 준수는 마치 시체처럼 미동도 하지 않았다. 준수를 깨우는 걸 포기하고 침대에서 내려섰다. 나 혼자서 소리가 어디에서 나는지 알아보는 수밖에 없었다. 대충 옷을 걸치고 방문을 열었다.

"삐걱-"

문 열리는 소리가 너무도 크게 들려 왔다. 복도는 깜깜하고 고요했다. 아무런 인기척도 느낄 수 없었다. 귀를 기울여보았다. 신음소리는 여전히 어둠 속에서 들려오고 있었다. 아래쪽에서 나는 것 같았다.

조심스레 마루 위로 발을 내딛었다. 마루판이 삐거덕거리는 소리가 가슴을 철렁하게 했다. 복도 구석에서 뭔가가 불쑥 튀어나올 것 같았다. 겁이 났다. 그냥 들어가 잠이나 잘까 하는 생각이 들었다. 하지만 호기심이 날 부추겼다. 방에서 계단까지 십 미터 남짓 되는 거리가 마치 천 리나 되는 것처럼 느껴졌다. 긴장한 때문인지 손에 식은땀이 고였다.

계단에 서서 귀를 기울여 보았다. 소리는 이 집 지하에서 나는 것 같았다. 심호흡을 길게 하고 조심스럽게 계단을 내려갔다. 발을 내딛을 때마다 귀에 거슬리게 삐거덕거리는 소리가 계속 났다. 거실로 내려서자마자 누군가 나를 보고 있다는 생각이 들었다. 나는 복도 쪽으로 고개를 돌렸다.

나는 너무도 놀라서 손끝 하나 까딱할 수 없었다. 진짜로 나를 노려보고 있는 눈을 발견한 것이다. 한참 보고 있자 비로소 그 눈의 정체를 알 수 있었다. 바로 복도 저편에 걸려 있는 그림, 다윗의 눈이었다. 비교적 먼 거리임에도 불구하고 그림에서 형형한 빛이 뿜어져 나옴을 뚜렷이 볼 수 있었다. 눈은 마치 살아 있는 듯이 보였다. 형광 물질 탓이겠지…. 나는 다윗의 눈에서 시선을 떼고 지하실로 통하는 길을 찾아보았다.

일층으로 내려오자 신음소리가 더욱 명확하게 들려 왔다.

귀에다 신경을 모은 채 조심스레 걸음을 옮겼다. 소리를 따라 가다 보면 지하실로 향하는 출구를 찾을 수 있을 것 같았다.

한참 걸음을 옮기다 보니 거실 끝에서 뭔가 시커먼 것이 움직이고 있었다. 언뜻 보기에는 사람 같았다. 물체는 네 발로 이리저리 기어다니고 있었다. 그것은 하나가 아니고 둘이었다. 두 사람이 기어다닌다고 생각하니 등골이 오싹해졌다.

나는 그것들을 꼼짝 않고 쳐다보았다. 그것들도 나를 발견했는지, 나에게 다가왔다. 나는 얼떨결에 뒷걸음질쳤다. 그것들은 점점 가까이 다가왔다. 그것들은 사람이 아니라 개였다. 몸집이 사람 크기 만한 검은 사냥개들이었다. 개들은 날카로운 송곳니를 드러내며 으르렁거렸다. 등줄기에 식은땀이 흘러내렸다. 갑자기 사냥개가 앞을 가로막자 당혹스러웠다. 데이빗은 개에 대해선 언급조차 하지 않았는데 난데없이 개라니….

개들은 일정한 거리를 두고 으르렁거렸다. 개들이 나를 공격할 것 같지 않았다. 용기를 내서 앞으로 한 발 내딛어 보았다. 개들이 갑자기 와락 달려들었다. 나는 기겁을 해서 뒤로 물러섰다. 이빨을 드러낸 채 개들이 다시 으르렁거렸다. 마치 한 발만 더 다가오면 가만두지 않겠다는 듯이.

나는 별 수 없이 뒷걸음질쳤다. 그놈들에게 등을 보이고 싶지는 않았다. 내가 천천히 물러서자 개들은 드러냈던 적의를 거두었다. 마침내 계단 난간을 잡았다. 개들은 나를 노려보면서 제자리에 슬며시 앉았다. 마치 감옥 앞을 지키는 충실한 간수처럼.

나는 다시 이층 방으로 돌아갔다. 잠자리에 누웠지만 잠이 오지 않았다. 아무리 생각해도 이 집의 분위기는 평범한 가정집의 그것이 아니었다. 한참 뒤척이다가 귀를 기울여 보니 어느새 비명소리는 그쳐 있었다.

'아침 일찍 이곳을 떠나야겠어. 예감이 좋지 않아….'

나는 그림 속의 다윗, 늦은 밤의 이상한 예배, 금발의 소년, 비명소리, 검은 개들… 이 집에 들어서면서부터 부딪혔던 수많은 의혹들을 더듬다가 나는 한순간에 잠이 들었다.

눈을 뜨니 눈부신 햇살이 내리쬐고 있었다. 데이빗과 마신 술 때문인지 머리가 지끈거렸다. 더군다나 꿈자리까지 뒤숭숭해서 몸이 영 개운하지 않았다. 준수는 아직도 시체처럼 자고 있었다. 시계를 보니 11시였다. 나는 서둘러서 준수를 깨웠다. 이번에는 몇 번 흔들자 눈을 떴다.

"야, 11시야! 빨리 가자!"

"머리가 너무 아파! 약 탄 술을 마신 것 같아."

준수가 인상을 찌푸리며 마지못해 몸을 일으켰다. 나는 준수에게 지난밤에 있었던 이야기를 들려주었다.

"네가 악몽을 꾼 걸 거야. 몸이 너무 피곤하다 보면 그럴 수 있거든."

준수는 침대에서 내려서며 아무렇지도 않게 말했다. 하긴 내가 생각해도 너무 괴상한 일이어서 준수의 말에 반론을 펼 수 없었다. 하지만 기분은 여전히 꺼림칙했다. 한시라도 빨리 이 집을 나서고 싶었다.

준수를 재촉해서 간단히 씻은 뒤에 짐을 챙겼다. 방을 정리하고 나서 문을 나섰다. 이층에서 내려와 복도 저편을 보니, 어젯밤의 일이 생각났다. 그림 속의 다윗은 여전히 기분 나쁜 눈초리로 나를 노려보고 있었다. 개들의 흔적을 찾아보았지만 개들은 어디에도 없었다.

데이빗은 거실에서 담배를 피우다가 우리를 맞았다.

"잘 잤어요?"

"아, 네…."

"함께 식사나 하죠. 아침이라 하기에는 너무 늦었고 점심이라 하기에는 이르지만…."

"됐습니다. 우린 이만 가보겠습니다."

"가실 때 가시더라고 식사는 하시고 가셔야지요. 이미 다 준비해 놓았답니다."

나는 한시 바삐 이 집과 이 마을에서 벗어나고 싶었지만 데이빗이 끈덕지게 잡아 어쩔 수 없이 식당으로 갔다. 식탁에는 정말로 우리를 위한 아침이 준비되어 있었다. 먹음직스런 토스트, 신선한 우유와 커피, 그리고 스크램블 등이 차려져 있었다.

"어서와요. 시장하시죠?"

데이빗의 부인이 친절하게 우리를 맞았다. 나이는 30대 후반쯤으로 보였다. 눈초리가 매서웠지만 목소리는 상냥하기 그지없었다. 우리는 식사를 하며 데이빗에게 인디애나로 가는 길을 물었다. 그는 식사 후에 밖에 나가서 자세히 가르쳐 주겠노라고 대답했다.

준수는 식사 전에 기도를 했다. 그러자 데이빗이 허둥대며 준수를 따라서 기도를 하기 시작했다.

'목사님도 식사 전에 기도하는 걸 잊어먹을 때가 있나?'

조금 이상한 기분이 들었지만 인간이니 그럴 수 있겠지 하면서 토스트를 먹기 시작했다. 음식은 맛있었다. 우리는 서둘러서 식사를 끝마쳤다.

"자, 나가죠. 내가 길을 가르쳐 줄 테니까."

식사가 끝나고 나자 데이빗이 식탁에서 일어섰다. 우리는 데이빗 부인에게 감사의 인사를 한 뒤에 집을 나섰다. 밝은 대낮에 보는 마을은 그런 대로 정겹게 느껴졌다. 길의 양 편으로 비슷한 모양의 집들이 사십여 채 가량 서 있었다. 데이빗은 앞으로 쭉 달리다가 두 갈래 길에서 좌회전하면 잃어버린 도로를 다시 만날 수 있을 거라고 말했다.

우리는 차 앞에 서서 데이빗에게 다시 한번 고맙다고 인사를 했다. 데이빗은 언제든지 들려달라며 미소를 보였다. 우리는 데이빗과 악수를 하고 차로 다가갔다.

차 모습이 조금 이상하다는 생각이 들어 바퀴를 보았다. 그런데 이게 웬일인가. 자동차의 네 바퀴가 모두 펑크가 나 있었다. 어떻게 이런 일이 벌어졌는지 알 수 없지만 참으로 난감했다.

이런 작은 마을에서 이런 일이 벌어지다니. 누구의 소행인지 알 수도 없는 상황에서 욕만 퍼붓고 있을 수는 없는 노릇이었다. 스페어타이어는 하나밖에 없었다.

"혹시 이 동네에 자동차 수리점이 있습니까?"

데이빗은 고개를 가로저었다. 우리의 처지에 동정의 눈길을 보내면서. 주저앉은 차를 보고 있으니 한숨만 나왔다. 렌터카라서 차를 버리고 갈 수도 없는 노릇이었다.

나는 견인차나 타이어를 보내 달라고 하기 위해서 가장 가까운 마을이 어디냐고 물었다. 데이빗은 자동차 수리점이 있을 정도의 마을 중에 여기서 가장 가까운 마을은 60마일 정도 떨어져 있다고 했다. 하지만 지금은 공사 때문에 시외전화가 불통이라는 것이었다.

엎친 데 덮친 격이었다. 나는 주저앉아서 펑크난 자국을 살폈다. 칼자국이 나 있는 걸로 봐서는 짐승들의 소행은 아니었다. 대상을 알 수 없는 누군가에게 다시 욕설을 퍼붓고 있는데 데이빗이 미안해 하며 아마도 아이들의 소행일 거라고 말했다.

이 난국을 어떻게 대처해 나갈 것인가 고민하고 있는데 데이빗이 새로운 제의를 해 왔다.

"시외전화는 오늘 저녁쯤이면 통화가 가능할 거예요. 그러니 그때 가서 전화를 하는 게 어때요?"

나는 한시라도 빨리 이 기분 나쁜 마을을 벗어나고 싶었지만 데이빗의 제안을 따르지 않을 수 없었다. 그 방법만이 유일한 해결책이기도 했다.

"저희 집에 가서 쉬는 건 어때요?"

"아, 아닙니다. 천천히 마을이나 둘러보죠, 뭐."

"그러세요. 대신 저녁 식사는 우리 집에서 하셔야 해요. 아셨죠?"

"네, 그러죠."

데이빗의 제안을 준수가 받아들였다. 우린 저녁 6시까지 데이빗의 집으로 가겠노라고 약속을 했다. 데이빗은 6시에 보자며 돌아섰다. 나는 멀어져 가는 그의 뒷모습을 보다가 불쑥 질문을 하나 던졌다.

"저, 혹시… 집에서 검은 사냥개를 기르지 않습니까?"

데이빗은 내 질문에 순간적으로 움찔하며 놀랐다. 하지만 그는 이내 태연한 얼굴로 돌아서서 고개를 저었다.

"아뇨. 저희는 개를 기르지 않아요. 그런데 왜 그러시죠?"

"아닙니다. 그냥… 밤에 자는데 개 짖는 소리가 들려와서…."

"이웃집에서 나는 소리였겠죠."

데이빗은 의혹의 눈초리로 나를 보다가 미소를 띠고는 돌아섰다.

"이상해…. 분명 개를 봤는데 기르지 않는다니… 너도 봤어야 하는 건데…."

"깨우지 그랬어."

"뭐? 야, 내가 얼마나 흔들었는데 이제 와서 그런 소리를 하는 거야?"

"그랬어? 이상하네. 난 원래 잠귀가 밝아서 조금만 흔들어도 깨어나는데. 더군다나 난 그리 피곤한 상태도 아니었는데….

정작 피곤해서 곯아떨어져야 할 사람은 너 아니었냐? 장시간 운전을 한데다가 감기 기운이 있다며 감기약까지 먹었잖아?"

"감기약?"

퍼뜩 머리를 스쳐가는 것이 있었다. 감기약이라….

"혹시, 어젯밤에 마신 술에 수면제를 탔던 걸이 아닐까? 그래서 너는 잠에 곯아떨어졌던 거고… 나는 감기약을 먹었기 때문에 수면제가 약효를 발휘하지 못했던 거고…."

"야, 너 영화 찍냐? 데이빗 씨가 우리를 잠재워서 뭘 하겠어?"

"글쎄…."

"쓸데없는 상상하지 말고, 마을이나 돌아보자."

준수가 한심하다는 듯이 나를 돌아보았다. 나 역시 간밤에 꿈을 꾼 건지도 모른다는 생각이 들어 더 이상 그 부분에 대해서 언급하지 않았다.

마을은 정말로 너무나 작았다. 데이빗이 200여 명이 사는 작은 마을이라고 했을 때도 그런가 보다 했는데, 돌아다녀 보니 마을이라고 부르기도 뭐할 정도로 작은 마을임을 알 수 있었다.

도로 양편으로 비슷비슷하게 생긴 이층 가옥이 늘어서 있었다. 베란다에 놓인 흔들의자에 앉아 책을 읽거나 신문을 보는 사람들이 자주 보였다. 그들은 힐끗힐끗 우리를 돌아보았는데 눈빛이 심상치 않게 느껴졌다. 경계심과 경멸, 그런 것들이 뒤섞인 듯한 눈빛이었다.

길거리에서 마주치는 사람들도 표정이 모두 굳어 있었다.

준수 역시 이상한 분위기를 느꼈는지 흥얼거리던 노래를 멈췄다. 아마도 동양인을 난생 처음 봐서 그럴 거라고 위안을 해봤지만 기분은 그리 좋지 않았다.

앤센빌이라는 마을은 돌아다니면 돌아다닐수록 이상한 점이 너무도 많음을 느낄 수 있었다. 상점 같은 것은 아예 하나도 찾아볼 수 없었다. 또한 생계 수단으로 삼을 만한 논밭이나 공장 같은 것도 보이지 않았다. 사방이 숲으로 둘러싸여 있는데, 이 곳에 사는 사람들은 도대체 무얼 해서 먹고사는지 궁금했다.

마을 어귀까지 걸어가면서 우리는 많은 사람들을 만날 수 있었다. 그들은 모두 딴청을 피우고 있었지만 우리를 유심히 지켜보고 있다는 것을 알 수 있었다. 천천히 걸어가다가 갑자기 고개를 돌리면 마을 사람들은 빤히 쳐다보고 있다가 황급히 고개를 떨구곤 했다.

마을을 천천히 돌고 나니 어느새 오후 1시가 넘어 있었다. 아침을 서둘러서 먹은 때문인지 벌써 허기가 졌다. 우리는 식당을 찾아 마을을 돌다가 지나가는 사십대의 남자에게 식당이 어디 있느냐고 물었다. 그는 퉁명스런 목소리로 저쪽 건물로 가보라며 하얀 이층 건물을 가리켰다.

그가 가르쳐 준 건물로 가 보았다. 어디에도 식당이라는 표시가 없었다. 간판도 없었으며 그렇다고 해서 건물 자체가 좀 크다는 것 외에는 특이하게 생긴 것도 아니었다. 어쨌든 우리는 식사를 하기 위하여 집 안으로 들어갔다.

건물 안에는 수십 명이 식사를 하고 있었다. 분명 우리가 들어가기 전에는 웅성거리고 있었는데, 우리가 들어서자마자 그들은 이야기를 갑자기 멈추고 우리를 빤히 쳐다보았다. 마치 기분 나쁜 침입자를 보듯이 강한 적대감을 감추려 하지 않은 채….

우리가 빈자리를 찾아 움직이자 그들은 묵묵히 우리의 동작을 좇았다. 아무래도 분위기 심상치 않았다. 준수가 나가자고 신호를 보냈다. 나는 준수와 함께 천천히 밖으로 나갔다. 그들은 우리가 완전히 나갈 때까지 아무도 움직이지 않았다.

"촌놈들… 아무리 동양인을 처음 본다지만 그렇게 기분 나쁜 눈길로 쳐다보다니…. 재수 없는 마을이야!"

준수가 침을 뱉으며 말했다. 우리는 기분전환을 위해 차로 돌아갔다. 차에서 기타를 꺼내 마을 어귀 잔디밭에 앉아 노래를 불렀다. 이십여 미터쯤 떨어진 벤치에서 마을 사람들 서넛이 앉아서 이야기를 나누고 있었다. 나는 그들이 우리를 감시하고 있는 듯한 느낌을 저버릴 수 없었다.

"아무리 생각해도 이상한 마을이야. 데이빗이 분명 자기가 목사라고 했잖아. 그런데 오늘이 일요일인데도 예배 같은 걸 보는 것 같지 않아. 마을을 돌아다녀 봤지만 교회 같은 건물도 보이지 않고…."

"내가 생각해도 좀 수상해. 아까 식당에서 보니까 전부 백인들만 있더라고. 물론 그거야 시골 마을이다 보니 그럴 수도 있다는 생각이 들긴 하지만…. 문제는 왜 아이들이 하나도 보이지 않느냐는 거야. 그렇다고 노인들만 있는 것도 아닌데 말야."

준수의 이야기를 들으니 어젯밤에 보았던 금발의 여자아이가 떠올랐다.

"수민이 많이 기다리고 있을 텐데…. 그나저나 빨리 전화가 돼야 할 텐데…."

"자식, 온통 머릿속엔 수민이 생각밖에 없구나. 수민이가 그렇게 좋냐?"

"수민인 자아가 무척 강한 애야. 거기에 내가 끌린 건지도 모르지. 그 애는 내 음악을 이해해 주는 몇 안 되는 사람 중의 한 명이야. 게다가 그 애는 내 꿈이 이루어질 거라고 믿고 있어. 그래서 난 그 애 앞에서 기타를 연주할 때, 가장 큰 행복을 느끼지."

준수는 기타를 끌어안고 있다가 래드 제플린의 'Stairway To Heaven' 을 부르기 시작했다. 나는 잔디밭에 팔베개를 하고 누워 감미로운 연주와 노래를 들었다.

천국으로 가는 계단이라… 결국 죽음으로 가는 길이라는 얘기가 아닌가. 죽음으로 가는 길이 이토록 감미로울 수도 있구나. 나는 준수의 노래와 연주를 듣고 있으니 졸음이 몰려 왔다. 어젯밤에 제대로 잠을 못 자고 설친 때문인지 눈꺼풀이 점점 무겁게 내려앉았다.

이제 그만 일어나라는 준수의 목소리에 눈을 뜨니 숲 속에 다시 어둠이 깔리기 시작하고 있었다. 시계를 보니 벌써 오후

5시가 넘었다. 세 시간 넘게 잔 모양이었다.

준수는 이제 그만 데이빗의 집에 가서 전화나 해 보자는 것이었다. 나는 잔디밭에서 몸을 일으켰다. 벤치를 보니 내가 잠들기 전에 보았던 사람들이 그대로 앉아서 이쪽을 보고 있었다.

'참 별난 사람들이군.'

나는 내색하지 않고 천천히 데이빗의 집으로 갔다. 데이빗은 집 밖에 나와서 우리를 기다리고 있었다. 밝은 표정으로 곧 통화가 될 것 같으니, 집에 들어가 저녁이나 같이 하자고 잡아끌었다. 점심도 걸러 배가 고프던 차라 우리들은 못 이기는 척하고 집 안으로 들어갔다. 데이빗은 점심때 식당에서 있었던 작은 소동에 대해 마을 사람들을 대신해 사과했다. 동양인을 처음 봐서 그랬다는 것이었다.

식탁에는 만찬이 준비되어 있었다. 아침에 본 데이빗 부인이 식탁에 앉아 있다가 자기 아들이라며 간밤에 보았던 금발의 소년을 소개시켜 주었다.

"우리는 이 아이를 그냥 다윗이라는 애칭으로 부르죠."

아이는 표정 없이 우리를 주시했다. 마치 해부하기 전의 개구리를 노려보듯이…. 유쾌하지 않은 소년이었다. 소년이 앉은 자리는 식탁의 제일 상석이었다. 소년은 부모들 위에서 군림하고 있는 듯한 인상을 주었다.

데이빗이 식사에 앞서 어제 마시던 술을 가져와 한잔씩 하라고 권했다. 나는 운전을 핑계로 사양했지만 입술만 대라고 바람에 마지못해 잔을 잡았다. 건배하면서 나는 마시는 시늉만 했다. 준수는 따라주는 대로 다 받아 마셨지만, 나는 술에 뭔가 탔을 지도 모른다는 의심이 들어 하나도 마시지 않았다.

데이빗 부인이 수프를 내 왔다. 나는 배가 고팠던 차라 수프를 남김없이 다 먹었다. 수저를 내려놓으려는데 준수가 갑자기 옆으로 힘없이 쓰러졌다. 나는 당황해서 준수를 부축했다. 쓰러진 준수를 일으켜 세우려다가 다른 사람들의 반응이 냉담함을 깨달았다. 그들은 팔짱을 끼고서 나의 움직임을 주시하고 있었다. 기분 나쁜 미소를 입가에 흘리면서….

순간적으로 술에 뭔가 탔구나 하는 생각이 들었다. 술을 한 모금을 마시지 않았으니 천만다행이었다. 나를 의자를 박차고 벌떡 일어났다.

"도대체 이게 무슨 짓들 입니…"

데이빗 씨를 향해서 따지려드는 순간, 갑자기 어지럼증이 일었다. 주방이 빙글빙글 돌았다. 빈 수프 그릇이 눈에 들어왔다. 수프 안에도 뭔가 탄 모양이었다.

다리에 힘이 빠져나갔다. 나는 더 이상 버티지 못하고 무너져 내렸다. 바닥에 쓰러져 있으면서도 정신을 차리려고 안간힘을 썼지만 역부족이었다. 의식을 잃기 전에 내가 마지막으로 본 것은 우르르 몰려온 사람들과 싸늘한 눈빛으로 우리를 내려다보고 있는 다윗의 눈빛이었다.

소년은 마치 그림 속의 사악한 다윗처럼 냉소 어린 표정으로 나를 내려다보았다. 나의 의식 속으로 이내 어둠이 밀려들었다.

눈을 떴다. 전신이 욱신거렸다. 사방이 어두컴컴했다. 문득, 꿈을 꾸고 있는지도 모른다는 생각이 들었다. 머리가 지끈거려 세차게 흔들었다. 점차 저녁 식사와 함께 다윗의 기분 나쁜 시선이 떠올랐다.

밖에서 웅성거리는 소리가 간간이 들려 왔다. 사방을 둘러보았다. 정확한 용도는 모르겠지만 무슨 창고 같았다. 나는 우선 준수부터 찾아보았다. 구석진 곳에 시커먼 물체가 있어 자세히 보니 준수였다. 준수는 몸을 벽에 기댄 채로 앉아 있었다. 머리가 무겁게 떨궈져 있는 걸로 봐서 아직까지 의식을 잃고 있는 모양이었다.

"준수야!"

목소리를 낮춰 불러 보았지만 준수는 미동도 하지 않았다. 나는 일어나서 준수에게 다가갔다. 무심코 발을 옮기는 순간, 뭔가가 다리를 확 잡아당겼다. 앞으로 넘어지려는 몸의 중심을 가까스로 잡았다.

정신이 확 들었다. 발 아래를 내려다보니 쇠사슬이 발목에 채워져 있었다. 로마 시대에 죄수들의 발목에 채우던 쇠사슬과 흡사했다. 팔로 힘을 줘 보았지만 꿈쩍도 하지 않았다.

주저앉아서 사방을 살펴보았다. 위쪽에 창문이 있었다. 창문을 통해서 웅성거리는 소리가 들려 왔다. 출입구를 찾아보았다. 철문은 계단 위쪽에 놓여 있었다. 머릿속이 혼란스러웠다. 나는 차분히 생각을 정리해 보았다. 앤센빌에 들어와서 생긴 일들을….

아무리 생각해 봐도 자동차 타이어를 아이들이 장난삼아 펑크낸 것 같지는 않았다. 모든 것이 계획적이었다는 의혹을 지워버릴 수 없었다. 모든 계획은 데이빗이 꾸몄으리라. 그는 왜 우리에게 약을 먹인 것일까? 왜 우리를 잡아놓은 것일까? 돈이 목적이었다면 우릴 좀 더 손쉽게 해치울 수도 있었으리라. 그렇다면 그는 다른 목적으로 우릴 잡아 놓았다는 이야긴데… 도대체 그 목적이 무엇일까?

데이빗이 우리에게 약을 먹이고 가두어 둔 이상 순순히 풀어 주지는 않을 거라는 생각이 들었다. 그렇다면 이대로 앉아 있다가 당하고 있을 수는 없었다. 일단 여기를 빠져나가는 것이 최선이리라.

나는 다시 한번 쇠사슬을 살펴보았다. 발목을 결박하고 있는 쇠사슬은 3미터 가량 되었다. 쇠사슬은 벽에 부착되어 있었다. 혹시나 해서 힘껏 잡아당겨 보았지만 꼼짝도 하지 않았다.

창문으로 사람들의 목소리가 들려 왔다. 웅성거리는 소리는 이내 광기 어린 환호성으로 변했다. 잡음과 함께 섞인 마이크 소리가 들려 왔으나 무슨 뜻인지 알 수 없었다. 무슨 집회나 의식이 있는 모양이었다. 환호성은 파도처럼 낮아졌다가 다시 높게 솟구쳤다. 마음은 점점 다급해졌다. 준수를 깨우기 위해서 다시금 불러 보았지만 아무 반응이 없었다. 주변에 흩어져 있는 쇳조각이나 작은 콘크리트 조각으로 던져 보았지만 소용이 없었다. 나보다 많은 양의 약을 먹었기 때문인 것 같았다.

나는 준수를 깨우는 걸 미뤄두고 다시 앉아서 쇠사슬을 살펴보았다. 내 오른 발목을 채우고 있는 것은 마치 커다란 개의 목에 채우는 쇠고리와 흡사해 보였다. 두 손으로 힘껏 벌려 보았지만 조금도 변화가 없었다.

'뭔가 방법이 있을 거야. 그래, 침착하게 잘 생각해 봐. 겁먹지 말고….'

나는 손바닥을 비비며 지금까지 봐 왔던 수많은 영화를 더듬어 보았다. 영화 속의 주인공들이 이런 상황에서 어떻게 탈출했는지를….

쇠고리를 내려보다가 무심코 손바닥으로 훑어보았다. 뭔가 이음새 같은 부분이 느껴졌다. 자세히 살펴보니 나사못이 박혀 있었다. 천천히 나사못 주변을 살펴보았다. 나사못만 풀면 자물쇠 부분이 떨어져 나갈지도 모른다는 생각이 들었다. 사람을 묶기 위해 만든 고리가 아니라, 개를 묶어 두기 위해서 만들었다면 충분히 그럴 수도 있었다.

나는 나사못을 빼기 위해 손톱으로 쥐고 돌려보았다. 하지만 손톱만 부서질 뿐 나사못은 조금도 움직이지 않았다.

'도구… 도구가 있어야 해!'

사방을 둘러보았지만 드라이버나 칼날 같은 것은 눈에 띄지 않았다. 쇠톱 부러진 거라도 있으면 어떻게 해 볼 텐데 그런 것마저 보이지 않았다.

갑자기 밖에서 들리던 웅성거림이 일시에 뚝 멈췄다. 돌연한 고요가 나를 더욱 초조하게 했다. 일시적인 고요가 끝나면 엄청난 일이 벌어질 것만 같았다. 나는 다시 한번 주변을 둘러보다가 내 몸에 부착되어 있는 쇠붙이가 없을까 살펴보았다. 혁대 버클이 보였다. 서둘러 혁대를 풀었다. 버클로 나사못을 돌려 보았다. 나사못의 홈과 버클의 두께가 일치하지 않아 여러 번 헛손질을 해야 했다.

'제발, 제발 좀 돼라!'

나는 있는 힘껏 버클로 나사못을 누르며 천천히 돌렸다. 조금씩조금씩 돌아가는 기미가 보였다. 서서히 나사못이 돌아가기 시작했다. 이마에 땀방울이 맺혔다. 나사는 점점 헐거워져 가다가 급기야는 손으로 돌릴 수 있는 정도까지 되었다.

'됐다!'

나사못은 빼자 '쨍그렁!' 하는 소리와 함께 발목을 감싸고 있던 쇠사슬이 떨어져 나갔다. 가슴속이 환희로 차올랐다. 나는 뻐근한 발목을 한 차례 문지른 뒤 자리에서 일어났다. 서둘러서 기절해 있는 준수에게 다가갔다.

준수를 흔들어 깨우기 위해서 손을 가져갔다가 나는 소스라치게 놀랐다. 준수가 피를 흘리며 죽어있었다. 뛰는 심장을 진정시키기 위해 심호흡을 한 뒤에 다시 한번 살펴보았다.

사내는 준수가 아닌 것 같았다. 옷차림도 달랐고 몸집도 달랐다. 목덜미의 색깔로 보니 흑인 같았다. 그는 완전히 죽어있었다. 그의 앞가슴은 온통 피로 범벅이 되어 있었다. 나는 그의 얼굴을 보기 위해 턱을 치켜세웠다가 놀라 엉덩방아를

찢었다. 그의 얼굴은 형체를 알아볼 수 없을 정도로 만신창이가 되어 있었으며 한쪽 눈알은 빠져 있었다. 나머지 한쪽 눈을 커다랗게 뜬 채로 나를 쳐다보았다.

그의 얼굴에서 시선을 떼고 밑을 내려다보다가 나는 새로운 사실을 깨닫고 전신을 떨어야 했다. 피범벅이 되어 있는 사내의 가슴에는 놀랍게도 커다란 구멍이 나 있었다. 누군가 심장을 파내기 위해서 오른쪽 가슴을 예리한 흉기로 들어낸 모양이었다. 너덜거리는 살점을 보고 있다보니 토악질이 나왔다. 나는 토악질을 하면서 준수를 떠올렸다.

준수를 어디로 끌고 간 걸까? 이들은 분명 평범한 마을 사람들은 아니야. 이토록 잔혹한 살인을 할 정도라면 사악한 집단인 것만은 확실해. 일단 이곳을 빠져나가자! 울렁거리는 뱃속을 어루만지며 창가 쪽으로 갔다. 한쪽에 부서진 의자와 빈 박스가 보였다. 정신없이 의자와 박스를 창문 밑으로 날랐다. 수북이 쌓아놓은 뒤에 조심스레 밟고 올라갔다. 밑에 있는 것들이 일시에 무너져 내렸다. 나는 가까스로 창틀을 잡고 매달렸다.

턱걸이하듯이 몸을 끌어올려 밖을 보았다. 바로 눈앞은 화단이었다. 저 멀리서 여러 개의 횃불이 일렁거리고 있었다. 무슨 제단 같은 것도 보였다. 마을 사람들은 모두 그곳에 모여 있었다. 한참을 내다보고 있으니 갑자기 뒷덜미가 서늘해져 왔다. 시체가 벌떡 일어나 내 뒷덜미를 잡아챌 것만 같은 느낌이 들었다. 나는 창고 바닥으로 뛰어내려 사방을 살폈다.

내가 우려했던 그런 일들은 다행히도 벌어지지 않았다. 시체를 외면하고 싶었지만 시선은 자꾸만 시체 쪽으로 갔다. 시체가 불시에 벌떡 일어나 나를 덮칠 것만 같아 불안했다.

창문을 통해 나가려면 유리와 창틀을 부술 도구가 필요했다. 잡동사니를 쌓아둔 곳을 뒤져보았다. 야구방망이 하나가 보였다. 두 손에 쥐니 전신에 힘이 솟았다. 마치 천군만마를 얻은 기분이었다.

다시 잡동사니들을 창틀 아래 차근차근 쌓았다. 그 위에 올라서서 야구방망이로 유리창을 깼다. 창틀에 달라붙은 유리조각까지 떼어냈지만 몸이 빠져나가기에는 무리인 것 같았다.

창틀을 야구방망이로 쳐서 넓혀야 할 것 같았다. 나는 다시 내려와서 헝겊조각을 야구방망이에 감았다. 소리가 나지 않게 하기 위해서였다. 그러곤 다시 위로 올라가 야구방망이를 힘껏 휘둘러 창틀을 넓혔다. 시체가 자꾸만 걸렸다. 시체가 벌떡 일어날 것만 같은 불길한 생각이 머릿속을 떠나지 않았다.

창틀이 일그러지며 몸이 빠져나갈 정도의 공간이 생겼다. 창 밖을 주의 깊게 살펴보았으나, 화단 주변에는 아무도 없는 것 같았다. 모두 집회 장소에 모여 있는 듯싶었다.

갑자기 집회장에서 음산한 음악이 흘러나왔다. 사람들이 음악에 맞춰 노래인지 주문인지 분간할 없는 소리로 웅얼거리기 시작했다. 소름끼치는 음악과 합창이었다. 마치 악마의 제단에 희생물을 바치기 전에 부르는 악마 예찬가 같았다.

나는 야구방망이를 먼저 밖으로 던져 놓고, 창틀에 매달렸다. 그러곤 있는 힘을 다해 창틀로 올라갔다. 흩어진 유리 파편이 손바닥과 가슴을 찔렀다. 가슴을 가까스로 창틀 밖으로 빼낸 순간, 갑자기 누군가 내 발목을 잡아당겼다. 나는 필사적으로 몸을 뒤틀어 뿌리치고서 창문을 빠져 나왔다. 야구방망이를 들고서 창고 안을 들여다보았다. 시체가 따라온다면 머리통이라도 한 대 갈길 생각이었는데 창고 안은 잠잠했다.

불쑥 손이라도 튀어 나와 내 목을 잡아챌 것 같았지만 기분뿐이었다. 나의 일시적인 착각인 듯했다. 시체는 처음 보았을 때와 같은 자세로 구석에 기대고 있었다.

안도의 한숨을 내쉬며 집회장을 돌아보았다. 창고에서 일단 벗어는 났지만 이제부터 뭘 해야 할지 난감했다. 준수는 어디에 있는지조차도 모르는데 차는 펑크가 나 있으니…. 일단은 한시라도 빨리 이 마을을 빠져나가 외부에 도움을 청하는 게 최선일 것 같았다.

주위를 살피며 살금살금 자리를 옮겼다. 조금 걷다 보니 내가 갇혀 있던 곳은 데이빗의 집 지하였음을 알 수 있었다. 사람들은 모두 집회에 참가했는지 인기척을 느낄 수 없었다. 문득, 내가 간밤에 들었던 비명소리 주인공이 바로 시체가 된 흑인이었다는 생각이 들었다. 나는 간밤의 그 끔찍한 비명소리를 떠올리며 몸서리를 쳤다.

도대체 이 마을은 어떤 마을이길래 사람을 감금하고 난도질하는지….

데이빗의 집을 빠져나가니 공터에 세워져 있는 펑크난 코로라가 보였다. 그 주변으로 마을 사람들의 차들이 십여 대 가량 서 있었다. 조심스럽게 다가가서 안을 살펴보았지만 키가 꽂혀 있는 자동차는 없었다. 영화에서라면 쉽게 문을 따고 시동을 걸었겠지만 그런 기술이 없는 나로서는 속수무책이었다. 차로 이 마을을 빠져나갈 수 없다면 도보뿐이 없었다. 하지만 데이빗의 말로는 가장 가까운 마을이 60마일 밖이라고 했다. 60마일이라면 하루 종일 걸어도 못 미치는 거리였다.

차 한 대 다니지 않는 도로를 돌아보며 잠시 망설였다. 혼자서 이 마을을 빠져나간다면 빠져나갈 수도 있겠지만 준수 때문에 선뜻 실행에 옮길 수 없었다. 준수를 버리고 간다면 평생 마음의 짐을 안고 살아가야만 하리라.

나는 달아나고 싶은 생존 본능과 준수를 구해야 한다는 이성 사이에서 망설이다가 야구방망이를 힘껏 쥐고 집회장으로 접근했다. 죄의식 속에서 평생을 허덕이느니 친구하고 같이 죽는 게 차라리 마음 편할 것 같았다.

하늘에는 초승달이 떠 있었다. 벽에 바짝 붙어서 집회장으로 다가갔다. 기이한 합창소리가 점점 크게 들려 왔다. 횃불과 함께 사람들의 그림자가 출렁거렸다.

마을 사람들은 모두 한 손에 횃불을 들고서 노래를 부르고 있었다. 그들은 연단을 향해 서 있었는데 연단 위에는 나무로 만든 커다란 십자가가 두 개 서 있었다.

천천히, 그리고 조심스럽게 집회 장소로 다가갔다. 모두들 연단 쪽을 향해 서 있었기 때문에 나의 접근을 알아차리지 못하고 있었다. 나는 집회장과 가까운 집 안으로 들어갔다. 집은 비어 있었다. 조심스럽게 테라스로 올라가 집회장을 살펴보았다.

사람들이 얼추 이백여 명가량 되어 보였다. 연단에 십자가가 세워져 있는 걸로 봐서는 무슨 종교 의식 같았다. 하지만 집회장 분위기나 광기 어린 사람들의 음성으로 봐서는 사이비 종교 같았다.

갑자기 기괴한 노래가 일제히 멈추고, 환호성이 들려 왔다. 연단 위에 사람들이 올라오고 있었다. 하얀 가운을 두른 데이빗이 제일 먼저 올라왔고, 그 뒤를 다윗이라는 꼬마가 마치 교주라도 된 듯 거만한 걸음걸이로 올라왔다. 얼마간의 사이를 두고 네 사람이 강제로 피투성이가 된 흑인을 끌고 왔다. 흑인의 얼굴을 보자 아까 창고에서 본 시체가 떠올라 몸서리가 쳐졌다. 혹시나 하고 있는데, 그 뒤로 준수가 꽁꽁 묶여 사람들의 손에 끌려서 연단 위로 올라오는 것이었다. 준수의 얼굴은 공포로 일그러져 있었다.

호흡이 가빠왔다. 이 미친놈들이 흑인과 준수를 제물로 삼아 무슨 의식을 거행하려는 모양이었다. 연단에 서 있는 십자가 두 개가 예사롭게 보이지 않았다.

데이빗이 손을 들었다. 그러자 마을 사람들이 일제히 조용해졌다. 데이빗은 빠른 어조와 강한 액센트로 연설을 하기 시작했다. 무슨 이야기인지 듣고 싶었지만 이상한 단어들이 많아서 잘 이해가 되지 않았다. 대충 듣기로는 이런 뜻 같았다.

"…우리 다윗교는 종말 이후의 영생을 위해, 우리의 종교를 믿지 않는 모든 이들을 죽여야만 한다. 특히 하나님의 형상을 따르지 못하고 태어난 유색 인종에겐 고통스런 최후를 줘야 한다. 이것이 우리의 교주이자 구세주인 코래쉬 님의 뜻이며, 그 분의 아들이자 미래의 지도자인 다윗 님의 바램이다. 여기 두 명의 죄지은 자들이 있다. 이들은 감히 유색 인종으로서 우리의 성지를 침범했다. 더군다나 이들은 거짓과 악으로 똘똘 뭉친 기독교의 신봉자들이다. 우리는 이들의 피로써 우리의 영생을 기원해야 한다…"

데이빗은 성경 구절을 섞어 가면서 긴 연설을 했다. 나는 데이빗의 연설보다도 데이빗의 말투에서 공포를 느꼈다. 도저히 이성을 지닌 인간의 것이라고는 할 수 없는 묘한 분위기가 말투에서 풍겼다.

나는 그의 연설을 들으며 준수가 곧 희생될 거라는 걸 직감할 수 있었다. 의식이 본격적으로 진행되기 전에 뭔가를 해야겠는데 이백여 명의 미친놈들 앞에서 뭘 어떻게 해야 할지 암담했다. 자칫하다가는 개죽음을 당하기 십상일 것 같았다.

데이빗의 연설이 끝나자 연단 위가 어수선해졌다. 사람들이 분주히 움직이고 있었다. 사람들이 커다란 십자가를 눕히고 흑인을 십자가에다 묶었다. 흑인은 살려달라고 몸부림쳤지만 역부족이었다.

욕설이 터져 나왔다가 이내 애원의 흐느낌으로 뒤바뀌었다. 흑인의 입에 재갈이 물려졌다. 검은 피부와 대조적으로 그의 커다란 눈동자는 더욱 새하얗게 보였다.

준수의 표정이 하얗게 탈색되어 갔다. 온몸을 부르르 떨고 있는 것을 알 수 있었다. 나는 준수를 지켜보다가 계속 보고 있기가 죄스러워 고개를 돌렸다. 사람들이 음산한 합창을 하기 시작했다. 연단 위의 사람들이 큰 쇠못과 해머를 들고서 흑인에게 다가갔다. 미친놈들이 정말로 산 사람에게 못질을 해서 십자가에 매달 생각인 모양이었다.

설마설마 하는 사이에 흑인의 손바닥에 못질을 하기 시작했다. 사람들이 광기에 찬 환호성을 지르자 순식간에 해머가 허공을 갈랐다. 손바닥에서 피가 튐과 동시에 흑인이 고통에 가득 찬 신음을 내뱉었다. 사람들의 환호성은 높아만 갔다. 흑인 눈이 튀어나올 것만 같이 커졌다. 그는 재갈을 물린 채 신음을 내뱉다가 이내 기절하고 말았다.

그 모습을 지켜본 준수가 흐느끼기 시작했다. 얼굴이 흙빛으로 변한 채 고개를 옆으로 돌리고 오열했다. 뭔가를 해야 한다는 생각이 가슴을 옥죄어 왔다. 준수가 십자가에 매달리는 것을 지켜보고 있을 수는 없었다. 나는 테라스에서 내려갔다.

사방을 둘러보며 적당한 무기를 찾아보았다. 그 흔한 엽총 한 자루 보이지 않았다. 집을 나와서 뒤뜰로 돌아갔다. 얼마 뒤에는 준수가 십자가에 매달릴 거라고 생각하니 머리가 돌아버릴 것만 같았다.

'도끼를 가지고 대항할까? 안 돼! 나 혼자서는 미친놈들을 당해낼 수 없어. 더 좋은 방법… 더 좋은 방법을 생각해야 해. 빨리 생각해!'

나는 미친 듯이 뒤뜰을 헤집고 다녔다. 순간, 눈에 들어오는 것이 있었다. 바로 집 뒷벽에 설치되어 있는 작은 슬래브 지붕이었다. 곧바로 달려갔다. 언젠가 인근 도시와 멀리 떨어진 작은 마을에서는 가스나 전기 공급이 안 돼 자체 발전기를 쓰고, 가스는 프로판 가스를 쓴다는 이야기를 들은 적이 있어서였다. 지붕 밑을 보니 정말로 두 개의 프로판 가스통이 설치되어 있었다. 가스통은 작은 항아리 모양이었다.

'좋아! 이걸로 도박을 한번 해 보는 거야!'

나는 일단 가스통에 붙어 있는 밸브를 잠근 다음 연결 호스에서 분리했다. 가스통을 끌어당기다 보니 쇠사슬과 자물쇠가 보였다. 가스통을 움직이지 못하게끔 고정시켜 놓았다는 것을 알 수 있었다.

어떡할까 망설이고 있는데 환호성이 다시금 올랐다. 합창소리가 드높아지고 있는 걸로 봐서 십자가에 못 박는 작업이 거의 끝나가는 모양이었다. 나는 야구방망이로 자물통을 내리치기 시작했다. 자칫하면 가스통이 터질 지도 모른다는 생각이 들었지만 다시 집안으로 뛰어들어가 어디다 숨겨 놓았는지도 모르는 열쇠를 찾고 있을 수는 없는 노릇이었다.

쇠사슬이 출렁거리는 소리가 귓가에 커다랗게 들려 왔다. 나는 정신을 집중해서 자물통을 힘껏 내리쳤다. 자물통은 이내 깨어지며 저절로 열렸다. 나는 서둘러 쇠사슬을 벗겨내고 가스통을 들었다. 다시 환호성이 높아졌다. 준수가 벌써 당한 것은 아닐까 버럭 겁이 났다. 한 손에는 자물통을 한 손에 야구방망이를 들고서 앞뜰로 나갔다.

연단 위를 보았다. 준수가 새파랗게 질린 얼굴로 서 있는 모습이 보였다. 그 옆에 십자가에는 흑인이 매달려 있었다. 그는 손바닥과 발등에 굵은 쇠못이 박힌 채로 피를 철철 흘리고 있었다.

나는 조심조심 집회장으로 다가갔다. 바짝 다가간 순간, 다윗이라는 소년이 정육점에서 쇠고기를 매달 때 쓰는 갈고리를 치켜올렸다. 마을 사람들이 일제히 환호했다.

다윗은 귀에 거슬리는 날카로운 목소리로 도저히 어린아이 입에서 나올 수 없는 말을 빠르게 지껄였다. 집회장은 엄청난 광기가 뒤덮고 있었다. 다윗의 말 한 마디, 한 마디에 사람들은 목이 터져라 함성을 내질렀다.

"이제 내가 이 검은 놈의 심장을 꺼낼 것입니다. 이 놈의 검은 심장을 세상으로 꺼내 불태움으로써, 우리는 종말 뒤에도 영생을 누릴 수 있습니다. 여러분, 경배하고 숭배하십시오! 코래쉬 님이 우리를 지켜보시고 계십니다!"

다윗은 잠깐의 머뭇거림도 없이 십자가에 못 박힌 흑인의 가슴을 향해 갈고리로 내리쳤다. 갈고리를 잡아당기자 가슴살이 찢어지고 피와 살점이 사방으로 튀었다. 다윗은 자신의 얼굴에도 피가 튀기건만 표정 하나 바꾸지 않고 갈고리를 휘둘렀다. 사람들은 소년의 손동작에 맞춰 고함을 질렀다. 소년의 손동작은 점점 빨라졌다.

갈비뼈가 으스러지고 살점이 너덜거리며 드러났다. 나는 충격에서 헤어나지 못한 채 멍히 보고 있다가 끝내 울음을 터뜨렸다. 심장이 빠져 죽은 흑인의 시체가 떠올랐다. 친구고 뭐고 간에 이 자리에서 벗어나고 싶었다. 살인을 즐기는 이놈들은 모두 미친놈들이라고밖에 생각할 수 없었다. 종교라는 거룩한 이름을 빌어서 살인을 즐기는….

나는 가스통을 바닥에다 내려놓고 뒷걸음질쳤다. 전신이 부들부들 떨려 왔다. 살고 싶었다. 흑인처럼 심장을 드러낸 채 잔혹하게 죽고 싶지 않았다. 나는 뒤로 물러서다가 다시 이를 앙물었다.

준수의 환한 미소가 떠올랐다. 수민이를 만나게 될 거라고 꿈에 젖어 있던 눈동자가 떠올랐다. 발길이 떨어지지 않았다. 아무리 생각해 봐도 친구를 지옥에 혼자 놔두고 떠날 수는 없었다. 이들의 광기가 더없이 무서웠지만 달아나서 평생 받을 가책보다는 이 자리에서 죽는 게 마음 편할 것 같았다. 아니 이제는 준수를 구하는 게 중요한 게 아니라, 평생 죄의식에 시달리지 않기 위해서, 나를 위해서 준수를 반드시 구해내야겠다고 마음을 다졌다.

나는 다시 달려가서 가스통을 잡았다. 그리고 연단을 향해서 다가갔다. 연단에서는 데이빗이 칼을 들고 서 있었다. 그는 이미 만신창이가 된 그 흑인의 가슴에 손을 집어넣어, 심장을 꺼내고 있었다.

그 옆에 서서 눈을 꼭 감고 부들부들 떨고 있는 준수의 모습이 보였다. 나는 질끈 눈을 감았다가 떴다. 데이빗이 심장을 다윗의 손에 쥐어 주었다. 다윗이 방금 꺼낸 피가 뚝뚝 떨어지는 심장을 높이 처 들었다. 문득, 데이빗의 집에서 본 그림이 떠올랐다. 소년의 모습은 골리앗의 가슴에서 심장을 꺼낸 다윗, 바로 그 모습이었다.

다윗은 연단 앞에 마련된 모닥불에다 심장을 휙 집어던졌다. 광신도들이 열광하기 시작했다. 그들은 입을 모아 뭐라고 외쳤으나 무슨 소리인지 알아들을 수가 없었다.

연단 위에 있는 모든 사람은 피범벅이 되어 있었다. 준수 또한 예외는 아니었다. 광신도들은 방금 치른 끔찍한 피의 대제전도 불구하고, 준수를 원했다. 그들은 한 목소리로 준수를 십자가에 매달라고 외쳤다.

나는 길게 심호흡을 하고 광신자들에게 다가갔다. 그들은 피에 취했는지 아무도 뒤를 돌아보지 않았다. 너무 긴장한 때문인지 가스통의 무게가 전혀 느껴지지 않았다. 오히려 야구 방망이를 쥔 손에 힘이 들어갔다.

연단에는 준수가 서 있었다. 그 앞에 데이빗이 서서 죄를 심판하고 있었다. 이성을 잃은 듯한 광신도들의 웅성거림에 묻혀 뭐라고 하는지 앞부분은 잘 들리지 않았다.

"…열등 인종이며, 유색 인종인 이 자는 우리의 적인 기독교를 숭배하고 있다. 또한 우리의 성스러운 땅에서 더러운 음악을 연주했다. 코래쉬 님이 가장 혐오하는 그런 음악을…. 이 자의 추악한 영혼을 이 세상에서 추방해야 한다."

그들은 준수를 눕혔다. 이번에는 해머와 철못이 아닌 칼을 데이빗이 번쩍 치켜들었다. 그 칼은 곧바로 다윗의 손에 옮겨졌다.

더 이상 주저하고 있을 수가 없었다. 나는 맨 뒷줄에 서서 횃불을 치켜들며 환호하고 있는 한 사내의 어깨를 야구방망이로 내리쳤다. 신음소리와 함께 그 자리에서 맥없이 쓰러졌다. 주위 사람들이 일제히 나를 돌아보았다. 연단 위를 보았다. 다윗이 준수의 손 위에 칼을 놓고, 그 칼을 밟으려 하고 있었다. 나는 야구방망이를 버리고 바닥에 나뒹굴고 있는 사내의 횃불을 집어 들었다.

광신도들이 서서히 나에게 다가왔다. 나는 횃불을 얼른 가스통 위에 올려놓고 가스통 밸브를 잡으며 연단을 향해 외쳤다. 목청이 터져라고….

"멈춰!"

내 외침에 연단 위에서 막 발에 힘을 줘 준수의 손가락을 절단하려는 다윗과 그의 추종자들이 나를 돌아보았다. 400여 개의 광기어린 눈동자가 나에게 꽂혔다. 짧은 순간, 그렇게 시끄럽던 이곳에 죽음과 같은 적막이 흘렀다.

"물러서!"

나는 한 손에 횃불을 들고 한 손으로는 가스통 밸브를 움켜쥔 채 소리쳤다. 광신도들은 나의 의중을 알아차렸는지 슬금슬금 뒷걸음질 쳤다. 나는 그들의 사이를 뚫고서 연단을 향해 다가갔다.

가슴은 쿵쾅거리고, 등에서는 식은땀이 흘렀다. 너무 긴장한 때문인지 어지럽기까지 했다. 사람들의 얼굴이 커다랗게 보였다가 작아지곤 했다. 하지만 한 치도 방심할 수 없었다. 어디서 누가 덮쳐 올지 모르는 일이었다.

사실 가스통을 들고 집회장으로 올 때만 해도 밸브를 열어 자폭할 자신은 없었다. 하지만 참혹한 죽음을 당하는 흑인을 보고 나니까 마음이 바뀌었다. 어차피 죽을 목숨이라는 생각이 들었고, 이내 누군가 섣부른 짓이라도 하려 든다면 정말로 터뜨려 버려야겠다는 오기가 치솟았다.

나는 모세의 바닷물처럼 갈라진 한가운데로 연단을 주시하며 천천히 걸어갔다. 연단 위의 데이빗과 다윗, 그리고 추종자들은 당황하는 빛 없이 나를 내려다보고 있었다. 그들의 눈빛은 냉소로 가득 차 있었다. 준수는 분위기가 바뀐 걸 깨달았는지 돌아보려 했다. 하지만 손 위에 칼이 놓여 있어 고개를 돌리지 못하고 있었다.

연단 바로 앞까지 갔다가 뒤를 돌아보았다. 내가 지나온 길은 다시 사람들이 메우고 있었다. 순간적으로 나갈 생각을 하니 아찔했다. 나는 갈 때까지 가 보자는 심사로 연단 위로 올라갔다. 연단 위로 올라서자 그제야 준수가 나를 발견했는지 “일한아!” 하고 불렀다. 준수의 눈에서 눈물이 주르륵 흘러내렸다.

“우리를 보내 줘!”

나는 데이빗을 노려보며 소리쳤다. 데이빗은 아무 말도 하지 않았다. 다른 사람들도 마찬가지였다. 나는 다시 한번 ‘LET US GO!’ 하고 위협적으로 외쳤다. 그러자 데이빗과 둘러선 사람들이 준수의 손 위에 칼을 밟고 서 있는 다윗을 바라보았다. 마치 다윗의 허락을 구하는 것처럼….

나는 직감적으로 다윗이라는 꼬마가 이 광신도들이 섬기는 숭배 대상이라는 것을 눈치 챘다. 그렇다면 꼬마만 인질로 잡으면 탈출도 가능하리라. 나는 가스통과 횃불을 든 채로 다윗에게 다가갔다.

"빨리 발을 떼! 그 나이에 죽고 싶지는 않겠지?"

가스통을 열 것처럼 위협하면서 다윗을 향해 외쳤다. 다른 사람들은 미동도 하지 않고 다윗과 나를 지켜보았다. 당연히 발을 뗄 거라고 예상했으나 아니었다. 다윗은 나를 정면으로 쳐다보았다. 다윗의 눈에서 냉기가 뿜어져 나왔다. 인간이 그토록 싸늘한 눈빛을 지닐 수 있다는 사실이 믿기지 않을 정도로 차가운 눈빛이었다.

도저히 어린애라는 생각이 들지 않았다. 정말로 악마와 마주하고 있는 듯한 기분이 들었다. 어쩌면 다윗은 정말로 악마일지도 모른다는 생각이 스쳤다. 한순간, 다윗이 나를 보며 씨익 웃었다. 비웃음이 담겨 있는, 경멸 어린 미소였다. 나는 직감적으로 다윗이 가스통을 전혀 두려워하지 않는다는 사실을 깨달았다. 갑자기 놈에 대한 두려움이 느껴졌다.

"물러서! 빨리!"

나는 부들부들 떨리는 손으로 가스통 밸브를 잡았다. 놈은 내 말이 떨어짐과 동시에 칼을 밟았다. 칼날 위로 몸을 날리다시피 해서….

"아아악!"

준수의 처절한 비명과 함께 손가락들이 피를 뿜어내며 잘라져 나갔다. 잘려나간 손가락들이 꿈틀거리며 연단 위로 굴렀다. 당황해서 어떻게 해야 할 바를 모르고 있는데 광신도들이 환호성을 올렸다. 그러곤 조심스러운 음성으로 나지막하게 다시 합창을 하기 시작했다.

나는 내심 겁이 났지만, 표정 하나 바꾸지 않고 준수의 손가락을 잘라 버린 다윗에게 분노를 느꼈다. 놈은 여전히 칼날을 밟고 서서 나를 경멸의 눈으로 바라보았다. 몸부림쳐 봤자 소용없다는 식의 조소를 물고서…. 놈의 당당한 모습에 용기를 얻었는지 다른 사람들이 가스통을 두려워하지 않고 점점 나에게 다가왔다. 다윗은 궁지에 몰린 내 모습이 재미있다는 듯이 입가를 일그러뜨리며 잔혹한 미소를 지었다. 마치 사냥을 즐기는 포수처럼….

놈들은 사방에서 압박해 들어왔다. 연단 밑의 광신도들이 입을 맞춰 "죽여라! 죽여라!" 하며 괴성을 지르기 시작했다.

"가까이 오면 너희들도 끝장이야!"

다시 한번 횃불을 가스통에다 들이대며 협박했지만 놈들은 더 이상 겁을 먹지 않았다. 어린 다윗의 행동에 용기를 얻은 건지, 종말 뒤에 올 영생을 믿기 때문인지는 모르겠지만 내가 정말로 가스통을 폭파시키기 전까지는 아무도 다가오는 발걸음을 멈출 것 같지 않았다.

"미친놈들!"

이를 갈아보았지만 소용이 없었다. 이제 모든 게 끝장이구나 하는 생각이 들었다. 모든 걸 체념한 채 힘없이 고개를 떨구었다. 한순간, 준수의 잘려진 손가락과 잘려진 손마디에서 흐르는 핏줄기가 눈에 들어왔다.

고개를 쳐들었더니 다시 다윗의 경멸어린 미소가 보였다. 나는 다윗의 웃는 얼굴을 보면서 참을 수 없는 분노를 느꼈다. 준수의 손가락을 눈 하나 깜빡이지 않고 잘라 버린 저런 놈에게 당할 수만은 없다는 오기가 불끈 치솟았다.

"이야앗!"

나는 쏜살같이 몸을 날려 준수 옆에 서 있는 다윗의 턱을 주먹으로 내질렀다. 놈은 악마 같은 감정을 지니고 있을지라도 신체적으로는 아직 열두 살 어린아이였다. 불시에 날아온 나의 주먹을 맞은 다윗은 뒤로 벌렁 나자빠졌다.

다가오던 사람들은 뜻밖의 사태에 모두 발걸음을 우뚝 멈췄다. 나의 주먹 한 방에 너부러진 다윗의 모습을 보자 자신감이 치솟았다. 광신도들의 눈에게는 우상으로 비칠지 모르지만 내 눈에는 아직 어린아이였다.

나는 틈을 주지 않고 일어서려는 다윗에게 다시 달려들었다. 데이빗이 "잡아!"라고 소리쳤을 때는 내 발이 이미 다윗의 목을 짓누른 뒤였다. 다윗이 고통스러운지 내 다리를 잡았다. 나는 다리에 힘을 줬다.

"다윗을 풀어 줘!"

데이빗이 잔뜩 화가나 다가오면서 소리쳤다.

"멈춰 서! 목뼈를 부러뜨리기 전에!"

나의 기세에 눌린 데이빗이 주춤 멈춰 섰다. 나는 그들에게 생각할 틈을 주지 않기 위해서 계속해서 명령했다.

"내 친구를 풀어! 빨리!"

오른발에 힘을 주면서 소리치자 다윗이 고통스러운지 손을 허공으로 휘저었다. 데이빗이 당황해서 시키는 대로 하라고 말했다. 데이빗 옆에 있던 사람들이 준수에게 달려가서 결박을 풀었다.

준수는 결박이 풀리자 잘린 왼손을 잡고서 신음을 삼켰다. 고통스러워 하는 준수의 모습을 보자 다윗에 대한 분노가 치솟았다. 밟고 있는 발에 다시 힘을 주었다. 다윗은 신음을 삼키며 증오가 가득한 눈으로 나를 노려보았다. 놈은 어린아이가 아니라 악마의 화신이 분명한 것 같았다.

"준수야, 고통스럽겠지만 참아. 일단 미치광이들이 소굴을 벗어나고 보자."

"그래…."

내가 한국말로 말하자 준수가 잘린 손마디를 힘껏 쥐면서 고개를 끄덕였다.

"준수야, 네 옆에 떨어져 있는 칼을 가지고 이리와."

준수는 아직도 피가 흐르는 왼손을 오른손 겨드랑이에 꼈다. 그러곤 오른손으로 피가 채 응고되지 않은 채 묻어 있는 칼을 들고서 비틀거리며 곁으로 다가왔다. 그의 티셔츠는 금세 피로 물들어 갔다. 붉은 피를 보자 흥분이 됐다. 나는 횃불과 가스통으로 놈들을 위협했다.

"접근하지 마! 이 밸브를 돌리면 이 꼬마는 물론이고 너희들도 죽어!"

놈들은 어느 정도 이성을 되찾았는지 우리를 빙 둘러싸고 기회를 노렸다.

"준수야! 악마새끼를 일으켜 세워!"

나는 횃불을 휘둘러 놈들이 접근하지 못하도록 하면서 한국말로 말했다. 준수는 이를 앙 물고서 잘린 손으로 다윗을 잡았다. 그러곤 칼을 든 오른손으로 다윗의 목에 겨눴다.

준수가 다윗을 일으켜 세우자 광신도들이 술렁대기 시작했다. 교주격인 다윗을 준수가 죽일지도 모른다고 판단한 모양이었다.

"우리를 보내 줘! 다윗을 살리고 싶다면!"

나는 데이빗을 향해서 소리쳤다.

"그렇게는 안 될 걸. 우린 죽음 따윈 두려워하지 않아!"

데이빗은 우리를 노려보면서 말했다.

"비켜! 개자식들아!"

준수가 눈을 부릅뜨고 소리쳤다. 정말로 칼로 다윗의 목을 찌를 태세였다. 내가 생각하기에도 준수의 외침은 단순한 협박이 아니었다. 이미 손가락을 잘려 버린 준수이기에 충분히 그러고도 남을 것 같았다.

데이빗과 그 추종자들이 주춤주춤 한쪽으로 물러섰다. 나는 가스통과 횃불을 들고서 피 묻은 연단을 내려갔다. 준수가 다윗을 끌고서 따라 내려왔다. 앞에는 광신도들이 버티고 있었다. 내가 한가운데를 향해서 걸음을 옮기자 그들은 순순히 옆으로 길을 터 줬다. 내 뒤를 준수가 나에게 등을 기대다시피 해서 사방 경계를 하며 따라왔다.

놈들은 호시탐탐 다윗을 구할 기회를 노리고 있었다. 한걸음 옮기기가 만만치 않았다. 광기와 증오 어린 시선을 받으며 나는 인파 속을 헤치고 나갔다. 무리 속을 빠져 나오는데 실제는 십 분도 안 걸렸겠지만 서너 시간 이상이 걸린 것만 같았다. 우리가 무리 속을 다 빠져 나오자 놈들은 일정한 거리를 두고 우리를 천천히 쫓아왔다.

걷다 보니 발에 걸리는 것이 있었다. 내가 버리고 간 야구방망이였다. 나는 가스통을 잠깐 내려놓고 재빨리 야구방망이를 주웠다. 방망이를 재빨리 옆구리에 차고는 다시 가스통을 잡았다. 걷기는 불편했지만 야구방망이가 있으니 마음이 다소 놓였다.

"따라오지 마!"

준수가 놈들에게 거듭 소리쳤지만 소리칠 때뿐이었다. 우리가 멈추면 놈들도 멈춰 섰고 우리가 걸으면 놈들도 걸었다. 그 놈들 등뒤로 피의 향연이 자행되었던 제단과 십자가가 보였다. 십자가에는 흑인이 심장이 빠진 채로 피투성이가 되어 못 박혀 있었다. 피투성이의 십자가는 놈들이 지닌 광기와 함께 섬뜩한 공포를 느끼게 했다.

마음은 급했지만 놈들의 손아귀에서 쉽게 벗어날 수 없었다. 오랫동안 긴장한 때문인지 전신이 땀으로 흠뻑 젖어 있었다. 정신력으로 버티던 준수도 피를 많이 흘려서인지 기력이 눈에 띄게 빠져 있었다. 정신을 차리려고 힘겹게 눈꺼풀을 깜빡이곤 했는데 시간이 지날수록 그 빈도수가 잦아졌다.

나는 일단 펑크가 난 차라도 타고서 놈들의 손아귀에서 벗어날 생각이었다. 실질적으로는 얼마 되지 않는 거리였지만 참으로 아득하게만 보였다. 놈들은 준수의 협박에 20미터 가량 뒤로 처져서 우리를 쫓아오고 있었다. 횃불을 들고 말없이 쫓아오는 놈들의 모습은 마치 공동묘지에서 막 일어난 시체처럼 으스스했다.

이마의 땀방울이 흘러내려 손등으로 닦는 순간이었다. 준수가 "악!" 하는 외마디 비명과 함께 쓰러졌다. 다윗이 자기 목에 대고 있는 칼을 맨손으로 잡은 다음, 준수의 다친 손을 팔꿈치로 내지르고 나서 칼을 뺏어 준수의 허벅지를 찌른 것이었다. 순식간에 일어진 일이어서 눈을 뜨고 지켜볼 수밖에 없었다. 열두 살짜리 아이의 행동으로는 보이지 않는 아주 민첩한 동작이었다. 다윗은 악마의 얼굴에서나 나올 듯한 미소를 지으며 달아나려 했다.

나는 다윗에게 참을 수 없는 분노를 느꼈다. 이것저것 계산하고 생각할 겨를도 없이 나는 가스통을 번쩍 치켜들었다. 그러곤 달아나는 다윗의 머리를 향해 내던졌다. 정통으로 맞았다면 놈은 두개골이 박살났으리라. 하지만 가스통은 다행인지 불행인지 모르겠지만 놈의 어깨에 맞았다. 둔탁한 소리가 나는 걸로 봐서 어깨뼈가 부러진 것 같았다. 나는 다시 달려가 가스통을 잡았다. 놈에게 최후의 일격을 가하려고 가스통을 높이 치켜들었다. 그러곤 놈의 머리를 바라보았다. 놈의 눈동자에 일순간 공포가 어렸다.

'이 놈을 죽이는 건 살인인가, 정당방위인가?'

뜻하지 않았던 의문이 불쑥 들었다. 잠시 망설이고 있는 사이에 다윗은 부서진 어깨를 감싸고 일어났다. 나를 경멸 어린 눈으로 잠시 쏘아보더니 순식간에 마을 놈들 쪽으로 도망쳤다.

"야, 임마! 뭐 하는 거야?"

준수의 외침에 제정신이 들어 고개를 들었다. 다윗이 풀려나자 마을 놈들이 함성을 지르면서 우리를 잡으려고 달려오고 있었다. 나는 가스통을 내려놓고 밸브를 열었다. 횃불을 들고 달려오던 놈들이 주춤 멈춰 섰다. 나는 재빨리 땅에 떨어져 있는 횃불을 들었다. 쓰러져 있는 준수를 부축해서 공터 쪽으로 달렸다.

"쉬익!"

가스가 새어 나오는 소리가 등뒤에서 들려 왔다. 마을 놈들은 일제히 횃불을 던져 버리고 우리를 향해 달려왔다. 준수를 부축하고 있어서 앞으로 나아가기가 더 힘들었다. 마을 놈들과의 거리는 점점 가까워졌다. 20미터 가량 가서 뒤를 돌아보니 마을 놈들이 가스통에 10미터 가까이 접근해 있었다. 어둠 속에서도 놈들의 눈빛은 광기로 번뜩였다. 무수한 뱀눈들이 먹이를 향해 달려오고 있는 형상이었다.

"이 개새끼들아! 죽어라!"

나는 한국말로 힘차게 외친 다음에 손에 들고 있던 횃불을 가스통을 향해 던졌다. 횃불은 허공을 가르고 밸브가 열려진 가스통을 향해 날아갔다. 횃불은 가스통을 넘어서 2미터 가량 앞쪽에 떨어졌다.

몰려오던 놈들이 주춤 뒤로 물러섰다. 하지만 뒷사람들에게 떠밀리다시피 해서 앞쪽의 사람들이 다시 전진했다. 맨 앞에서 있던 사람들이 땅에 납작 엎드렸다. 가스통이 폭발하기를 기다렸지만 내가 기대했던 폭발은 일어나지 않았다. 잠자코 숨을 죽이고 있던 마을 놈들이 땅에 떨어진 횃불을 쳐다보았다. 횃불은 점점 불길이 약해져 갔다.

나는 준수를 부축한 채 뒷걸음질쳤다. 내 계획은 완전히 실패로 돌아간 셈이었다. 어쩌면 여기서 죽을지도 모른다는 생각이 강하게 들었다. 가스가 폭발하지 않자 놈들이 다시 움직이기 시작했다. 나는 옆구리에서 야구방망이를 빼들었다. 몇 명이 될지 모르겠지만 죽기 전에 놈들의 골통을 최대한으로 부숴 버려야겠다는 각오를 하며 야구방망이를 힘껏 휘둘렀다. 맨 앞쪽의 사람들이 횃불을 넘어서 다가왔다.

그 순간이었다.

"꽈과쾅!"

거대한 폭발음과 함께 가스통이 폭발했다. 시뻘건 불기둥이 허공으로 높이 치솟았다. 나는 준수와 함께 폭발의 여파로 벌러덩 나자빠졌다. 거리가 순식간에 불바다로 뒤바뀌고 말았다. 놈들과의 사이에 거대한 불의 장벽이 생긴 것이었다. 치솟는 불길을 통쾌한 승리감에 젖어 바라보다가 준수를 부축해 달리기 시작했다.

준수의 팔과 다리에서 출혈이 계속됐다. 몇 발짝 달리다가 거의 기절하다시피 한 준수를 등에 업고 펑크난 차로 달렸다. 준수를 차에 태워 놓고 뒤를 돌아보니 아직도 불길은 치솟고 있었다.

펑크난 차로 달아나 봤자 놈들이 쫓아오는 것은 시간문제일 것 같았다. 칼이라도 손에 쥐고 있다면 타이어를 모조리 펑크 내 버리겠는데 칼도 놓고 온 상태였다.

나는 잠시 망설이다가 늘어선 차들의 헤드라이트를 박살내기 시작했다. 칠흑 같은 밤에 가로등도 없는 산길을 헤드라이트도 없이 쫓아온다는 건 자살 행위나 다름없었다. 헤드라이트를 모조리 박살내고 나서 우리 차의 미등을 깨뜨렸다. 놈들이 우리가 탄 차의 뒤를 쫓아올 수 없게끔….

차에 오르려고 하는데 미처 발견하지 못한 차가 한쪽 구석에 남아있었다. 낡은 정도로 봐서는 폐차 같았지만 만약을 몰라 달려갔다. 헤드라이트를 깨뜨리고 돌아서는데 불길을 뚫고 시꺼먼 물체가 무서운 속도로 달려왔다. 개였다. 어젯밤에 보았던 시커먼 두 마리 사냥개였다. 그 놈들은 한시도 지체하지 않고 쏜살같이 나에게 달려왔다. 하얗게 빛나는 송곳니를 보니 등골이 오싹해지고 덜컥 겁이 났다. 하지만 놈의 먹이가 될 수는 없었다. 나는 입술을 꽉 깨물며 검도할 때 죽도를 잡듯 야구방망이를 양손으로 꼭 쥐었다.

훈련된 개들은 사냥감, 특히 인간을 공격할 때는 허공으로 뛰어올라서 체중을 실어 사람을 쓰러뜨린 다음, 이빨로 공격한다는 구절을 어디선가 읽은 기억이 났다.

나는 놈이 허공으로 뛰어오르는 순간을 눈을 부릅뜨고 기다렸다. 앞서 달려온 개 한 마리가 커다란 입을 쩍 벌리고 내 앞에서 펄쩍 뛰었다. 나는 심호흡을 하고 체중을 실어 뛰어오르는 개의 정수리를 내리쳐다. 둔탁한 파열음과 함께 개가 맥없이 허공으로 떨어져 내렸다. 벌렁 누운 사냥개는 네 다리를 한동안 부르르 떨다가 쭉 뻗었다. 이어서 다른 개 한 마리가 숨 돌릴 틈도 없이 공격해 왔다. 미처 자세를 수습할 시간적인 여유도 주지 않은 기습적인 공격이었다. 나는 야구공을 치듯이 그대로 개의 얼굴을 향해 방망이를 힘껏 휘둘렀다. 팔목에 은은한 통증이 왔다. 턱뼈에 맞았는지 "깡!" 하는 소리가 났다. 족히 60킬로는 넘을 것 같은 개가 옆으로 풀썩 떨어졌다.

나는 가쁜 숨을 몰아쉬면서 쓰러진 개들을 보았다. 턱을 맞은 개의 늘어진 목덜미가 숨가쁘게 출렁거렸다. 한번에 힘을 너무 썼기 때문인지 극도의 피로감이 느껴졌다. 땀을 닦으면서 보니 놈들이 손에 각목을 들고 우르르 몰려오고 있었다. 불길 한 가운데에 서서 다윗이 한 손으로 어깨뼈를 감싼 채 나를 노려보았다.

나는 재빨리 차에 올라탔다. 서둘러 시동을 걸었지만 시동은 뜻대로 잘 걸려 주질 않았다. 놈들은 순식간에 차를 에워쌌다. 가까스로 시동을 건 나는 힘차게 액셀러레이터를 밟았다.

차는 앞으로 나가기는 나갔지만 타이어가 펑크가 난 때문에 속도가 제대로 나지 않았다. 차를 둘러싼 마을 사람들이 무자비하게 각목을 휘둘렀다. 나는 핸들을 도로 쪽으로 꺾고 속력을 높였다. 각목에 맞아 차 옆 유리창에 균열이 갔다.

나는 둔탁한 소리를 들으면서 도로 쪽으로 차를 몰았다. 핸들이 심하게 흔들렸지만 놈들을 떨궈 놓기 위해 속력을 높였다. 따라오면서 차를 향해 각목을 휘두르던 마을 사람들이 하나, 둘 떨어져 나갔다.

대신 이번에는 차들이 따라왔다. 바퀴가 도로 위에 부딪히면서 나는 둔탁한 소리가 났다. 사방은 먹물을 뿌려놓은 물 속처럼 깜깜했다. 허공에 떠 있던 초승달마저 구름 속에 가려져 있었다. 우리가 탄 차는 워낙 속도가 느렸지만 놈들은 헤드라이트가 없어 우리 차를 따라잡지 못했다. 둔탁한 소리가 들려오는 걸로 봐서는 갓길로 차들이 처박히는 모양이었다.

조수석의 준수는 옆으로 길게 드러누워 있었다. 잠시 의식을 잃은 모양이었다. 고통스러운 신음소리가 차 안을 가득 메웠다. 백미러로 보니 저 멀리 마을이 보였다. 처음 마을에 들어서서 불빛을 발견하였을 때는 구원의 불빛 같았는데 지금은 마치 악마의 불빛 같았다.

정말로 지옥에서 탈출하는 기분이었다. 마을에서 보낸 이십사 시간이 마치 십 년이나 되는 것처럼 느껴졌다. 숲에 가려 불빛이 사라지자 마음이 다소 놓였다. 하지만 아직 안심할 수 있는 상황은 아니었다. 놈들에게 다른 차량이 있을지도 모르는 일이었다. 설령 공터에 놓여 있던 차가 전부라 해도 놈들이 헤드라이트를 고치고 나면 쫓아오는 것은 시간 문제였다. 만약을 대비해서 최대한 멀리 도망가야 했다.

타이어가 펑크나 있다 보니 속력을 낼 수 없었다. 작은 돌멩이에도 차가 덜컹거리며 튀었다. 나는 차의 속력을 15마일 정도로 유지했다. 시속 15마일이라면 가장 가까운 마을까지의 거리가 60마일이니까 네 시간은 가야 하는 셈이었다.

나는 일단 도로변에 차를 세웠다. 차의 진동이 심해 이대로 네 시간을 달렸다가는 준수의 출혈이 너무 심할 것 같다는 생각이 들어서였다. 일단 여행 가방에서 속옷을 꺼내 준수의 팔과 허벅지를 단단히 묶었다. 손에서는 피가 빠져나갈 만큼 빠져나갔는지 출혈이 금세 멎었다. 하지만 준수는 피를 많이 흘렸기 때문에 혼수상태에서 깨어나질 못했다.

빨리 병원으로 옮겨야겠는데 어디까지나 마음뿐이었다. 자동차의 상태는 점점 악화되어 갔다. 바퀴가 심하게 덜덜거리기 시작했다. 금세라도 주저앉아 버리거나 바퀴가 빠져나가 버릴 것만 같았다. 조심해서 차를 몰았음에도 불구하고 차는 정말로 "쿵!" 하는 소리와 함께 멈춰 서더니 꼼짝도 하지 않았다. 바퀴를 지탱하는 축이라도 부러진 모양이었다.

트렁크에서 작은 손전등을 꺼냈다. 만약을 몰라 야구방망이를 옆구리에 찼다. 그러곤 신음하고 있는 준수를 업고서 걷기 시작했다. 정확한 거리는 모르겠지만 마을에서 멀리 벗어난 것 같지는 않았다. 놈들이 이대로 우리를 놓아주면 좋겠지만 그들의 태도로 보아서 그럴 것 같지는 않았다.

손전등으로 앞을 비추며 부지런히 걸어갔다. 혼수상태에 빠져 있다가 잠깐 정신이 돌아왔는지 준수가 힘없이 중얼거렸다.

"일한… 아… 나… 놓고 가…. 나중에… 데… 리러… 오면… 되… 잖아…. 나… 틀렸어…."

"미친놈! 헛소리하지 말고 가만있어. 너를 데려가야 나중에 술이라도 한잔 얻어먹을 거 아냐!"

"바보… 같은… 자식…."

준수의 욕설이 가슴을 뭉클하게 했다. 준수를 두고 도망가지 않았던 나의 판단이 옳았다는 생각이 들었다. 무거웠지만 내색하지 않고 천천히 걸었다. 초승달이 다시 구름 속에서 나와 앞이 희미하게나마 보였다. 손전등을 끄고 걷기 시작했다. 만약 놈들이 쫓아오더라도 위치를 노출시키지 않기 위해서였다.

도로변으로 하늘을 찌를 듯한 나무가 서 있었다. 차로 추격해 온다 해도 숲 속으로 숨으면 도저히 못 찾을 것 같았다. 걷다 보니 가끔씩 부엉이 울음소리가 들려 왔다. 숲에서 야생동물이라도 불쑥 튀어나올 것만 같았다. 준수는 다시 의식을 잃었는지 축 늘어졌다. 아무도 없는 어둠 속을 터덜터덜 걷다 보니 피로가 몰려 왔다. 숲 속에서 그냥 밤을 지새우고 싶었지만 피를 흘리고 있는 준수 때문에 그럴 수도 없었다.

얼마쯤 걸었을까. 멀리 차 헤드라이트가 보였다. 놈들의 마을과는 반대편 도로에서 오는 차였지만 나는 혹시 놈들이 다른 길로 돌아오는 건지도 모른다는 생각이 들어서 나무 뒤에 숨었다.

헤드라이트 불빛이 점점 다가왔다. 자세히 보니 자동차 지붕 위에서 빨갛고 파란불이 돌아가고 있었다. 순찰차, 순찰차였다. 나는 손전등을 켜고 도로로 나갔다. 순찰차가 우리 앞에 멈춰 섰다. 헤드라이트 불빛 때문에 눈이 부셔서 차 안이 잘 보이지 않았다.

"도와주세요!"

나의 외침을 들었는지 차 문이 열리고 정복 차림의 사내가 내렸다. 건장한 체구였다.

"무슨 일입니까?"

그는 나에게 다가오며 물었다.

"친구가 많이 다쳤어요. 빨리 병원으로 옮겨 주세요!"

"그래요? 어디서 오는 길이오."

"앤센빌… 앤센빌에서 도망쳐 오는 길입니다. 하마터면 죽을 뻔했어요!"

"앤센빌?"

사내는 날카로운 눈으로 나와 준수를 쏘아보더니 무겁게 입을 열었다.

"차에 타시오. 뒷자리에!"

나는 잠시 망설이다가 뒤로 갔다. 미국 순찰차의 뒷자리는 범인 호송용으로 만들어져 있었다. 안에서는 문을 열 수 없을 뿐만 아니라 앞좌석과는 철망으로 단절되어 있었다.

뒷자리에 타라는 것이 약간 꺼림칙했지만 두 사람이라서 그런가 보다 생각하고 시키는 대로 뒤로 돌아갔다. 사내는 문을 닫아 줄 속셈인지 따라왔다. 준수를 부축해서 태우는데 준수가 뭐하고 헛소리를 했다.

차 안에 귀에 익은 음악이 들려서 준수가 하는 말을 제대로 들을 수가 없었다. 나는 헛소리를 하는 건가 보다 생각하고 차에 오르려는데 준수가 다시 한국말로 뭐라고 중얼거렸다.

"준수야, 뭐?"

"일한… 아… 이… 음악…"

"음악? 음악이 뭐?"

내가 준수에게 다시 물었다. 뒤에 서 있던 경관이 빨리 올라타라고 재촉하더니 급기에는 나를 확 밀었다. 그 순간, 준수가 무엇을 말하려고 하는지 비로소 이해가 되었다.

머리카락이 쭈뼛 섰다. 차에서 흘러나오던 그 음악은 바로 광신도들이 피의 의식에서 쓰던 합창곡이 분명했다. 차에서 흘러나오는 음악은 경음악으로 편곡되어 있지만, 분명 그 노래가 맞았다. 음악에 민감한 준수가 실신 상태에서도 용케 그 곡을 알아들었던 것이었다.

나는 뒤를 돌아보았다. 경관의 눈동자가 기이하게 빛났다. 그의 손이 허리춤의 권총으로 갔다. 나는 재빨리 상체를 차 안에서 빼냈다. 그는 총 지갑에서 권총을 빼내려 했지만 잘 빠지지 않고 있었다.

나는 야구방망이를 옆구리에서 빼들었다. 그가 총 지갑에 있는 단추를 끄르고 총을 빼냈지만 내가 한발 앞서서 그의 머리를 야구방망이로 후려쳤다. 그가 바닥으로 굴렀다. 나는 달려가서 그의 얼굴을 힘껏 내질렀다. 얼굴에서 피가 튀었다.

막상 쓰러뜨려 놓고 나니 진짜 경찰을 쓰러뜨렸을지도 모른다는 생각이 들었다. 손전등을 들고 와서 놈의 소지품을 뒤져보았다. 경찰 배지가 나왔지만 다행히도 사진 속의 인물과 생김새가 달랐다. 놈이 경찰차를 탈취한 모양이었다.

놈은 데이빗의 전화를 받고 우리를 잡으러 온 다른 마을에 사는 그의 신도인 모양이었다. 광신도들이 여기저기 흩어져 있구나, 하는 생각을 하니 전신에 소름이 돋았다.

나는 순찰차로 돌아갔다. 차를 몰고 마을을 찾아 달렸다. 단조로운 도로를 달리다 보니 피로와 함께 졸음이 몰려 왔다. 간간이 들려오는 준수의 신음소리가 이 모든 일들이 악몽이 아님을 일깨워줬다.

몇 시간이나 달렸을까? 희붐한 먼동이 터오고 있었다. 한참 더 달리다 보니 마을이 보였다. 빠삐용이 마지막으로 탈출하기 위해 뗏목에 올랐을 때의 기분이 이런 것이었을까.

"살았어! 준수야, 우리는 살았다고!"

나는 클랙슨을 요란하게 울리며 마을을 향해 차의 속력을 높였다. 그런데 마을 입구에 들어서는 순간, 뭔가 잘못되었다는 것을 깨달았다. 마을은 어딘지 모르게 낯이 익었다. 나는 마을을 천천히 돌아보았다.

아니, 이럴 수가….

우리는 필사적으로 도망쳐 온 지옥 같은 그 마을로 되돌아 온 것이었다. 나는 다급히 방향을 돌렸다. 차는 '끼익!' 하고 급정거하면서 회전했다. 액셀러레이터를 밟는 순간, 차는 중심을 잃고 가로수를 들이받았다.

나는 핸들에 머리를 심하게 부딪쳤다. 이마에서 피가 흘러내리는 것이 느껴졌다. 나는 사람들이 몰려오는 소리를 들으며 서서히 의식을 잃어 갔다. 누군가 차문을 두드리는 소리가 아련하게 들려왔다.

'어떻게 된 거지? 분명 마을과는 반대 방향으로 도망쳤는데…. 제기랄! 이제 다 끝났어!'

사람들이 두런거리는 소리에 눈을 떴다. 시커먼 그림자가 눈앞에서 어른거리고 있었다. 의식을 잃기 전의 상황이 머릿속에 하나, 둘 떠올렸다.

"이제 정신이 드시나요?"

어느 남자의 목소리에 나는 깜짝 놀랐다. 나는 순간, 내 귀를 의심했다. 사내는 놀랍게도 한국말로 물은 것이었다. 나는 목소리의 주인공을 쳐다보았다. 생김새도 한국 사람이었다.

"거의 40여 시간 혼수 상태였어요. 의사 말로는 심한 외상은 없다고 하더군요. 도대체 무슨 일을 당한 거죠?"

사내는 30대 중반 정도로 보였다. 그의 등 뒤로 의사와 간호원이 보였다. 나는 현재의 상황을 도저히 이해할 수 없었다.

'여기는 어디지? 지옥 같은 마을로 다시 돌아왔는데….'

내가 기억을 되새기고 있자 사내가 내 눈동자를 보더니 다시 입을 열었다.

"겁먹지 마세요. 저는 뉴욕의 한국 영사관에서 연락을 받고 나온 영사관 직원입니다. 이 마을 보안관으로부터 연락을 받았지요. 한국 학생 둘이 한 달 전에 도난 당한 경찰차를 타고서 마을로 들어왔다고…."

그의 이야기를 들으니 불쑥 준수가 걱정됐다.

"준수는 괜찮나요?"

"그 환자 이름이 준수인가요? 그래요. 피를 많이 흘렸지만 워낙 건장한 체구라 생명에는 아무런 지장이 없대요. 커다란 부상을 입었던데 도대체 무슨 일이 있었던 거죠?"

"이 마을 이름이 뭐죠? 앤센빌 아닌가요?"

"앤센빌? 아니에요!"

그의 단호한 음성을 듣는 순간, 살았구나 하는 생각이 들었다. 새벽녘에 너무 피로한 상태여서 내가 착각을 한 모양이었다.

"상황을 설명해 주지 않으면 곤란한 처지에 놓일 수도 있어요. 이 지역 보안관은 당신들의 이 마을 방문을 달갑게 여기지 않고 있어요. 도난 당한 차량을 몰고 나타났으니 당연하겠지만…."

영사관 직원의 재촉에 나는 한국말로 그 동안에 있었던 일들을 대략 설명해 주었다. 영사관 직원은 주의 깊게 내 말을 들었으나 그대로 믿는 눈치는 아니었다.

그는 내 말을 보안관에게 해 줬다. 보안관은 우리의 말을 전혀 믿지 않았다. 앤센빌이라는 마을은 이 근처에는 없다는 것이었다. 그는 도난 당한 차량을 몰고 나타난 우리를 구속할 뜻을 비쳤다.

"나는 당신의 이야기를 믿어 주고 싶어요. 하지만 보안관은 그렇지 않군요. 아무래도 철창신세를 면하려면 당신의 말이 맞다는 걸 증명하는 수밖에 없겠군요."

영사관 직원이 유감스럽다는 듯이 말했다.

"좋아요! 그럼 당장, 우리 차가 펑크난 채로 버려져 있는 곳으로 가 보죠."

나는 의사의 만류에도 불구하고 병원을 나섰다. 경찰차 앞좌석에는 영사관 직원과 보안관이 탔고, 나는 뒷좌석에 경찰 두 명 틈 사이에 타야만 했다. 나는 모든 사실을 증명해내지 못하는 한 용의자 취급을 받을 수밖에 없다는 사실을 깨달았다.

영사관 직원이 건네 준 햄버거로 허기를 채우며 온 길을 더듬어 갔다. 훤한 낮에 보니 도로는 평화롭기 그지없었다. 한참 달리다 보니 갈림길이 나왔는데 우리가 빠져 나왔던 길은 전혀 길처럼 보이지 않았다. 포장은 되어 있었지만 나무에 가려 진입로가 제대로 보이지도 않는 길이었다. 낮에도 찾기 힘든 길을 어떻게 밤에 기어들어갔는지 신기할 정도였다.

보안관도 이런 곳에 길이 있었다는 것을 전혀 몰랐는지 연신 사방을 살폈다. 그 길로 접어들어 한참 올라가다 보니 경찰차를 탈취했던 자리가 나왔다. 가짜 경찰은 보이지 않았지만 도로에 피가 응고되어 있었다.

다시 2~3킬로미터 정도 가다 보니 도로변에 우리의 펑크 난 코로라가 보였다. 코로라는 이틀 전과 그대로였다. 완전히 폐차 직전에 이른 차 안에서 우리가 여행용 가방을 꺼내자 그제야 보안관은 내 말이 사실일지도 모른다고 생각하는 눈치였다.

시트에 묻은 준수의 피를 유심히 살펴보던 보안관은 무전기로 견인차를 불러서 차를 끌고 가라고 지시했다. 보안관은 두 갈래 길에 대해서 한참이나 설명했다.

"자, 이제 그럼 앤센빌로 가 봅시다!"

보안관이 차에 오르면서 말했다. 나는 기겁을 해서 단호하게 "NO!"라고 외쳤다. 내 목소리가 너무 컸던지 다들 내 얼굴을 쳐다보았다. 보안관은 지원 병력을 부를 테니까 같이 가 보자고 설득했다. 영사관 직원도 그런 마을이 실제로 존재한다는 걸 증명해야지만 우리에 대한 의심이 완전히 풀릴 거라며 가 보자고 했다.

다시는 그쪽으로 가고 싶지 않았지만 우리에게 씌워진 혐의를 벗기 위해서는 어쩔 수 없었다. 한참 뒤에 경찰차 한 대가 도착해 다시금 지옥으로 들어가야만 했다.

"만일 마을에 접근하게 되면 당신들은 내 곁을 떠나면 안 돼요? 알았죠?"

나는 달리는 차 안에서 옆에 앉은 두 명의 경찰관에게 신신당부했다. 마을이 가까워져 가자 데이빗과 다윗의 광기 어린 눈빛이 떠올랐다. 횃불을 들고 합창을 하던 광신도들의 모습도 언뜻 언뜻 차창을 스쳐 지나갔다. 한참 들어가자 저 멀리서 연기가 났다. 차가 점점 다가서자 매캐한 냄새가 코끝을 찔렀다.

마을이 존재하고 있다는 것이 분명해지자 차 안의 사람들은 모두 긴장하기 시작했다. 보안관이 그냥 지나치는 것처럼 속력을 내서 마을의 동태를 살펴보자고 제안했다.

우리는 그러기로 합의하고 빠른 속도로 달렸다. 마을이 점점 다가왔다. 그런데 이게 웬일인가? 40여 채 가량 서 있던 앤센빌이라는 마을은 모조리 타고 있었다. 보안관은 애초의 약속을 깨고 차의 속력을 줄였다. 집들은 앙상한 뼈대만 남은 채 연기를 피어 올리고 있었다. 차로 마을을 돌아보았지만 마을 사람들은 아무도 보이지 않았다. 모조리 떠난 모양이었다. 공터에는 아직도 깨어진 헤드라이트 조각들이 널려 있었다.

피와 죽음의 향연이 열리던 제단으로 가 보았다. 제단에는 두 개의 불 탄 십자가만 앙상한 뼈대를 드러내고 있었다. 하지만 십자가에 매달렸던 흑인의 시체는 찾을 수 없었다. 잿더미를 헤집어 보았지만 뼈는 나오지 않았다. 데이빗의 집 지하실에도 가 봤으나 마찬가지였다. 숲 속 어딘가에 모조리 묻고 떠난 건지 개들의 시체 역시 발견할 수 없었다.

보안관과 영사관 직원은 마을의 잔해를 보고는 나의 말을 어느 정도 믿는 눈치였다. 하지만 마을에 살던 이들이 두 명의 흑인을 죽이고 준수의 손가락을 잘랐다는 마땅한 증거가 없었다.

보안관은 조용히 사건을 처리하고 싶어 하는 눈치였다. 그는 차량 탈취 부분에 대해서는 무혐의로 처리해 주었고, 또한 고철이 되다시피 한 렌트카에 대해서는 부득이한 피해였다고 보증을 서 줘 보험으로 처리할 수 있게끔 도와줬다. 또한 병원비도 알아서 처리해 주겠노라고 했다. 하지만 사건은 더 이상 파헤치려 하지 않았다. 숲 속을 뒤져보면 개와 두 흑인의 시체가 나올지도 모른다는 나의 제안도 숲이 너무 넓다는 이유만으로 거절했다.

영사관 직원은 지방검사 선거가 임박해 있어서, 시끄러운 스캔들을 피하고 싶은 모양이라고 귀엣말을 했다. 결국 우리의 사건은 유야무야 처리되고 말았다.

하지만 이 사건은 우리에게, 특히 준수에게 치유할 수 없는 상처를 남겨 주었다. 의식을 회복한 준수는 한동안 겁에 질린 정신병자처럼 아무 말도 못 했다. 하긴 기타리스트를 꿈꾸던 그의 손가락이 잘려 나갔으니 그 충격은 이루 말할 수 없을 정도로 크리라.

준수는 충격에서 서서히 빠져 나왔다. 그는 고통스러운 기억에 몸부림치다가 가끔씩 잘려 나간 손가락을 보며 오열하곤 했다. 수민이가 소식을 듣고 달려왔으나 그녀와의 관계도 점차 소원해지기 시작했다. 수민이는 극진하게 준수를 보살폈지만, 잘려 나간 손가락 때문에 자포자기하는 준수의 모습에 실망했는지 심한 말다툼을 한 끝에 다시 인디애나로 돌아가고 말았다.

나는 준수의 치료 때문에 그 마을에 보름 가량 머물러야 했다. 보름이 지나자 허벅지의 상처는 어느 정도 아물었다. 약속대로 보안관이 와서 퇴원을 시켜 줘서 준수와 함께 병원을 나설 수 있었다. 손에 붕대를 감은 준수와 함께 버스터미널에서 버스를 기다리는데 인디언 노인이 다가오더니 말을 걸었다. 옷차림을 보니 토착 인디언이었다.

"젊은이들이 앤센빌이란 마을에서 살아나왔다는 두 젊은이인가?"

보안관은 쉬쉬했지만 이미 마을에는 우리에 대한 소문이 퍼질 대로 퍼져 있었다. 나는 노인이 단순한 호기심 때문에 그러는 줄 알고 내키지는 않았지만 고개를 끄덕였다. 준수가 자리를 옮기자고 잡아끌어 노인을 지나쳐 가는데 등뒤에서 노인이 다시 물었다.

"앤센빌, 앤센빌이 무슨 뜻인 줄 아나?"

나는 순간, 걸음을 우뚝 멈췄다.

"인디안 말로 '광신' 이라는 뜻이라네. 그러니까 앤센빌은 '광신의 마을' 을 뜻하는 거지. 인디안 전설에도 그런 마을이 있었다고 전해지고 있지. 그 마을에 들어서는 사람들은 의식의 제물로 희생당하곤 한다고…. 참으로 무서운 일이지."

인디안 노인은 말을 끊고서 먼 하늘을 올려다보았다.

"노인장, 그건 어디까지나 전설이지 않소?"

노인의 이야기를 들었는지 백인 운전사가 커피 잔을 들고 와서 물었다.

"모르는 소리…. 아주 오래 전부터 이 마을을 지나간 사람 중에서 실종자들이 종종 있었지. 가끔씩 실종자의 가족들이 마을로 들어와서 사람을 찾다가 돌아가곤 했다오. 그런데 놀랍게도 그 중에 백인은 한 사람도 없었지. 만약 백인 실종자도 있었더라면 보안관이 나 몰라라 하지는 않았을 텐데…."

그때 기다리던 필라델피아행 버스가 왔다. 나는 노인의 이야기를 더 듣고 싶었지만 돌아서야만 했다. 등 뒤에서 노인이 또렷한 목소리로 덧붙였다.

"젊은이들 웬만하면 고향으로 돌아들 가게나. 그놈들은 자신들의 비밀을 아는 사람을 절대로 그대로 놓아두는 법이 없다네. 아마도 지구 끝까지라도 쫓아갈 걸세. 이 땅은 너무 위험해…."

나는 준수 뒤를 따라서 버스에 올랐다. 인디안 노인은 차가 완전히 멀어질 때까지 한 곳에 붙박인 듯이 서서 버스 뒤꽁무니를 쳐다보았다.

필라델피아로 돌아온 우리는 서둘러서 귀국 준비를 했다. 인디언 노인의 경고 때문이 아니라 더 이상 이 저주받은 땅에 남아 있고 싶지 않아서였다. 귀국 준비를 하면서 준수는 거의 말을 하지 않았다. 내가 무심코 음악을 틀면 준수는 아무 말도 하지 않고 음악 소리가 들리지 않는 곳을 찾아 자리를 옮겼다. 그의 얼굴은 석고상처럼 굳어 있어서, 나는 준수가 자살이라도 하지 않을까 내심 걱정하곤 했다.

우리는 한국행 비행기에 탑승했지만 가족을 만날 수 있다는 설렘도 미국을 떠나는 데서 오는 아쉬움도 느낄 수 없었다. 우린 착잡한 심정으로 창 밖만 바라보았다.

준수의 옆자리에는 교포 할머니가 앉았다. 비행기가 이륙하자 할머니는 준수에게 교회를 다니냐고 물었고 준수는 아무 말도 하지 않았다. 할머니는 하나님의 은혜에 대해서 늘어놓으면서 간간이 준수에게 교회에 다니라고 설득했다. 준수는 할머니의 이야기를 듣지 않으려고 일부러 자리를 뜨기도 했다. 하지만 할머니는 죄인을 구제하라는 기독교인의 사명감을 게을리 하지 않았다. 할머니가 도에 지나치게 준수를 귀찮게 군다 싶어 내가 나섰다. 준수는 다른 종교가 있으니 그만하시라고 할머니를 만류했지만 그때뿐이었다.

할머니는 성경 구절까지 인용해 가며, 사탄의 꼬임에 넘어가지 않고서 영생을 얻으려면 하나님을 믿어야 한다고 침을 튀겨가며 설교했다. 한순간, 머리카락 속에 두 손을 파묻고 있던 준수가 자리를 박차고 일어났다. 그는 앞에 놓여 있는 맥주캔과 책들을 던지며 고함을 질렀다.

"종교에 모든 것을 팔아버린 것들아! 봐라. 네 놈들 때문에 내 한쪽 손이 날아갔단 말이다! 나의 인생과 꿈들이… 흐… 흐흑!"

비행기 안은 순식간에 아수라장이 되었다. 승무원들이 달려와 흐느끼는 준수를 만류했다. 할머니는 너무도 놀랐는지 움직이지도 못한 채 눈을 크게 뜨고 있었다. 스튜어디스가 달려와서 할머니에게 진정제를 먹였다. 그러곤 준수와 격리시키기 위해서 앞쪽으로 데려갔다. 다른 승객들이 힐끔거리며 준수를 쳐다봤다. 나는 준수의 오른손을 꽉 잡았다. 세상 모든 사람들이 준수를 욕한다 해도 난 준수를 이해할 수 있었다.

비행기가 서울에 다가갈수록 준수의 앞으로의 생활이 걱정되었다. 종교에 대해 지독한 혐오감과 증오심을 지니고 있는 준수가 서울에서 잘 지낼 수 있을지 은근히 불안했다.

공항 출입구를 나서니 가족들이 기다리고 있었다. 준수 가족들은 애써 준수의 왼손을 외면했다. 준수 아버지는 태연한 척 준수를 위로했지만, 준수의 어머니와 여동생은 잘린 손을 붙잡고 주위의 시선도 아랑곳하지 않고 대성통곡을 했다. 나는 준수네 가족을 뵐 면목도 없어 마중 나온 동생 손을 붙잡고 서둘러 자리를 떠났다.

그 뒤로 준수의 소식을 들을 수 없었다. 가끔 연락을 시도해 보았지만 준수가 나를 피하는 눈치여서 이내 포기하곤 했다.

얼마 뒤에 거리에서 우연히 준수 어머니를 만나 준수 소식을 들을 수 있었다. 준수는 정신병원에 입원해 있다는 것이었다. 집으로 전도하러 온 전도사와 집사를 테니스 채로 폭행하는 바람에 교회에서 몰려오는 등 한바탕 난리가 났다고 했다. 다행히도 상처가 심하지 않은 데다 피해자 쪽에서 쉽게 합의를 해 줘서 풀려났으나, 그 뒤로도 크고 작은 사건이 끊이질 않아 아예 입원을 시켰다는 것이었다.

나는 준수를 찾아가 볼까 하다가 그만두었다. 나를 보게 되면 그때의 기억이 되살아나 치료에 나쁜 영향을 줄지도 모른다는 우려 때문이었다.

서울에 와서 나는 한동안 악몽에 시달렸으나 생활이 바빠지자 그때 일도 차츰 잊혀져 갔다. 복학을 하고 정상적인 사람들과 웃고 떠들다 보니 앤센빌에서 있었던 일이 실제 일이 아니라 꿈이었을지도 모른다는 생각이 들곤 했다.

그러던 어느 날, 나는 뉴스를 보고 있다가 도저히 잊을 수 없는 이름과 다시 접해야만 했다.

"…한국 시간으로 28일 새벽, 미국 텍사스주 웨이코의 집단 거주지에서 다윗파라는 사이비 종교 집단과 경찰간의 무력 충돌이 발생했습니다. 데이빗 코래쉬가 교주로 있는 다윗파는 교주를 체포하러 온 경찰에 총격을 가해 사상자를 낳았으며 현재 경찰과 대치 중에 있습니다.

코래쉬는 자신이 예수라고 주장하고 있는데, 다윗파는 제7일 안식교일 예수 재림교의 한 분파로 알려져 있습니다. 교주 코래쉬는 15명의 아내를 거느리고 마약 밀매와 아동 학대를 자행하는 등 종교를 앞세워 끔직한 만행을 저지른 것으로 밝혀져, 경찰이 검거에 나서자 신도들을 이끌고 대항하고 있습니다.

경찰은 요새화된 집단 거주지에는 대략 80여 명의 신도들이 있는 것으로 추정하고 있으며, 이들은 코래쉬의 명령에 따라 결사 항전 태세를 갖춘 것으로 파악하고 있습니다. 경찰이 이들을 무력으로 제압할 경우 집단 자살 등을 택할 가능성이 상당히 높아 대치 상태가 장기화될 가능성이 높다고 경찰 고위 간부가 밝혔습니다."

'다윗'과 '코래쉬'라는 단어는 나에게 잊혀졌던 악몽을 다시 떠올리기에 충분했다. 하지만 내가 갔던 지옥의 마을 앤센빌은 동부에 위치했고, 텍사스 웨이코는 서부에 있어 비슷한 느낌은 들었지만, 내가 경험했던 '다윗교'와 같은 건지는 알 수 없었다.

나는 그 날부터 뉴스에 귀를 기울였다. 시간별 라디오 뉴스를 들었고, 텔레비전의 정규 뉴스는 물론이고 수시로 AFKN을 보았다. 결국 그 대치극은 코래쉬를 포함한 86명의 신도가 불을 질러 집단 자살하는 끔찍한 비극으로 막을 내렸다. 사건이 어이없이 끝나자 매스컴은 미 정부의 무능과 법무장관의 성급한 진입 지시를 비판했다. 결국 미 정부에 대한 비난으로 매스컴의 초점이 맞추어졌고, 그 바람에 다윗파라는 종교 집단에 대해선 별다른 언급 없이 넘어가고 말았다.

나는 그 사건을 앤센빌 마을과 별개의 문제로 정리하고 다시 일상으로 돌아갔다. 하지만 나는 내 의사와는 상관없이 다시 그 사건을 떠올려야 했다. 난데없이 미국 대사관에서 전화가 걸려온 것은 그로부터 일주일 뒤였다. 미국 대사관에 근무하는 한국인 이유직이라는 사람이 전화를 걸어와 잠깐 만날 수 없느냐는 거였다. 미국에 체류했던 대학생들에게 미국에 대한 인상과 생각을 알아보기 위한 설문 조사를 하기 위한 거라고 했다.

나는 귀찮기도 한 데다 미국이라는 나라에 대한 인상도 좋게 남아 있지 않아 바쁘다는 이유로 거절했다. 그러자 설문 조사에 응하지 않는다면 앞으로 미국 비자를 발급받거나 미국 관련 업무에 불이익을 당할 수도 있다며 은근히 협박을 해 왔다. 막상 협박을 당하고 나니 이상한 생각이 들었다. 미국에 다녀 온 사람은 수만 명이 될 텐데 하필 그런 설문 조사에 나를 지목했을까 의아스러웠다.

나는 기분도 상하고 해서 완강히 거절한 뒤에 전화를 끊었다. 수화기를 내려놓고 나서도 찜찜한 기분은 가시지 않았다. 나는 곧 장난 전화였을 수도 있다고 생각하고 그 일을 잊어버렸다.

다음날, 학교에 가니 후배가 과 사무실에 누가 나를 찾아왔다는 것이었다. 나는 아무 생각 없이 과 사무실로 갔다. 그곳에는 두 명의 덩치 큰 외국인과 동양인 한 명이 기다리고 있었다.

"일한아, 미국 대사관에서 나온 분들이래. 급하게 너를 만나야 할 일이 있어서 여기까지 찾아왔대."

조교 형이 들어가자마자 자리에서 일어나며 소개를 했다.

"저하고 어제 통화했었죠? 정식으로 인사하죠. 저는 미국 대사관에서 근무하고 있는 이유직이라고 합니다. 저희는 일한 씨에게 한 가지 도움을 청하기 위해서 이렇게 찾아왔습니다."

왜 이렇게 나에게 집착하는 건지 한편으로는 호기심도 일었지만, 한편으로는 불쾌하기도 했다.

"설문 조사 건이라면 어제 분명히 거절했을 텐데요."

"잠깐 조용한 곳으로 가서 이야기나 좀 하죠."

이유직이 정중하게 말했다. 나는 두 미국인을 바라보다가 설마 나를 해코지하겠냐 싶어서 순순히 과 사무실을 나섰다.

나는 그들을 데리고 학교 건물 옆 뜰로 갔다. 자리에 앉자 두 미국인이 사방을 살폈다. 그러곤 가방을 열어 녹음기와 여러 개의 파일을 꺼내 놓았다.

"도대체 무슨 일이죠?"

나는 이유직에게 한국말로 물었다. 미국인들도 간단한 한국말은 하는지 한 사내가 사진을 한 장 건네주며 아는 사람이냐고 영어로 물었다. 사진 속의 사내는 30대 중반의 서양인이었다. 인상이 그리 좋아 보이지는 않았다. 나는 기이하게 빛나는 눈빛을 지닌 사진 속의 사내를 보며 고개를 저었다. 그들은 시선을 교환하더니 다시 나에게 두 장의 사진을 건네주었다. 나는 그 사진을 보는 순간, 큰 충격을 받았다.

사진 속의 인물은 앤센빌에서 만났던 다윗과 데이빗이었다. 다윗의 눈을 보자 그때의 악몽이 떠올랐다. 내 표정을 유심히 살피던 이유직이 말문을 열었다.

"역시 알고 계시는군요. 처음 본 사진의 주인공은 데이빗 코래쉬입니다. 본명은 버논 하웰. 얼마 전 텍사스에서 집단 자살한 다윗파의 교주입니다. 나이는 33세. 학력은 중졸. 그 동안 자동차 정비사, 막노동꾼, 가수 등을 전전하다 80년대 중반 다윗교에 입교하여 87년에 총격전을 통해 교주 자리에 올랐습니다.

그 후 종교 조직을 이용해 마약 밀매, 살인, 아동 학대 등을 일삼다가 얼마 전 뉴스에서 나온 것처럼 비참한 최후를 맞았습니다. 가족은 84년에 14세였던 레이첼 존스와 결혼한 것을 비롯해서 15명의 부인과 7명의 자식을 거느리고 있었습니다.
지금 보고 계신 사진 중 오른쪽 사내는 데이빗 윌링. 본명은 조너단 케인입니다. 나이는 41세. 다윗교의 2인자로 코래쉬의 오른팔입니다. 프린스턴에서 종교학 박사 학위를 받았을 정도로 뛰어난 수재입니다. 88년부터 다윗교의 일을 맡게 되었는데 능력을 금세 인정받아 제2인자의 자리에 올랐습니다. 코래쉬에게 종교적 이론을 세워 준 인물이라고 할 수 있죠.

왼쪽 아이는 빅터 코래쉬. 데이빗 코래쉬의 큰아들로 11세입니다. 다윗교 내에서는 이 아이를 구세주로 신봉하고 있습니다. 교단 내에서는 다윗이라고 불리고 있죠. 데이빗 윌링이 이 아이의 교육을 전담한다고 알려져 있습니다."

"도대체 알고 싶으신 게 뭐죠? 저는 이 두 미치광이에게 잡혀 처참하게 죽을 뻔했어요. 그것 때문에 저를 찾아왔나요?"

나는 한시라도 자리를 빨리 뜨고 싶어서 이유직에게 물었다. 흥분해서 그런지 내가 듣기에도 커다란 음성이었다.

"그렇습니다. 코래쉬는 지난번 텍사스 사건 때 불에 타 죽었습니다. 경찰이 치열까지 검사해서 그의 죽음을 확인했습니다. 하지만 86구의 시체 중에 빅터 코래쉬와 데이빗 윌링의 시체는 찾을 수 없었습니다.

경찰과 대치하고 있을 때는 그들의 존재를 확인했었죠. 결국 그들은 살아서 그곳을 탈출했다는 이야기가 되는 셈이죠. 그런데 문제는 바로 이 두 사람들에게 있는 것이 아닙니다. FBI의 조사에 따르면 미 전역에 퍼져 있는 다윗교의 신자가 2

만에서 3만 명 정도라는 겁니다.

이번 사건으로 다윗교도들은 미국 정부와 현 체제에 대해 광기에 가까운 증오심을 가지고 있습니다. 코래쉬는 죽었지만 정작 구세주로 양육되어 온 이 아이와 2인자인 데이빗 윌링이 건재하는 이상 언제 어떤 식으로 참혹한 일이 발생할지 모르는 상황입니다.

우리가 조사한 바에 의하면 이 다윗교의 교리에는 무시무시한 목적이 담겨져 있었습니다. 유색 인종을 말살시키겠다는 것이 그 중 하나입니다. 이들은 백인들만이 신을 닮은 진정한 인종이라고 생각하고 있습니다. 그래서 다른 유색 인종을 말살시키게 되면 천국의 완성을 앞당길 수 있다는 거죠. 그들은 이러한 내용을 교리에 명시하고 있습니다.

또한 신도들은 코래쉬와 부인들 사이에서 태어난 아이들이 '다윗 가족'을 구성, 코래쉬와 함께 비 신도들을 모두 죽인 뒤에 이 세상을 지배할 거라고 믿고 있습니다. 다윗교는 이처럼 배타적이며 폭력 지향적인 사이비 종교의 전형적인 형태를 갖추고 있습니다.

일한 씨를 찾아온 것은 바로 이런 이유 때문입니다. 우리가 조사한 바에 의하면 일한 씨는 지난번 미국 방문 시 다윗교 신자들에게 수난을 당한 것으로 나와 있습니다. 친구와 함께…. 그 친구 이름이 박준수인가요?

그 분도 수소문해 보았지만 정신질환을 앓고 있는 것 같아서 일한 씨에게 전적으로 매달리게 된 겁니다. 미 정부에서는 집단 자살이 발생한 후, 비밀리에 다윗교에 대한 철저한 수사를 진행하고 있습니다. 조사 과정에서 앤센빌이라는 마을과 거기서 생존해 나온 두 명의 한국인 학생이 있다는 사실을 발견했습니다. 조사해 보니 당시 경찰서장이 사건을 축소 보고한 사실이 드러나 앤센빌이라는 마을에 대해서 재수사를 하고 있는 중입니다."

나는 이유직의 말을 듣고 잠시 동안 멍하니 앉아 있었다. 우리가 앤센빌이라는 마을에서 탈출했을 때, 정밀한 수사를 했더라면 어쩌면 텍사스에서 발생한 집단 자살은 막을 수 있었을지도 모른다는 생각이 들었다.

소 잃고 외양간 고치는 격이지만 지금이라도 수사에 착수했다니 천만다행이었다. 그들은 앤센빌의 마을에 들어섰을 때부터 탈출하기까지의 과정을 상세히 들려달라고 했다. 그때의 기억을 되살린다는 것이 내키지 않았지만 그들로 인한 또 다른 희생자가 나오지 않기를 바라며 끔찍한 이야기를 들려주었다.

그들은 가끔씩 질문을 던지기도 하면서 주의 깊게 들었다. 질문을 받다 보니 미국인 두 사람 중 한 사람은 종교 전문가라는 것을 알 수 있었다. 그는 의식에 대해서 깊은 관심을 표명했다. 다른 한 사람은 눈초리나 절제된 몸짓으로 봐서 FBI 같은 곳에 근무하는 수사관 같았다.

두 시간이 넘게 걸린 내 이야기가 끝나자 이유직이 준비해 온 설문지를 보며 질문을 던졌다. 마을 사람들의 생활 형태,

남녀 비율, 아이들의 수, 공동 예배, 식사 방식 등등에 대해서 물었으나 절반가량은 나로서도 대답할 수 없는 질문들이었다.

종교 전문가는 나에게 별도로 합창곡과 흑인을 죽일 때의 의식, 데이빗의 집에서 본 다윗의 그림에 대해서 물었다. 그는 가방에서 낡은 책을 꺼내더니 나에게 그림을 하나 보여 주었다. 색깔도 다르고 크기도 다른 그림이었지만, 흑인으로 묘사된 골리앗의 심장을 꺼내들고 서 있는 백인 아이 다윗의 모습은 내가 본 그림과 정확히 일치했다. 내가 고개를 끄덕이자 그는 그림의 유래에 대해서 들려주었다.

"이 고서(古書)는 구약성서의 외전에 해당한다고 할까요. 약 600여 년 전 정통 성서와는 달리 유대교의 한 종파가 자기들 나름대로 새로운 성서를 기록했는데 거기에 나오는 그림입니다. 그런데 이 종교는 신과 악마와의 투쟁을 혼란스럽게 묘사하고 있습니다. 어느 쪽이 선하고 어느 쪽이 악한지 쉽게 구분이 안 가는 거죠.

다윗의 경우도 그렇습니다. 골리앗을 해치운 이스라엘의 영웅으로 그리기보다는, 정권욕으로 인해 골리앗을 잔인하게 죽인 다음에 이스라엘을 폭압적으로 지배한 독재자로 묘사했습니다.

또한 이 종파는 비 신도를 전부 말살해야 한다는 교리를 지니고 있습니다. 일부 종교 학자들은 이 종파를 악마숭배교의 일종으로 보고 있습니다. 하여튼 이 그림이 데이빗의 집에 걸려 있었다면, 이 종파와 다윗교는 뭔가 연관이 있겠죠."

'악마숭배교' 라는 말을 듣고 나니 생각나는 것이 있어 종교 전문가에게 질문을 던졌다.

"저… 웨이코에서 진압 시에 불이 났을 때 연기에 악마의 얼굴이 보였다는 얘기가 있던데…"

"그런 일은 있을 수 없습니다. 만일 있다면 삼류 사진작가가 조작한 사진에 의해서나 가능하겠죠. 하지만 사실 알려지지는 않았지만 좀 끔찍한 일이 있었습니다. 불을 다 끈 후 거기에 들어간 소방대원의 증언에 의하면 그곳은 상상할 수도 없는 지옥이었답니다.

86구의 탄 시체가 여기저기 흩어져 있는 것이 아니라, 코래쉬를 가운데 두고 둥글게 원을 이룬 채 가지런히 앉아 있었대요. 자세히 보니 앞사람을 등 뒤에서 꼭 껴안고 타 죽었더라는 거예요. 고통에 못 이겨 뛰쳐나가고 싶어도 뒷사람에게 잡혀 어쩔 수 없이 타 죽을 수밖에 없게끔요. 정말 미친놈들이죠!"

종교 전문가는 몇 개의 질문을 더 던지고 나서 자리를 털고 일어났다. 수사관인 듯한 사내가 오늘 이 자리에서 있었던 일을 절대 발설하지 말아달라고 당부했다.

이유직은 준수가 당한 내상과 외상에 대해서 위로의 말을 하고 나서 이렇게 덧붙였다.

"이제 이념 문제가 사라진 지구상에 종교가 가장 큰 갈등의 불씨로 남아 있습니다. 미국만 하더라도 지식인들 사이에서는 종교 냉소주의가 만연해 있습니다. 그러다 보니 그 빈자리를 사이비 종교가 자리잡아가기 시작하고 있습니다. 인간이 존재하는 한, 그리고 종교가 있는 한 사이비 종교도 분명 존재할 수밖에 없습니다. 심각한 일이지요. 분명히 그 빅터라는 아이와 윌링이라는 놈이 앤센빌 같은 마을에서 죽음의 의식을 되풀이하면서, 뭔가 커다란 살육을 꿈꾸고 있을 겁니다. 그들의 교리를 실천하기 위해서…. 그 놈들이 커다란 사건을 저지르기 전에 잡아들인다는 게 미국 정부의 방침이지만 제가 볼 때는 솔직히 가망 없어 보입니다. 하여튼 협조해 주셔서 정말 감사합니다. 무슨 일이 생기면 다시 연락드리겠습니다."

그 뒤로 수사가 어떻게 진척되고 있는지 무척 궁금했지만 더 이상 연락이 없었다. 외신에 보도가 되지 않고 있는 걸로 봐서는 아직 잡히지 않았을 거라고 추측할 수 있을 뿐이었다.

다시 그 일을 잊을 만하니까 이번에는 오클라호마 연방빌딩 폭탄 테러 사건이 터졌고 콜로라도 기차 탈선 사건 등의 대규모 테러 사건 등이 터졌다. 미 정부는 극우 단체들의 소행이었다고 공식 발표했지만 다윗파의 소행 같다는 의심을 지워 버릴 수 없었다. 그것이 단순한 나의 망상이 아니라는 것을 타임지에 실린 폭탄 테러 용의자의 사진을 보고 이내 곧 확인할 수 있었다.

용의자의 왼쪽 팔에는 문신이 있었는데, 그 글자는 다름 아닌 'DAVID' 였다. 바로, 다윗이라는 것이다. 나는 그것을 보고 어느 정도 확신할 수 있었다. 우연의 일치일 수도 있겠지만 그 미친 다윗교도들이 교주의 죽음에 대한 피의 복수를 시작했다고….

나는 타임지를 덮으며 어딘가에서 차갑게 웃고 있을 빅터라는 금발의 소년과 윌링을 떠올렸다.

옆자리의 청년들은 술이 몇 순배 돌자 목소리가 좀더 높아졌다. 술잔을 만지작거리며 생각에 잠겨 있는데 준수가 불쑥 물었다.

"일한아, 종교가 뭘까?"

준수의 눈동자는 물기에 젖어 있었다.

"글쎄… 불완전한 존재인 인간이 스스로 의지하고 위로받기 위해 만든 체계적인 논리가 종교가 아닐까?"

"네 말대로라면 결국 인간은 자신들이 만든 논리에 의해서 지배를 받는 셈이군."

"그렇지. 인간의 내면 속에는 지배당하고 싶은 심리가 깔려 있으니까."

"정말 신이 있어서 우리를 지켜보고 있다면 신은 지금 어떤 심정일까? 자신들 편한 대로 논리를 세워 놓고 신의 뜻이라고 피 터지게 싸우고 있는 우리의 모습을 본다면…."

준수는 자조 섞인 미소를 띠며 말했다. 그는 검은 장갑을 낀 의수로 테이블을 툭툭 치다가 다시 입을 열었다.

"나의 잘린 손은 신의 뜻이었을까, 아니면 신의 뜻을 빙자한 인간의 만행이었을까? 가끔 궁금해질 때가 있어. 내가 지은 죄 때문에 신이 나를 벌한 거라면, 창조할 때부터 내가 죄를 못 짓게 만들었어야 하는 것 아니겠어? 죄를 짓도록 창조해 놓고 이제 와서 벌을 내린다는 건 말도 안 돼! 흐흑!"

술기운 때문에 감정이 격앙되었는지 준수가 고개를 묻고 흐느끼기 시작했다. 갑자기 옆자리가 조용해졌다. 돌아보니 한 청년들이 곱지 않은 눈길을 우리에게 보내고 있었다. 그 중에서 덩치 큰 사내가 주위의 만류에도 불구하고 테이블을 박차고 일어나더니 우리 쪽으로 비틀거리며 다가왔다.

"당신들 뭐야? 아까부터 듣자듣자 하니까 말을 너무 심하게 하는구만."

사내는 상당히 취해 있었다. 그는 우리의 대화 때문이 아니라 취기 때문에 나선 것 같았다.

"기분이 상했다면 죄송합니다. 이해하십시오."

나는 엎드려 흐느끼고 있는 준수를 일으켜 세웠다. 술값을 계산하기 위해서 지갑을 꺼내는데 이죽거리는 소리가 들려 왔다.

"술자리마다 꼭 저런 놈들이 있단 말야. 자신의 어설픈 지식을 뽐내기 위해서 꼭 종교를 도마에 올려놓고 씹으려 들지. 자기가 무슨 니체라도 되는 걸로 착각하고 있는 건지…."

준수가 그 소리에 불끈해서 돌아섰다. 나는 준수의 어깨를 잡아 만류했다. 준수가 숨을 고르더니 돌아섰다. 우리는 가게 앞에서 악수를 나눴다. 준수의 뒷모습을 지켜보다가 돌아서서 걷는데 준수가 불렀다.

"일한아, 나를 구해줘서 정말 고마워! 살아있다는 것은 참으로 좋은 거라는 걸 알았어. 이건 진심이야! 오늘 너에게 이 말을 해 주고 싶었어."

준수가 미소를 띤 채 검은 장갑 낀 손을 흔들었다. 나는 준수를 마주보고 서서 손을 흔들었다. 검은 장갑을 낀 키보드 주자로서 당당히 살아가기를 빌며….

화려한 도시의 불빛 속으로 준수의 모습은 이내 묻혀 버렸다. 지하철을 타기 위해서 역 쪽으로 가다 보니 '부활 재림교' 라고 쓰인 이상한 플래카드가 보였다.

"예수님이 재림했습니다. 부활 재림교를 믿으세요! 세상의 종말이 다가오고 있습니다. 부활 재림교를 믿어야 영생할 수 있습니다!"

웬 때늦은 휴거인가 해서 나는 아무 생각 없이 그 앞을 스쳐 지나갔다. 젊은 여자가 찌라시를 나누어 주었다. 나는 건성으로 찌라시를 훑어보았다. 조작한 사진 옆에 세상의 종말이 다가오고 있는 여러 가지 징후가 나열되어 있었다. 쓰레기통을 찾아보았지만 보이지 않았다. 주머니에 넣고서 지하도로 내려갔다. 플랫폼에서 차를 기다리다가 이상한 기분이 들어서 좀 전의 찌라시를 살펴보았다.

'재림한 예수님의 실제 모습' 이라는 커다란 글씨 아래 한 장의 사진이 인쇄되어 있었다. 순간, 머리가 멍해지면서 전신에 전율이 왔다. 사진 안에는 빅터, 아니 다윗이라는 소년이 기분 나쁜 미소를 띤 채 나를 차가운 눈길로 바라보고 있는 것이었다.

공포 소설가

사람들이 읽는 글을 쓰고 싶었을 뿐이었다.
사람들을 죽이기 위해 글을 쓰진 않았다…

– 소설가의 독백 중에서

6월 3일

"이 작가, 지난번에 얘기했던 스토리 죽이던데… 그걸로 해서 원고 이달 말까지 끝내줘. 정말 부탁이야."

"아니, 사장님 책도 안 팔리는데 또 책은 내서 뭐하게요? 제 인세도 제대로 못 주시면서…"

"이 양반아, 그래도 자네 책은 여름에 좀 먹히잖아. 공포 소설은 여름 시장 놓치면 끝이야. 이번에는 내가 자신이 있어서 그래. 내 친구 최 기자 있잖아? 그 친구가 이번에는 확실히 밀어주기로 약속했다니까! 그리고 이번에는 500권분 쳐서 선인세 내줄게."

"휴… 정 그렇다면… 이달 말일까지 신작 원고 정리해서 드릴게요."

김 사장의 원고독촉 전화를 간신히 끊고 나서, 억지로 컴퓨터 앞에 몸을 세워 앉았다. 그러나 막상 다시 글을 쓰려고 하니 막막해질 뿐이었다. 천 장이 넘는 원고를 써야 한다니. 이제까지는 대충 생각나는 대로 쓰면 되었지만, 그것도 글을 조금 썼을 때 얘기였다. 벌써 공포 소설로만 10권이 넘는 책을 내다보니, 생각 없이 쓰다보면 예전에 내가 썼던 글의 등장인물이 이름만 바뀌어서 써지는 적도 많았다. 사실 나 스스로도 공포 소설에 흥미를 잃어가고 있었다. 다들 '인터넷 소설' 이라고 불리는 통통 튀는 젊은이들의 로맨스를 그린 소설이 폭발적인 인기를 끌고 있는 가운데, 공포 소설이라고 하면 괜히 한물간 얘기 같아 보였다. 솔직히 책도 잘 안 팔리고…

그러던 중, 통 연락도 없던 김 사장이 무슨 바람이 불었는지 갑자기 전화를 해서, 원고를 재촉하는 것이었다. 나의 이전 책들의 인세도 주지 못하고 있을 정도로 어려운 것을 뻔히 아는데, 이상할 정도로 책을 내자는 것이었다. 그것도 요즘은 한물간 공포 소설로… 병원의 얘기도 있고, 쓰기도 싫었지만, 500권 선인세라는 데에 마음이 끌렸다. 대충 삼십만 원 돈 가까이 되는 돈이라, 적어도 여름 휴가는 갈 수 있을 것 같았다.

6월 29일

"이 작가, 이번에는 웬일로 약속을 지켰네? 지금 교정보고 있으니까 서점에는 보름 후에나 깔릴 거야."

"결말 부분은 제가 두 버전을 보냈으니 사장님이 마음에 드는 것으로 골라서 출판해주세요. 대신, 저도 약속을 지켰으니, 사장님도… 헤헤…"

"인세 말하는 거야? 약속은 약속이니까. 다음 주 서점에서 수금 들어오면 입금시켜 줄게."

"아니 사장님, 그럼 그건 선인세가 아니잖…"

"나 약속이 있어서 이만 끊네!"

혹시나 했는데, 역시 김 사장의 선인세 지불 약속은 허풍에 지나지 않았다. 그래도 다음 주에는 주겠지, 라고 생각하니 밑지는 장사는 아니라는 생각이 들었다. 이번에는 정말 대충 썼기 때문이다. 인터넷에 떠도는 얘기를 대충 바꾸고 쓸데없이 만연체로 길게 늘여 원고 분량만 채웠다. 그렇게 하니까 체중도 줄지 않았다. 책 한 권 쓸 때마다 5, 6킬로그램이 줄었던 예전에 비하면 정말 쉽게 쓴 것이다. 병원에서 걱정하던 증세도 책 쓰는 동안 별로 악화되지 않았다. 여하튼 출판사에서 인세 받으면 방세 내고 여행이나 갔다 와야겠다는 생각이 들었다.

7월 25일

"이 작가, 조짐이 이상해."

"조짐이 이상하다뇨? 책이 잘 팔린다는 거예요, 안 팔린다는 거예요?"

"말 그대로 이상하다니까. 책 나온 지 첫 달은 일주일에 열 권도 주문 들어오기 힘들더니, 한 달이 지난 지금 올림픽 때문에 사람들이 책은 거들떠보지도 않는데도 책 주문이 늘고 있어. 그것도 까무라칠 정도로 많이!"

"까무라칠 정도로 많이요? 광고도 안 하잖아요? 우리 책."

"이제는 광고도 해야겠어."

"도대체 얼마나 나가길래 광고 얘기를 하시는 거예요."

"얼마냐고… 오늘 하루 주문 들어온 것만 2천 권이 넘어. 이제까지 나간 책이 3만 권이 넘을 걸… 우리 부자 될 것 같아!"

수화기 너머로 들려오는 김 사장의 말은 믿기 힘들었다. 하루에 2천 권씩 주문이 들어오다니… 그리고 벌써 3만 권이 넘게 팔리다니. 지금까지 팔린 것만 해도 인세가 2천만 원 가까이 된다는 것이다. 정말 책 써서 부자가 될 수 있는 것인가.

며칠 있다 걸려온 전화는 나를 정신적 공황 상태로 몰아넣을 뻔했다. 이제까지 내가 썼던 10권의 책들마저도 불티나게 나가고 있다는 것이다. 벌써 인세로만 1억 넘게 벌게 된 것이다. 그런데 중요한 것은 왜 그렇게 책이 잘 팔리는지 이유를 모르겠다는 것이다.

8월 6일

"이 작가, 신문 봤어?"

"예. 어떻게 된 일이죠?"

"그 질문은 내가 하고 싶어. 정말 아무 관계없는 거지? 책이 잘 팔려서 좋기는 하지만…"

"저, 당분간 잠수 탈 거예요. 기자들로부터 전화가 빗발쳐서 살 수가 없어요!"

"그럼 나는 어떻게 연락하지?"

"음… 매일 오후 3시에 제가 전화를 켜놓을 테니까, 연락주세요. 인세는 꼭 챙겨서 보내주시고요."

김 사장이 얘기했던 그 기사를 처음 보는 순간 나는 현기증이 일어나 쓰러질 뻔했다. 요즘 강북 일대를 공포로 몰아넣고 있는 '수요일 밤 연쇄살인'의 네 번째 사건까지가 모두 내가 쓴 소설과 똑같은 방법으로 자행되었으며, 그것이 사람들 사이에 알려져서 책이 폭발적으로 팔리고 있지만, 경찰은 그 사건에 대해 아무런 단서도 잡지 못했다는 기사였다.

나는 어떤 미친놈이 내 책을 보고 모방 살인을 하는 것으로 처음에는 생각했다. 하지만, 그 기사 말미에 따르면 첫 살인이 발생한 것은 내 책이 서점에 깔리기 일주일 전이었다는 것이었다. 그런 시간차가 있는데도 살인 방식이 책에서 묘사된 것과 똑같다며, 은근히 살인사건이 나와 연관돼 있다는 식으로 기사를 마무리짓고 있었다.

젠장, 책이 잘 팔려서 좋긴 좋은데, 이런 엉뚱하고 황당한 일에 휘말리게 될 줄은 몰랐다.

8월 15일

"이 작가, 난리 났어! 어떻게 된 거야?"

"그걸 나한테 물어보면 어떡해요? 사장님도 날 의심하는 거 아니에요?"

"아니… 의심은 아니지만, 좀 이상하잖아. 원고가 나오기 전에 살인이 그대로 일어나고…"

"그거 혹시 사장님이 꾸민 일 아니에요? 책이 살인하고 연관되어 가장 이득 본 사람은 사장님이잖아요."

"이 사람이! 아무리 궁지에 몰렸다고 해도 함부로 말하는 게 아닐세!"

"…."

"여하튼 어제 경찰들이 와서 나는 벌써 조사해갔어. 자네 연락처를 묻는 것을 자네 허락 받고 알려줄 생각으로 입 다물고 있었어. 그런 나를 의심하다니…"

"죄송합니다. 너무 상황이 웃기게 돌아가서… 저 어떡하죠?"

"우선 잠잠해질 때까지 잠수 타고 있어. 내가 할 수 있는 데까지 수습해보지. 하지만, 조심하게. 자네 담당이라는 박 형사 만나봤는데, 보통이 아닌 것 같았어. 인세는 지금 보내면 자네

위치가 탄로날 테니, 좀 있다 보내주지."

다섯 번째 살인까지 내가 묘사한 방법대로 똑같이 일어나자, 세상은 정말 난리법석을 피웠다. 신문과 TV는 나에 대한 특집까지 다루면서 마치 내가 범인이라도 된 듯, 내가 잡혀야만 이 사건이 해결되는 것처럼 보도했다. 경찰은 내 신병을 확보하는 사람에게 일계급 특진의 포상을 비밀리에 내걸었고, 내 기사를 처음 쓴 기자는 '이 달의 기자상'을 수상했다. 야당에서는 무능을 이유로 행자부 장관의 교체를 주장했고, 여당에서는 내가 예전에 써주었던 야당 의원 연설문을 찾아내 정치 쟁점화하고 있었다.

처음에는 김 사장 말대로 조용해질 때까지 가만히 숨어있을 생각이었다. 하지만, 이대로 가만히 숨어있다가는 꼼짝없이 나는 잔인한 연쇄살인마로 사회로부터 매장될 것 같은 분위기였다.

뭔가 해야 한다는 생각이 들었다. 뭔가…

8월 21일

"이 작가, 며칠 동안 전화를 왜 안 받아? 걱정했잖아?"

"이유가 있어서요."

"그래도 그렇지. 세상이 자넬 잡으려고 이렇게 난리가 났는데, 뭐하고 있는 거야?"

"그 동안 나름대로 이 사건을 조사했어요."

"조사라니? 자네 미쳤어? 괜히 사건 근처에서 어슬렁거리다가 경찰 눈에라도 띄면 정말 빼도 박도 못 한다니까!"

"에이, 제가 바본가요. 그런 식으로 조사한 게 아니라, 이 사건으로 이익을 볼 사람들을 하나씩 조사해 나갔어요."

"그래서?"

"우선, 사장님과 제가 가장 이익을 볼 사람이지만, 너무 뻔한 용의자라 제외시켜 놓고 한 명씩 찾아봤습니다. 그러다 보니, 그럴듯한 동기를 가진 사람이 발견됐습니다."

"그게 누군데?"

"최 기자요. 사장님 친구 있잖아요. 이번 사건과 제 소설의 연관성에 대한 기사를 제일 처음 써서 상도 받고 주목받는 기자가 됐죠. 아는 사람을 통해 물어보니까, 최 기자는 이 기사 쓰기 전까지, 신문사에서 완전히 대기 발령 상태였다는군요. 곧 짤릴 예정이었고… 그런 와중에 부인과 딸의 유학비 송금도 해야 하는 부담도 있었고… 이 사건 기사로 단번에 출세하게 되었고, 이제는 정치부 기자로 옮긴다고 들었어요. 그리고 사장님과 친분이 있으니까, 우리 원고를 출판 전에 볼 수 있었겠고…"

"아니, 그건 아니야. 그 친구 형편이 그랬다는 것과 이 기사로 출세하게 됐다는 건 사실이지만, 원고를 먼저 보지는 않았어. 내가 책이 나온 다음에 밀어달라고 자네 사인과 함께 택배로 보내준 것이 다야. 못 믿겠으면 택배 영수증 보여줄게."

나름대로 굳은 심증을 가지고 있었지만, 김 사장과의 통화를 끝내고 나니 힘이 빠졌다. 신문이나 TV에서는 나를 완전히 범인으로 확정해놓고 기사를 쓰고 있었다. 기사에서 묘사되는 내 모습은 내가 봐도 무서울 정도의 미치광이 악마 숭배자인 연쇄살인자였다. 아이러니하게도 책은 너무 잘 팔려서 문화부에서 출판금지를 검토할 정도라는 것이다. 그렇다고 이렇게 가만히 있을 수는 없다.

8월 24일

"이 작가, 어떻게 된 거야? 어제 그 박 형사가 출판사로 와서 거의 난동을 부리던데. 자네 연락처 내놓으라고… 물론 시치미 때긴 했지만."

"휴, 어제 큰일 날 뻔했어요. 그 박 형사라는 인간이 어떻게 알았는지, 내가 묵고 있는 여관을 덮쳤어요. 다행히 화장실에 있는 나는 화장실 창문으로 도망쳤지만… 사장님이 알리신 것 아니죠?"

"이봐, 나도 자네가 어디 있는지 모르고 가끔 시간에 맞추어 통화하는 게 단데, 무슨 소리야?"

"아니에요. 그냥 해 본 말이었어요. 그런데 그 박 형사, 좀 사이코 아니에요. 내가 범인도 아닌데, 방에 들어오자마자 권총을 쏴대던데요."

"안 그래도 그 얘기 해주려고. 자네는 이미 유력한 용의자에

다가 위험한 정신병자 살인자라고 찍혀 검거 불가능할 시 사살하라는 내부 명령이 경찰에게 내려졌대. 몸조심하라고."

"이런, 젠장! 근데 사장님, 어제 그 박 형사에게 잡힐 뻔하고 좀 알아본 게 있는데요."

"뭔데?"

"박 형사가 수상해요. 만약 내가 박 형사에게 잡히면 그 형사 몇 계급 특진에다가 출세할 거 아니에요? 안 그래도 과잉수사와 무분별한 총기 사용으로 징계 중이고 거의 파면 직전이라는데요. 이 사건에도 억지로 자원하다시피 해서 들어왔고. 들리는 말에는 이번 기사가 나오자마자 아무도 믿지 않는 상황에서도 박 형사 혼자 출판사와 작가를 조사하자고 난리쳤다는데…."

"휴… 자네 힘든 건 알겠네만, 남이 들으면 완전 편집증 증세라고 오해하겠다. 사건 주변에 있는 사람은 다 의심하고… 몸조심이나 하라니까."

"사장님, 인세 좀 보내줘요. 돈이 다 떨어져 간단 말이에요."

"지금은 위험하잖아. 안 그래도 방법을 찾고 있으니까 좀만 기다려줘."

김 사장과의 통화는 전혀 내 상황에 도움되질 않았다. 나름대로는 철저하게 도피했다고 생각했는데, 어제 박 형사의 출현으로 점점 불안해졌다. 이러다가는 꼼짝없이 연쇄살인범으로 잡히게 생긴 셈이었다. 억울하고도 암담한 상황이었다.

8월 28일

"이봐, 이 작가, 큰일났어!"

"큰일이라뇨? 사장님, 더 이상 큰일이 또 어디 있겠어요?"

"아직 신문 뉴스에 나지 않았으니까 모르겠군. 일곱 번째 살인이 일어났다니까! 이번에도 자네 책이랑 똑같이! 이번 것까지 보도되면 사회가 받는 충격이 너무 크다고 보도가 규제된 상태래. 대신 자네는 완전히 범인으로 찍혔고… 우리 책 출판 금지 먹는 것도 시간 문제라고! 잘못하다가는 나도 망해!"

"사장님, 어떠하든 나를 도와주신다고 했잖아요! 나는 결백하다니까요!"

"방법이 없어. 내가 박 형사 만나서 얘기해 볼 테니까, 자수하는 것은 어때?"

"자수라고요? 미쳤어요? 지금 자수해봤자, 내가 살인범이네 하고 인정하는 것밖에 더 되요! 전 그렇게는 못해요!"

나는 더할 수 없는 절망감을 느꼈다. 일곱 번째 살인이라니….

내 책과 똑같은 살인이 일곱 번이나 일어나다니, 미칠 것 같았다. 불행 중 다행인 것은 출판된 책 내용으로는 살인은 일곱 번째가 마지막이었다. 그 사이코 범인이 내 책을 모방한다면 이제 더 이상의 살인은 없을 것이다.

그 때 갑자기 소설 결말이 생각났다. 책 내용에 따르면 살인은 일곱 번째가 마지막이었다. 하지만 한 사람이 더 죽게 되어 있었다. 그 내용이 생각나자, 등골이 오싹해지며 무서워지기 시작했다. 만약 이번에도 그 내용대로 사건이 발생한다면…

9월 3일

"이 작가…"

"말씀하시죠. 뜸들이지 말고."

"나는 끝까지 자네를 믿네. 이 사실을 잊지 않았으면 좋겠어. 설사 박 형사 말이 사실이라고 해도, 나는 자네의 본 모습을 끝까지 믿네."

"박 형사 말이라뇨?"

"음… 자네 담당 의사가 양심의 가책을 못 이겨 고백했네. 환자의 비밀을 지켜야 한다는 의사로서의 의무감과 더 이상 사람이 죽는 것을 막아야겠다는 양심 사이에서 갈등하다가 결국 경찰에게 털어놨다네. 자네 증상에 대해서."

"내 증상이라뇨?"

"그거 있잖아? 몽유병. 3년 전에도 몽유병이 도져 밤에 나가서 도둑고양이 한 마리를 패대기쳐서 죽인 적이 있다고. 중요한 것은 그 때 비슷한 소설 〈도둑고양이〉를 쓰고 있던 때였고. 본인은 기억하지 못하지만. 그리고, 그 몽유병을 치료하기 위해 의사를 계속 만났고."

"그 병은 완치되었다니까요! 전혀 문제없어요! 안 그래도 그

것 때문에, 잘 때마다 나를 묶고 잤어요. 나는 죄가 없다니까요!"

"자수하게. 자수해서 자네의 무죄를 밝히게. 진단도 다시 제대로 받고…"

"진단이라니! 나 말짱하다니까!"

전화기를 끊고 나니, 그 동안 나를 괴롭혀왔던 사실이 현실이 되는 것을 느꼈다.

몽유병.

소설을 쓰기 시작하면서 생긴 괴기한 질병이었다. 창작의 고통에 휩싸일 때마다 언제부터인가 몽유병 증상이 나타났다. 처음에는 방에서 자다가 깨나면 마루에 있는 정도의 경미한 증세였다. 그런데, 어느 날 깨어나 주변을 둘러보니 놀이터였다. 밤새 놀이터 벤치에서 잔 흔적이 남아 있는 것을 발견하고는 슬슬이 병에 대해 두려움이 느껴졌다. 증세는 점점 심해지는 듯했다. 어느 순간부터는 내가 잠결로 밖에 나갔다 왔다는 사실도 까맣게 모르게 되었다. 아침에 일어나 보면, 멀쩡한 잠옷 차림이었지만, 외출복 주머니에는 모르는 사람의 명함이 보이는 것이었다.

의사말로는 나의 몽유병이 특이해서, 거의 다중 인격처럼 전이됐다고 했다. 다시 말하면 잠이 들면서 내가 아닌 또 다른 내가 활동을 개시한다는 것이었다. 가장 두려운 사실은 내가 또 다른 나의 모습을 전혀 기억할 수 없는 것이었다. 의사는 내가 잠잘 때의 모습을 비디오로 촬영하기를 권유했다. 그러나 그 촬영 결과에 대해서 나는 어떤 부분도 알 수가 없었다. 의사는 치료에 악영향을 미친다는 이유로 내게 그 촬영 결과를 보여주지 않았다.

하지만 그런 일이 있은 후, 의사는 내게 완치됐다고 말해주었다. 특히 마지막 작품은 부담 없이 쓰는 바람에 전혀 재발할 징조도 없었다고 했다.

그런데, 이런 일이 발생한 것이다.

사실 내가 범행을 저질렀을 수도 있다는 생각에 온 몸을 칭칭 묶고 잤다. 물론 아침에 일어나 혼자서 풀 수 있는 매듭 정도야 몽유병 상태의 '나'도 풀 수 있으리라는 생각을 안 한 것은 아니었다. 그렇다. 아무것도 확신할 게 없다.

하지만… 아무것도 확신할 수 없지만…, 여하튼 난 아니다!

사람을 일곱 명이나 죽이다니… 그렇다면 더 죽일 수 있다는 것인가 아니면, 소설의 결말대로 끝내야 되는 것인가…

9월 5일

"이 작가, 자수해! 자수하라니까!"

"자수요? 지금 이 상황에 자수한다고, 누가 내 누명 벗겨줄까요? 사장님이요? 휴… 하긴 나 스스로도 모르겠는데, 누가 내 무죄를 증명하겠어요."

"그래도 계속 숨기만 하면, 더 이상 어떡하려고?"

"몰라요. 돈도 다 떨어졌고…."

"지금 있는 곳이 안전하기는 한 거야?"

"안전하겠죠. 여기까지 경찰이 쫓아온다면 이제 정말 더 이상 숨을 곳은 없을 거예요. 일주일째 여기 있는데도 아무 일 없는데요."

"그래, 그럼 앞으로도 쭉 거기 있겠군."

"사장님, 어떡하든 인세는 꼭 보내주세요. 돈이 떨어져 가니까요."

"인세라고? 그 돈으로 또 다른 사람 죽이려고?"

"사장님 무슨 소리예요? 갑자기? 나 아니라니까요!"

"누가 그래?"

갑작스런 김 사장의 태도 변화와 함께 음침한 목소리가 수화기 너머에서 들려오는 순간, 나는 뭔가 이상한 느낌이 들었다.

그때였다. 문이 쾅하고 떨어져 나가며, 사람들이 총을 들고 뛰어 들어왔다.

너무 갑작스런 일이라 나는 수화기를 든 채 멍하니 들어온 사람들을 돌아보았다. 들어온 사람은 세 명이었다. 들어온 사람들의 얼굴을 살펴보다 그 중에 껴 있는 김 사장의 얼굴을 보고 놀랄 수밖에 없었다. 김 사장은 나를 보고 씨익 웃으며 들고 있는 휴대폰의 폴더를 닫으며 얘기했다.

"고작 숨을 곳이 철거 앞둔 모델하우스야? 하긴 분양이 끝났으니, 철거되기 전까지 텅텅 비어 있었겠군."

나는 무슨 일인지 알아차릴 수가 없었다. 김 사장은 옆에 총을 든 사람과 칼을 든 또 하나의 사람에게 턱짓을 하며 음침한 목소리로 얘기했다.

"경찰이 달려올 때까지 5분 남짓 남았으니, 빨리 끝내지. 최 기자 칼 잊지 말고.”

나는 뭔가 말하려는 순간, 박 형사의 총이 불을 뿜는 것이 보였다. 순식간에 일이었다. 순간 정신이 아득해지고, 희미하게 천장 전등이 보였다. 점점 희미해지는 시야 속으로 김 사장이 득의만만하게 웃으면서, 주머니에서 종이 몇 장을 꺼내 내 주변에 뿌리는 것이 보였다. 동시에 힘이 빠진 내 손을 누군가가 들어 손아귀에 칼을 쥐어주는 것이 느껴졌다. 그리고 희미하게 내게 총 쏜 박 형사란 놈이 얘기하는 것이 들렸다.

“곧 경찰이 들이닥칠 때니까, 두 분은 빨리 나가서 준비했던 일을 마저 끝내쇼. 여기 일은 내가 마무리 질 테니까. 일주일 후, 김 사장 출판사 지하에서 봐요. 잠깐! 김 사장 나가기 전에 확실히 해야 할 것 있잖아?”

점점 힘이 빠지고, 숨쉬기도 힘들어지기 시작했다. 힘이 다 빠진 팔을 누군가가 다시 들고 그 팔 손아귀에 쥔 칼을 감싸 쥐며, 박 형사의 옆구리를 찌르는 것이 보였다. 별로 깊이 들어가진 않았지만, 박 형사는 괴로워했고, 내 얼굴로 박 형사의 피가 튀는 것이 느꼈다.

그러곤 암전된 연극 무대처럼 주변이 어두워졌다….

9월 12일

“김 사장, 그래 이번 일로 수익이 정확히 얼마야?”

“글쎄. 출판 금지될 때까지 나간 책이 50만 권 정도 되고, 출판 금지된 이후에는 인터넷으로 더 비싸게 팔고 있으니깐… 그래도 생각보다 많지 않아. 이것저것 경비 빼면.”

“형님도 너무 하시네, 그 이 작가 놈 인세 때먹은 것만 몇 십억이잖아. 완전히 재벌됐으면서.”

“최 기자, 자네는 뭐 아닌가? 모가지 날아가기 직전에 특종 건져서 정치부로 옮기고, 사건 르뽀 쓴 것으로 영화화하자고 있고. 완전 스타 아냐?”

“사실 나만 그런가, 여기 있는 박 형사님도 살인마를 처단한 열혈형사로 출세가도를 달리고 있잖아요. 2계급 승진해서, 파출소장으로 영전하고.”

어두컴컴한 지하에 양주 술자리가 어지럽게 펼쳐진 테이블 주위로 3명의 남자가 흐뭇한 표정을 지으며 술을 들이켜고 있었다. 출판사 김 사장, 최 기자, 박 형사였다. 김 사장이 술잔을 들이켜며 술 취한 목소리로 한마디했다.

“솔직히 그 새끼 글은 하나도 재미없었어. 이런 식의 사건이 없었다면 백 권도 못 팔았을걸… 그 허접한 글을 50만 명이나 읽히게 했던 나에게 감사해야 돼. 안 그래?”

최 기자 역시 술 취한 목소리로 대답했다.

“하긴, 처음 형님이 이 계획을 제안했을 때만 해도 설마 했는데, 이렇게 성공하게 될 줄 몰랐어요.”

“임마, 내가 그랬잖아. 그 새끼 몽유병까지 있기 때문에 확실하다고. 그리고 내가 그럴듯한 유서를 하나 남겼잖아. ‘밤마다 변하는 내 모습이 무섭다…' 지금 생각해도 그 글은 명문이야."

김 사장의 얘기를 듣던 박 형사가 옆구리 상처를 쓰다듬으며 한마디했다.

"하긴 그 글 발견되지 않았으면 위에서 사건종결까지 좀 시간 끌었을 거야. 그래도 김 사장 너무 세게 찔렀어. 아프잖아."

"미안, 미안, 슬슬 찌른다고 생각했는데, 갑자기 사람 죽일 때처럼 되더라고. 그래도 그 정도로 했으니까, 더 리얼했잖아."

화기애애한 둘의 대화를 듣던 최 기자가 문득 생각이 났다는 듯이 말을 가로막으며 김 사장에게 물었다.

"그런데, 형님. 그 자식의 글이 우리의 계획대로 될 수 있게 된 것이 우연이에요? 아니면 형님이 옆에서 같이 쓴 거요?"

"짜식, 내가 가만히 있었겠니? 괜히 그 자식에게 다 맡겼다가 황당무계한 얘기만 나오면 어떡하라고? 그래서 계속 인터넷에 떠도는 얘기라며 소재를 보내줬지. 그래도 그 자식 그 황당함은 어쩔 수 없는지, 마지막 결말을 허황되게 써왔더라고. 물론 내가 주인공이 자살하는 결말로 바꾸었지만."

"그럼 그 소설에는 결말이 두 개 있었던 거요?"

"그렇다니까. 원래 그 자식이 좋아했던 결말은 일곱 명을 죽인 것으로 연쇄살인범의 누명을 쓴 주인공이 음모에 의해 희생되는 것이었어. 문제는 거기서 끝나지 않고, 그 누명을 쓰고 억울한 죽음을 당한 주인공의 원혼이 음모에 가담한 사람들을 찾아가 복수하는 내용이었지. 정말 닭살 돋을 정도로 재미없고 뻔하지 않니?"

김 사장의 얘기를 듣던 박 형사가 갑자기 술이 깬 목소리로 얘기했다.

"김 사장, 그거 기분 나쁘지만, 우리 상황이랑 너무 비슷한 거 아냐?"

"박 형사도 일곱 명, 아니 여덟 명을 죽인 사람답지 않게 소심하네. 그건 삼류 소설이라니까, 삼류!"

김 사장이 '삼류!' 라는 단어를 강조하며 말을 마쳤을 때였다. "쿵!" 하는 소리와 함께 지하실불이 모두 꺼졌다. 정전이었다. 갑자기 사방이 깜깜해지자, 순간 모두 당황해 입을 닫았다. 사방이 조용해졌다. 몇 초 후 정전임을 깨닫자 김 사장이 말문을 열어 적막을 깼다.

"누구 라이터 없어? 라이터 좀 켜봐!"

그 말을 들은 박 형사가 라이터를 켰지만, 순식간에 어디선가 바람이 불어와 라이터 불을 꺼버렸다. 작은 창문 하나 없는 지하실이었다. 출입문은 닫혀 있었다. 바람이 불어올 곳이라고는 아무리 찾아봐도 없었다.

"젠장, 술맛 떨어지게. 김 사장 나갑시다!"

벽을 더듬어 지하실 문에 다가갔지만, 문은 누가 밖에서 걸어 잠갔는지 꼼짝도 하지 않았다.

"쾅! 쾅!"

신경질적으로 문을 두들이던 박 형사가 겁에 질린 목소리로 얘기했다.

"김 사장, 어떻게 된 거야. 문도 열리지 않고, 불도 나가고…."

김 사장도 불안했는지 침착하지 못한 목소리로 대답했다.

"이럴 리 없을 텐데. 이 지하실 문은 열쇠도 없는 문이야!"

"이건 또 뭐야! 휴대폰도 전원이 나갔어! 이런 빌어먹을… 아얏! 너 뭐야! 아악!"

겁에 질린 채 불평을 늘어놓던 최 기자가 뭔가에 놀랐는지 비명을 질러댔다. 잠시 후 최 기자는 기절을 했는지 숨소리도 내지 않는 채 잠잠해졌다.

"최 기자, 어디 있는 거야? 응? 어디야?… 뭐야, 이건? 아악!"

최 기자를 찾던 박 형사도 순식간에 공포에 질린 비명을 지르며 조용해졌다. 김 사장은 몰려오는 두려움을 억누르며 최 기자와 박 형사를 불러보았다. 하지만 들려오는 것은 지하실 안의 메아리뿐이었다.

김 사장은 가쁜 숨을 몰아쉬고 있었다. 숨막힐 듯한 정적을 김 사장의 숨소리가 깨고 있었다. 김 사장은 팔을 뻗어 주변을 더듬으며 벽에 등을 대고, 진정하려 애썼다. 최 기자와 박 형사는 불이 없는 가운데 우왕좌왕하다가 어딘가에 머리를 부딪치고 잠시 정신을 잃은 것이라고 자위했다. 그렇게 생각하니 좀 기분이 나아지는 것 같았다. 어느새 가쁘게 내쉬던 숨을 자기도 모르게 천천히 내쉬었다. 그러곤 숨소리마저 내지 않게 되었다.

그때였다. 자기의 숨소리가 가쁠 때는 몰랐는데, 김 사장이 숨소리를 내지 않자, 옆에서 누군가가 '쉭… 쉭…' 기분 나쁜 숨소리를 내고 있었다. 그 소리를 듣자, 김 사장은 머리카락

한올 한올이 천장을 향해 쭈뼛 섰다. 온몸에 소름이 쫙 끼치고 차라리 정신을 잃고 싶을 만큼 두려웠다.

"너는 누구냐? 최 기자야? 박 형사야?"

김 사장의 질문에 갑자기 기분 나쁜 숨소리가 뚝 멈췄다. 그러곤 김 사장의 귓가에 그 누군가의 입김이 조용히 닿았다.

"접니다. 사장님. 이 작가입니다."

다음 순간 김 사장의 처절한 비명소리가 들려왔다.

"아아악!"

9월 14일

"…경찰은 도곡동 제성 빌딩 지하에 발견된 3명의 사인을 심장마비로 잠정 결론짓고 수사를 마무리하고 있습니다. 하지만, 이러한 경찰의 결정에 대해 유족들은 건강한 성인 세 명이 동시에 심장마비로 숨질 수는 없다고 항의하면서 정확한 수사를 요구하고 나섰습니다. 한편 네티즌들은 이번에 숨진 3명이 공교롭게도 연쇄살인범 이인성과 밀접한 관계를 가지고 있고, 검거에 결정적 수훈을 세운 사람들이라는 점에서, 이번 사건을 〈공포 소설가의 저주〉로 부르고 있다고 합니다.

다음 뉴스는 행정 수도 이전에 관한 논란입니다…"

슈퍼맨이었던 사나이

인간과 동물의 차이 중에 하나는
타인을 위해 자신을 희생할 수 있다는 것이다.

– 그 사람의 모습을 보고

내가 그 사람을 처음 본 것은 학교 앞 횡단보도에서였다. 상쾌한 아침 공기 속에서 따사로운 햇볕을 받으며 나는 다른 많은 학생들과 함께 파란 신호등으로 바뀌기를 기다리고 있었다.

그런데 갑자기 웅성거리는 소리가 들려 돌아보았다. 한 사내가 유인물을 나눠주고 있었는데 유인물을 받아 든 사람들이 저마다 한 마디씩 하느라고 시끌벅적했다.

유인물을 나눠주는 사내는 삼십대 중반으로 보였다. 얼핏 보았지만 제정신이 아닌 것 같았다. 일단 옷차림부터가 일반 사람들과 달랐다. 날씨가 제법 쌀쌀한 가을 날씨인데도 그는 반바지에다 반팔 티셔츠를 입고 있었다. 게다가 목에는 보자기를 망토처럼 두르고 있었다. 머리는 덥수룩했고 면도를 며칠째 하지 않았는지 수염이 무성했다.

그 사람은 점점 내가 있는 쪽으로 다가왔다. 무슨 내용이 담겨 있을까 궁금해서 그가 주는 유인물을 받아 보았다. 한순간, 그의 눈과 마주쳤는데 파란 광채가 번득였다. 정신이상자가 분명하다는 생각이 들었다.

신호등이 바뀌어서 횡단보도를 건넜다. 걸어가면서 그가 나눠준 유인물을 살펴보았다. 인쇄물은 한마디로 조악했다. 직접 손으로 쓴 뒤에 복사를 한 모양이었다. 나는 꾸불꾸불한 글씨를 읽어나갔다.

** 어려울 땐 슈퍼맨을 불러 주시오!! **

나는 이 거리를 수호하는 슈퍼맨이오.
앞으로 어려운 일이 있으면 나를 부르시오.
그럼 내가 다 해결해 드리겠소.
이제부터 이 거리에 악한은 사라질 것이며
억울하게 피해를 입는 사람,
억울한 죽음을 당하는 사람도 사라질 것이오.
나는 여러분들께 약속하겠소.
나의 생명을 다해 여러분을 지킬 것을….

슈퍼맨 올림.

걸어가면서 유인물을 읽고 난 사람들이 여기저기서 웃음을 터뜨렸다. 나도 피식 웃고 나서는 뒤를 돌아보았다. 자칭 '슈퍼맨' 은 여전히 신호등 앞으로 모여드는 사람들에게 인쇄물을 나눠주고 있었다. 그의 너무도 당당한 모습에 터져 나오려는 웃음을 참아야만 했다.

교문 앞의 쓰레기통은 슈퍼맨이 나눠 준 유인물로 가득 차 있었다. 그가 꽤 이른 아침부터 나와서 유인물을 나눠 준 모양이었다. 나는 쓰레기통 속에 유인물을 넣고는 교문으로 들어갔다.

강의실 안은 온통 '슈퍼맨' 에 대한 이야기로 시끌벅적했다.

"미국의 막강한 슈퍼맨에 비해 한국의 슈퍼맨은 너무 초라한 것 같지 않아?"

"다 그게 경제력의 차이 아니겠냐."

"미국의 슈퍼맨은 신문기자인데 한국의 슈퍼맨은 직업이 뭘까?"

"혹시 꿈을 찍는 사진사 같은 거 아닐까?"

하루 온종일 학교는 슈퍼맨의 이야기로 떠들썩했다. 자가용을 타고 등교한 일부 학생들은 대화에 끼어들지도 못한 채 겉돌아야 했다.

우리는 모두 그 날 아침의 일을 가을날의 해프닝으로 여겼다. 정신병자가 멀쩡한 사람들을 상대로 해서 벌인…. 우리는 이내 그를 잊어버렸다.

내가 다시 슈퍼맨을 본 것은 일주일 뒤였다. 점심을 먹으러 밖으로 나가는데 옆에서 걷던 지영이 옷자락을 잡아끌었다.

"오빠 오빠, 저기 봐요. 슈퍼맨이 나타났어."

지영의 호들갑에 고개를 돌려보니 슈퍼맨의 여전히 괴상한 복장을 하고서 뭔가를 치우고 있었다.

그의 주변에는 수많은 사람들이 일정한 거리를 두고 서 있었다. 나도 지영과 함께 그쪽으로 갔다. 슈퍼맨은 공사장에서 쓰는 자재를 치우는 중이었다.

사실 인도에 쌓아 둔 공사 자재 때문에 걸어 다니기가 불편했다. 하지만 우리는 공사중이니 으레 그러려니 하고 지나쳐 버리곤 했었다. 그런데 슈퍼맨이 인도를 차지하고 있는 자재를 공사 현장으로 바짝 붙여서 치우고 있는 중이었다.

"당신, 뭐야? 왜 남의 물건을 함부로 만지는 거야?"

슈퍼맨이 땀을 뻘뻘 흘리며 일을 하고 있는데 안전 헬멧을 쓴 한 사내가 다가와서 인상을 쓰며 말했다. 그의 뒤로 인부들이 하나, 둘 모여들었다. 그들은 다수고 슈퍼맨은 혼자였지만 그는 조금도 기죽지 않고 큰소리로 그들을 꾸짖었다.

"나는 슈퍼맨이요. 공사하는 것은 좋아요. 하지만 보행자를 이렇게 불편하게 한다면 이 슈퍼맨이 용납하지 않겠소. 공사를 해도 보행자에게 피해가 가지 않도록 신경 써서 해야 될 것 아니오? 앞으로는 이런 일이 없도록 각별히 유념하시오. 알겠소?"

너무도 당당한 외침이었다. 현장 사람들은 그의 옷차림을 내려다보다가 기가 막힌 지 대꾸도 제대로 못하고 있었다. 그런데 구경꾼 중 누군가 장난 반, 진담 반으로 박수를 쳤다. 둘러선 사람들이 일제히 환호성을 올리며 열렬하게 박수를 보냈다.

"옳소! 슈퍼맨을 국회로 보냅시다!"

"고맙습니다! 고맙습니다!"

구경꾼들이 지지의 박수를 보내자 슈퍼맨이 백팔십도 허리를 숙여 인사를 했다.

"젠장! 어쩐지 꿈자리가 사납더라니…."

헬멧을 쓴 사내가 침을 뱉으며 돌아서자 인부들도 순순히 돌아섰다. 슈퍼맨은 작은 승리에 고무되었는지 즉흥연설을 했다.

"앞으로 부조리한 일이 발생하면 언제든지 이 슈퍼맨을 불러주십시오. 내 생명을 바쳐서라도 개선해 나가겠습니다."

구경꾼들이 '와아!' 하고 폭소를 터뜨리며 더 큰 박수를 쳐주었다. 슈퍼맨은 상기된 표정으로 다시 자재를 치우기 시작했다.

그 날 이후로 슈퍼맨을 거리에서 자주 볼 수 있었다. 슈퍼맨은 우리에게 수많은 이야깃거리를 제공했다. 슈퍼맨은 귀가하던 여자를 희롱하던 술에 취한 젊은이와 일대 격투를 벌이기도 했다. 결국 슈퍼맨은 파출소까지 끌려갔다가 훈방되어 나왔다. 우리는 그 사건을 슈퍼맨 주연의 '쌍과부집의 결투' 라 불렀다. 슈퍼맨과 싸웠던 그 직장인이 쌍과부집에서 술을 마시고 나왔기 때문에 붙여진 이름이었다.

'쌍과부집의 결투' 가 있은 지 이틀 뒤에는 슈퍼맨 주연의

'도망자' 사건이 있었다. 도망자는 해리슨 포드가 아니라 우리 학교 학생이었다. '도망자'는 라면 집에서 맛있게 라면을 먹고 나서 담배에 불을 붙였다. 거나한 기분으로 담배를 피운 그는 무심코 도로에 담배를 버렸고 그 광경을 발견한 슈퍼맨이 '제자리에 서!'를 외쳤다. '도망자'는 조만간 망신살이 뻗칠 것을 예감했고, 이를 모면해 보기 위해서 줄행랑을 놓기 시작했다.

슈퍼맨의 추적은 집요했다. 쫓고 쫓기는 대접전이 벌어졌다. 결국 학교 안으로 도망자는 피신했으나 슈퍼맨은 추적의 고삐를 늦추지 않았다. 한 시간가량 이어진 추적 끝에 슈퍼맨은 마침내 도망자의 뒷덜미를 낚아챘다. 결국 도망자는 슈퍼맨의 감시 아래 학교 안의 담배꽁초를 모조리 주워야 했다.

"어제 슈퍼맨은 뭐하고 지냈대?"

우리는 학교에 등교하면 누구에게랄 것도 없이 슈퍼맨의 안부를 물었다. 그러면 우리 중의 누군가가 직접 보거나 들은 '슈퍼맨 통신'을 들려주었다.

그러던 어느 날 나는 슈퍼맨과 직접 만나게 되었다. 술, 술 때문이었다. 나는 그 전날에도 폭음을 했었다. 원래 그 날은 술을 마시면 안 되는 거였는데 나는 친구들에게 잡혀 술집으로 끌려갔다. 심신이 피곤한 상태에서 마신 때문인지 술이 빨리 취했고 이내 필름이 끊겼다. 정신을 차려 보니 나는 술집 골목에서 토악질을 하고 있는 중이었다.

속이 뒤집히는 것만 같아 괴로워하면 토해 내고 있고 있는데 누군가 등을 두드렸다. 나는 같이 술을 마셨던 친구 중의 한 명인 줄 알고 그의 도움을 받아 마저 토해냈다. 그런데 뜻하지 않게 전혀 낯선 음성이 들려왔다.

"학생, 오늘 많이 마셨군. 뭔가 괴로운 일이 있나 본데 그런다고 술을 마시면 되나. 술을 마신다고 해서 괴로움이나 고민이 해결되는 게 아냐. 맨 정신으로 현실을 직시해야 해. 술을 마시고 모든 것을 잊으려 하는 것은 일종의 회피야. 도망 다니지만 말고 한번 부딪쳐 봐."

나는 고통스럽게 게운 뒤에 돌아보았다. 눈물로 흐려진 시야에 목소리의 주인공이 들어왔다. 그는 바로 다름 아닌 슈퍼맨이었다.

"집이 어디야?"

벽을 짚고 일어서려는데 그가 부축하러 다가왔다.

"됐어요. 혼자 갈 수 있어요. 지구나 많이 지키시라고요!"

정신이상자로 생각하고 있던 그의 도움을 받는다는 것이 내키지 않았다. 나는 그의 손을 거칠게 뿌리쳤다. 아마도 일종의 자존심 때문이었으리라.

나는 비틀거리며 골목을 빠져나갔다. 술을 얼마나 마셨는지 몸을 가누기도 힘들었다. 옆으로 쓰러지려 하는데 슈퍼맨이 잡아주었다. 바짝 쫓아온 모양이었다.

"몇 번 타지?"

그는 나를 버스 정류장으로 데려가며 물었다. 그의 도움을 더 이상 거절하기도 번거로워서 집으로 가는 버스 번호를 댔다. 나는 골목을 빠져 나와 큰길에서도 몇 차례 걸음을 멈추고 토악질을 했다. 그때마다 슈퍼맨이 내 등을 두드려주었다.

"버스가 왔어. 자, 타라고…."

슈퍼맨의 도움을 받아 버스에 올라탔다. 누군가 나를 의자에 앉혀 주었다.

"고맙습니다."

말하고 나서 무심코 고개를 드니 또 슈퍼맨이었다.

"아니 집이 이쪽이세요? 저 바래다주기 위한 거라면 그러지 않아도 되는데…."

"학생은 자기 몸이나 걱정해. 나는 학생같이 힘들어하는 사람들을 돕는 슈퍼맨이야. 나는 슈퍼맨으로서 내 일을 하고 있는 것뿐이니 부담 갖지 마."

나는 취중이었지만 그의 말에 심한 부끄러움을 느꼈다. 멀쩡한 육신을 제대로 가누지도 못하는 나 자신이 한심해 보였다.

집으로 가는 버스 안에서 나는 술을 깨기 위해서 안간힘을 썼다. 마침내 버스가 목적지에 도착했을 때 나는 어느 정도 정신을 차릴 수 있었다. 머리가 지끈지끈 아프기는 했지만….

"아저씨, 저는 이제 술이 다 깼으니까 그만 돌아가세요. 조금 있으면 버스도 끊긴다고요"

집까지 바래다주겠다는 슈퍼맨을 가까스로 설득해서 돌려보냈다. 그와 헤어지고 나자 다시금 취기가 몰려 왔다.

이튿날, 눈을 뜨자 어젯밤의 일이 어렴풋이 떠올랐다. 학교에 가니 '슈퍼맨과 고주망태' 라는 한 편의 길고 긴 이야기가 짜아악 펴져 있었다. 후배와 친구들의 놀림을 받았지만 나는 슈퍼맨에게 진심으로 감사했다. 그가 아니었으면 나는 어젯밤 길거리에서 밤을 새웠을지도 모르는 일이었다.

그 일 이후로 나는 한동안 슈퍼맨을 보지 못했다. 중간고사가 가까워지면서 슈퍼맨에 대한 학우들의 관심도 점차 식어갔다. 내가 슈퍼맨을 다시 만난 것은 정류장 앞에 있는 포장마차에서였다. 배가 출출해서 후배와 함께 들어갔더니 슈퍼맨이 그곳에 앉아 있었다. 슈퍼맨은 오뎅 국물을 후루룩 소리내서 마시는 중이었다. 전에 고맙다는 인사도 제대로 못했던 터라 인사도 할 겸해서 그에게 다가갔다.

"잘 먹었습니다."

그 순간, 슈퍼맨이 일어나더니 휘장을 걷고 나갔다.

"배고프면 언제든지 와요. 돈 안 받을 테니…."

주인아주머니가 펄렁거리는 휘장을 향해 소리쳤다. 저편에서는 아무런 소리도 나지 않았다. 나는 엉거주춤 서 있다가 후배 옆에 슬그머니 가서 앉았다.

"아주머니, 지금 나간 사람 아세요?"

나는 먹을 것들을 주문하면서 물었다.

"아주 잘 알지…."

"저 아저씨 정신이 좀 이상한 것 같던데…."

"아주 불쌍한 사람이라우…. 교통사고 때문에 그만 저렇게 됐다우."

"교통사고? 그게 언젠데요?"

"아마 초여름이었을 걸. 바로 요 앞길에서 사고가 났었지. 밖에서 '꽝!' 하는 소리가 나길래 나가 봤더니, 트럭과 승용차가 부딪친 거라. 소형차는 완전히 찌그러진 채 뒤집혀 있더라고. 사고를 목격한 사람들이 그러는데 트럭 운전사가 중앙선을 넘어서서 달려오던 승용차를 들이받았다는 거야. 아마도 트럭 운전사가 졸았던 모양이야. 하도 큰 사고라서 모두들 승용차에 탄 사람을 죽었을 거라고 혀를 차고 있었지. 그런데 뒤집힌 승용차에서 아까 왔던 그 사람이 피범벅이 된 채 나오는 거야. 이마에서 피가 주루룩 흘러내렸지.

그런데 그 사람은 흐르는 핏줄기는 닦을 생각도 않고 앞자리로 다가가는 거야. 차에서 연기는 피어오르는데 차문이 열리지 않는 거라. 운전석에는 부인이 그 옆자리에는 열 살 남짓한 딸이 타고 있었지. 그 사람은 차문을 열려고 안간힘을 썼지만 차는 뒤집혀 있고 차문은 휴지처럼 찌그러져 있는데 열리겠어. 사람들은 자동차가 폭발할까봐 멀찍이 떨어져 있었지. 인심 한 번 사납지. 사람이 죽어 가고 있는데 구경만 하고 있었으니…. 내가 보다 못 해 도와주려고 다가갔어.

차 안을 슬쩍 들여다보았는데 너무도 끔찍하더군. 부인은 피투성이가 된 채 운전대 위에 엎어져 있고, 딸애는 의자와 차 사이에 끼여서 살려달라고 울부짖고 있었지. 그 사람은 손가락이 부러져라 차문을 잡아당겨 보았지만 차문이 열려야 말이지. 차를 위로 좀 들어올리면 차문이 열릴 법도 한데 내 힘으론 어림도 없더라고…. 내가 사람들에게 와서 좀 도와 달라고 했지만 어느 누구 하나 나서려고 하질 않는 거야.

그러다 마침내 어린 딸이 기가 다 빠졌는지 이렇게 말하는 거야. '아빠, 나 아파… 졸립고…. 자고 싶어… 엄마 일어나면 나도 깨워 줘….' 그러곤 고개를 떨구었지. 그 순간, 그 사람은 야수처럼 울부짖었지. 눈 감으면 안 된다고…. 조금만 참으라고…. 하지만 아무 소용없었다우."

아주머니는 손가락으로 눈물을 훔치다 휴지를 빼서 코를 팽 하고 풀었다. 그러곤 마저 이야기를 이어나갔다.

"구조대가 왔을 때는 이미 그 사람은 실성한 뒤였지. 눈앞에서 처참하게 죽어 가는 딸애의 모습을 보고만 있었으니 오죽 했겠수. 망할 놈의 인심…."

아주머니가 내미는 떡볶이 그릇 위로 닭똥 같은 눈물을 떨어졌다. 인정 많은 주인아주머니는 얘기 도중에 그 사람이 불쌍하게 생각됐는지 훌쩍거리기도 했다. 하지만 그 불행한 사람에 대한 얘기는 계속했다.

"몇 주 전이었수다. 그 날이 바로 자릿세 주는 날이였수. 자릿세가 뭔 줄 알우? 이런 장사해 먹으려면, 쥐어줘야 하는 푼 돈이유. 그런데 지난달에 수입이 신통치 않아 그 날 준비를 못 한거야. 돈 받으러 온 깡패들이 고래고래 큰소리를 치면서, 돈을 독촉하는데, 갑자기 어디선가 물벼락이 그 깡패들에게 쏟아지는 것이었수. 나도 놀라서 물이 쏟아진 곳을 봤더니, 거기에는 그 교통사고 당했던 사람이 이상한 옷을 입고 한 손에는 바께스를 들고 서 있더라고. 그러더니 싸울 듯이 다가가는 깡패들에게 호통을 치는 게야.

'이 버러지보다도 못한 놈들! 더 이상 약한 사람들을 괴롭히면 이 슈퍼맨이 용서 않겠다!' 한 손에는 어디서 주었는지 모를 부러진 빗자루를 들고 흔들어 대는 게유. 한눈에 봐도 제정신이 아닌 게 분명해 보였수. 깡패들은 사람들도 모이고 미친놈이랑 상대해봤자 덕 볼 것도 없다고 생각했는지 이렇게 말하고 갔쑤다. '재수 없으려니까. 아줌씨, 오늘 미친놈 때문에 운 좋은 줄 아슈. 여기서 장사질 계속하려면, 다음주까지 돈 마련해. 그때도 아니면, 미친놈이 떼거지로 와도 장사는 끝일테니까.'

결과야 어떻든 나는 그 미친 사람 때문에 곤경을 모면했지. 암, 그렇고 말고. 솔직히 깡패들이 물벼락 맞는 걸 보니, 통쾌도 하더구먼. 그 사람은 눈앞에서 자기 가족이 죽는 걸 직접보고 충격으로 돌아버린거유. 그 후로 이 거리를 배회하구 다니유. 그래서 가끔 찾아오면 내가 먹을 걸 해 먹이고 있수다."

나와 후배는 아무 말도 못하고 묵묵히 떡볶이를 먹었다. 아주머니의 눈물과 함께. 현장에 없었지만 마치 내가 슈퍼맨의 딸을 죽인 것 같이 죄스러웠다. 거리의 수호자라기보다는 어릿광대에 가까운 슈퍼맨의 이면에 그런 사연이 숨겨져 있었다는 사실을 알고 나니 슈퍼맨이 더없이 측은하게 느껴졌다.

사랑하는 가족이 눈앞에서 죽어가는 모습을 지켜볼 수밖에 없었던 한 사내… 그는 무력하기 짝이 없는 자신의 모습에서 심한 좌절감을 느꼈으리라. 결국 그 좌절감은 내가 만일 슈퍼맨이었다면 가족들을 살릴 수 있었을 텐데, 하는 후회를 낳았겠고… 결국 뼈아픈 후회가 사내로 하여금 슈퍼맨으로 돌변하게 하였으리라….

나는 집으로 돌아와서도 보자기를 망토처럼 두르고 거리를 활보하는 삼십대 중반의 한 사내에 대한 생각을 떨쳐버릴 수 없었다. 그는 슈퍼맨이라는 이상을 통해서 참혹한 자신의 과거에서 벗어나려고 몸부림치는 중이리라. 하지만 내가 보건대 그는 결코 과거에서 벗어날 수 없을 것 같았다. 보자기를 두르고 허공을 날 수 없는 한 그는 결코 진정한 슈퍼맨이 될 수 없기 때문이었다.

슈퍼맨의 과거를 안 뒤부터는 그의 우스꽝스러운 모습이 더 이상 우습게 느껴지지 않았다. 우리 시대의 칙칙한 얼굴 같이만 느껴져서 어떤 때는 그의 모습을 보고 나면 기분이 언짢아지기까지 했다. 나는 가급적 그와 얼굴을 마주치지 않으려고 노력했고 봐도 외면해 버리곤 했다. 이런 나의 의사와는 상관없이 그는 나의 시야에 자주 잡혔다.

한번은 그와 정면으로 부딪혔는데 그 날은 가을비가 오는 날이었다. 나는 수업이 끝난 후, 술집에 가서 거리에 내리는 가을비를 보며 혼자서 술을 마셨다. 심란한 마음을 가라앉히기 위해 술을 마셨는데 소주 두 병을 비우고 나니 오히려 더 심란하기만 했다. 술도 취하지 않아 술집을 나섰다. 비닐우산 위로 떨어지는 빗소리를 들으며 걸음을 옮기는데 귀에 익은 음성이 들려 왔다.

"이놈들, 약한 사람들을 괴롭히다니… 오늘 슈퍼맨에게 뜨거운 맛 좀 봐라!"

소리가 들려온 쪽을 돌아보았다. 우산을 쓴 사람들이 골목에서 웅성거리며 서 있었다. 안으로 헤집고 들어가 보니 반바지에 보자기를 두른 반팔 차림의 슈퍼맨이 빗속에 서 있는 게 보였다. 그 주위에는 험상궂게 생긴 사내 셋이 어이없다는 듯이 코웃음을 치고 있었다.

"왜 그러는 거예요?"

나는 누구에게랄 것도 없이 고개를 옆으로 돌리며 물었다. 그런데 대답은 뒤편에서 들려왔다.

"나쁜 놈들! 저놈들은 이 동네 불량배들인데, 요 밑에 주점에서 술을 처먹고는 술집 유리창을 깨고 나왔다오. 술값도 제대로 안 내고 말이오. 게다가 길 가는 여자를 붙잡고 거리에서 희롱을 하는 게 아니겠소. 그때 마침 저 양반이 나타난 거라오. 죽일 놈들…."

"경찰서에 연락을 하지 그랬어요?"

"아마 누군가 신고를 하긴 했을 거요."

귀엣말로 이야기를 나누고 있는 사이에 사내들은 슈퍼맨에게 다가가고 있었다. 슈퍼맨이 맨 앞에 서 있는 사내의 따귀를 때렸다. 구경꾼들이 일제히 환호성을 올렸다. 다른 사내가 고개를 돌려 째려보자 구경꾼들은 모두 잠잠해졌다.

"비도 오고 해서 기분도 지랄 같은데 어디서 이런 개뼉다구

같은 자식이 나타나 가지고서는….”

왼쪽 볼에 길게 칼자국이 나 있는 사내가 손바닥으로 주먹을 누르며 슈퍼맨에게 다가갔다 '우두두둑' 하는 소리가 들려왔다.

“이놈아, 나는 개뼉다구가 아니고 슈퍼맨이야!”

슈퍼맨이 큰소리로 말했다. 구경꾼들이 모두들 웃음을 터뜨렸다. '칼자국' 이 한쪽 볼을 일그러뜨리며 소리 없이 웃으면서 슈퍼맨에게 다가갔다. 다른 두 사내는 뒤에서 팔짱을 끼고 구경하고 있었다. 잠깐 사이에 둘 사이에 팽팽한 긴장이 흘렀다.

'슈퍼맨 화이팅!'

나는 마음속으로 슈퍼맨을 응원했다. 다른 사람들도 모두 슈퍼맨을 응원하는 눈치였다. 우린 모두들 기적이라도 일어나기를 바라고 있는지도 몰랐다. 하지만 우리가 기다리고 있는 기적은 일어나지 않았다. '칼자국' 이 커다란 동작으로 주먹을 휘둘렀다. 나는 저런 주먹쯤은 가뿐히 피하리라 예상했으나 슈퍼맨은 나의 예상을 깨고 그 주먹에 턱을 맞고 2미터 가량 허공에 붕 떠서 고인 빗물 위로 철퍼덕 나가떨어졌다.

너무도 싱거운 결과였다. 슈퍼맨은 빗물을 흠뻑 뒤집어쓴 채 비틀거리며 다시 일어났다. 그가 '칼자국' 에게 달려가 힘차게 주먹을 휘둘렀지만 칼자국은 너무도 쉽게 피하며, 그의 명치끝에 다시 주먹을 박았다. 링 위에서 쓰러지는 복서처럼 슈퍼맨은 앞으로 맥없이 고꾸라졌다.

“이 상놈의 자식아, 네가 감히 내 빰을 때려?”

사내의 구둣발이 복부를 움켜쥐고 신음하는 슈퍼맨의 옆구리에 꽂혔다. 슈퍼맨은 허공으로 붕 솟구쳤다가 공처럼 빗속을 떼굴떼굴 굴러갔다. 그 모습이 재미있는지 구경하던 두 사내도 달려들어 슈퍼맨에게 발길질을 하기 시작했다.

"저런… 저런…."

"쯧쯧!"

"나쁜 놈들…."

구경꾼들은 혀를 차거나 나지막하게 욕을 퍼부을 뿐 아무도 나서서 그들을 말리려 들지 않았다. 그렇다고 해서 자리를 뜨는 사람도 없었다.

마침내 슈퍼맨이 길게 뻗어 버리고 나자 사내들은 슈퍼맨의 몸 위에 침을 뱉었다. 그러곤 구경꾼들이 가로막고 있는 한가운데를 향해 뚜벅뚜벅 걸어왔다. 구경꾼들은 군소리 없이 그들이 지나갈 수 있게끔 길을 터 줬다.

나는 빗속에 처참한 몰골로 뻗어 있는 슈퍼맨을 보았다. 슈퍼맨은 엄마 뱃속의 태아처럼 허리를 잔뜩 웅크린 채 빗물 위에 누워 있었다. 보도블록 위에 고인 빗물 위로 핏물이 섞이고 있었다.

"나쁜 자식들! 큰형님 뻘 되는 사람을 어떻게 저렇게…."

"경찰은 여태 뭘 하고 있는 거야? 사람이 저 지경이 되었는데…."

"저런 놈들은 모조리 잡아서 상어 밥으로 줘 버려야 해. 천하에 쓰레기 같은 놈들!"

사내들이 있을 때는 숨도 제대로 못 쉬는 구경꾼들은 그들이 멀어져 가자 저마다 언성을 높여 한마디씩 했다. 그러곤 몇 사람이 쓰러져 있는 슈퍼맨에게 다가가 일으켜 세웠다. 나도 쓰러져 있는 그 사람에게 부축해주려고 다가갔다.

그러나 그 사람은 온 몸에 심한 멍과 상처에도 불구하고, 부축하려는 내 손을 사양하고 절뚝거리면서 저쪽으로 걸어갔다. 나는 조용히 멀어져가는 그의 쓸쓸한 뒷모습을 보면서, 심한 부끄러움과 슬픔을 느꼈다. 그는 비록 미쳤다고 할지라도, 잘못된 것에 대해 잘못됐다고 말할 용기를 지니고 있었다. 반면에 우리들은 제정신인데도 그런 불의에 항거하지 못했다. 자기들만의 안위를 위해서….

문득 그런 생각이 들었다.

정말로 제 정신인 것은 저기 걸어가는 슈퍼맨이고, 미친것은 우리가 아닐까 하는.

절뚝거리며 천천히 걸어가는 그의 뒷모습에서 고독의 향기가 진하게 느껴졌다. 미쳐서 소외된 모습에서 나온 고독이 아닌, 모두가 조용히 덮어두고 피하려는 불의에 혼자 항거해, 따돌림당하는 진정한 용기를 가진 자의 고독함이.

그 일이 있고 나서 일주일쯤 뒤에 나는 우연히 슈퍼맨이 사는 집을 발견했다. 떨어지는 낙엽을 밟으며 학교 뒤 야산으로 산보를 갔다가 우연히 허름한 텐트를 하나 발견했는데, 텐트는 금방이라도 넘어질 것처럼 불안하게 서 있었다.

이런 곳에다 누가 텐트를 쳐 놓았을까 궁금해서 슬쩍 안을 들여다보았다. 텐트 안에는 군용 담요와 물통, 코펠 같은 것이 어지러이 널려있었다. 한참 안을 들여다보고 있는데 갑자기 인기척이 났다. 나는 텐트 뒤편으로 재빨리 몸을 감췄다.

슈퍼맨이 저편에서 절뚝거리며 달려오고 있었다. 그의 손에는 쓰레기통에서 주웠을 법한 낡은 곰 인형이 들려있었다. 그는 텐트 안으로 들어가더니 사진틀을 들고 나와 그루터기에 걸터앉았다.

"금비야, 오늘이 네 생일이지? 아빠가 백화점에서 인형을 사왔어. 어때 아주 마음에 들지? 금비야, 아빠는 널 사랑한단다."

슈퍼맨은 사진틀에다 연신 입을 맞추며 행복한 표정으로 중얼거렸다. 곰 인형을 꼭 껴안고 눈을 감고 있던 슈퍼맨이 슬그머니 눈을 뜨더니 곰 인형을 내려놓았다. 그러곤 다시 사진틀을 보았다. 눈물이 사진틀 위로 뚝뚝 떨어졌다.

"여보, 거리는 지키기가 날이 갈수록 힘들구려. 하지만 걱정하지 말아요. 힘이 없어 고통 받는 사람이나 억울하게 죽어가는 사람이 있으면 꼭 구해 주겠노라고 약속했잖소. 나는 그 약속을 반드시 지키겠소. 금비야, 아빠는 다시 거리를 지키러 가야 해. 엄마 말씀 잘 듣고 재미있게 놀고 있으렴."

슈퍼맨은 다시 사진틀에다 입을 맞추고는 텐트 안으로 들어갔다. 나는 슈퍼맨에게 들킬세라 숨도 제대로 못 쉬고 숨어있었다. 일주일 전, 깡패들에게 맞아 얼굴이 퉁퉁 부은 슈퍼맨이 다시 텐트 밖으로 나왔다. 그는 다시 망토를 휘날리며 절뚝거리면서 달려갔다.

나는 슈퍼맨이 사라진 뒤에 다시 한번 텐트 안을 살핀 뒤 학교로 되돌아왔다. 떨어지는 낙엽을 밟으면서… 겨울이 오기 전에 몰래 침낭이나 하나 갖다놓아야겠다는 생각을 하면서….

그 이튿날, 나는 학교를 오는 길에 등산용품점에 들렀다. 그곳에서 때도 잘 타지 않고 질기고 두터운 침낭을 하나 샀다. 어쩌면 나는 침낭 하나로써 그가 베풀어 준 호의를 대신하려거나, 그를 폭력 앞에 방치한 양심의 가책으로부터 달아나려 했던 것이었는지도 몰랐다.

나는 다소 홀가분한 마음으로 지하철에서 내려 학교로 걸음을 옮겼다. 한참 걸어가고 있는데 갑자기 뒤에서 '꽝!' 하는 소리가 들려 왔다. 깜짝 놀라 돌아보았다. 버스와 택시가 충돌한 모양이었다. 버스는 도로에서 미끌어지더니 저만큼 가서 섰다. 택시는 인도 쪽으로 밀려나다가 가로수를 들이박고 뒤로 벌렁 넘어졌다.

"사고다!"

사람들이 우르르 사고 현장으로 달려갔다. 그 순간 택시에서 불길이 솟구쳤다. 다가서던 사람들이 주춤주춤 뒤로 물러섰다.

"살아 있어!"

누군가 외쳐서 택시를 보니 반쯤 열린 유리창 밖으로 나와 있는 손이 보였다. '살려 달라' 는 소리와 함께 손이 꼼지락거리기 시작했다. 손의 크기로 보아 아주 어린 아이의 손이었다.

하지만 택시에는 불이 붙고 있어서 아무도 접근을 못 하고 있었다. 모두들 멀찍이 물러난 채 발만 동동 구르고 있었다.

그 순간, 구경꾼을 밀치며 한 사내가 절뚝거리며 뛰어왔다. 설마 했는데, 슈퍼맨이었다. 슈퍼맨은 한치의 망설임도 없이 불붙은 택시로 달려갔다. 문을 열려고 하다가 문이 열리지 않자 그는 뒤집힌 택시를 들어올리려고 시도했다.

"어어? 저 미친 놈 봐라? 지 죽을 건 모르고…."

지나가던 행인 중의 한 명이 어이없다는 듯이 중얼거렸다.

"젊은이, 빨리 물러서!"

어느 노인이 다급히 손을 저었지만 슈퍼맨은 들은 척도 하지 않았다. 그는 택시 밑 부분을 잡고 바로 세우려고 안간힘을 썼다. 택시에서 흘러내린 기름에 불이 붙어서 택시를 달구었는지 그의 손이 지글지글 타들어갔다. 그러나 그는 손을 놓지 않았다. 이를 악물고 힘을 쓰느라 그의 이마엔 파란 핏줄이 불끈 솟았다.

"어어?"

택시가 조금씩 들어올려졌다. 처음엔 냉소하던 사람들도 놀라서 그 광경을 지켜보고 있었다. 택시 주변의 불길은 점점 거세져, 슈퍼맨의 망토에 순식간에 옮겨 붙었다.

"저런!"

"아, 어떡하면 좋아!"

사람들이 초조한지 발을 동동 굴렀다. 불길이 슈퍼맨의 전신으로 옮아갔다. 슈퍼맨은 조금도 불을 두려워하지 않고 택시를 바로 세우기 위해 안간힘을 썼다. "아아아악!"

슈퍼맨이 한순간, 비명을 질렀다. 사람들은 그가 뜨거운 불길을 참지 못하고 비명을 지르는 거라고 여겼다. 그런데 그게 아니었다. 그는 타오르는 불길 속에서 혼신의 힘을 모으고 있었다.

그 순간, 도저히 믿을 수 없는 일이 벌어졌다. 택시가 조금씩 조금씩 위로 들리고 있었다. 택시와 슈퍼맨은 하나가 되어 활활 타오르고 있었다. 하지만 그는 여전히 손을 놓지 않고 택시를 들어올렸다. 그가 가슴까지 택시를 들어올리자 거짓말처럼 택시 문이 열렸다. 뒷자리에 타고 있던 삼십대 주부가 나오고 열 살 남짓한 여자애도 뒤따라 나왔다.

"와아!"

최면에 걸린 듯 쳐다보고 있던 사람들이 일제히 환호성을 올렸다. 그러곤 일제히 박수를 쳤다. 아이가 차에서 완전히 나온 것을 확인한 슈퍼맨은 택시를 놓더니 그 자리에 털썩 쓰러졌다. 쓰러진 그의 몸 위로 불길이 솟구쳤다. 마치 분신자살을 기도한 사람처럼.

"아아!"

구경꾼들이 한목소리로 안타까움을 표시했다. 슈퍼맨이 쓰러지는 것을 보고, 나는 순간 가슴에서 뭔가 치밀어 올라오는 것을 느꼈다. 그래서, 들고 있던 침낭을 팽개치고 정신 없이 가까운 가게에 들어가서(나중에 알았는데, 비싼 구두를 파는 가게였다) 점원의 만류에도 불구하고 소화기를 들고 쓰러진 그에게 달려갔다. 소화기로 그에게 붙은 불을 껐다. 그리고 택시에 붙은 불도 대충은 잡았다. 내가 불을 끄자 사람들이 모두 슈퍼맨 곁으로 다가왔다.

슈퍼맨은 사람은 누가 봐도 가망 없어 보였다. 온몸은 화상으로 일그러져 있었고, 주위는 살 타는 냄새가 진동했다. 슈퍼맨은 보기에 흉측할 정도로 처참했다. 하지만 나는 그의 탄 얼굴에서 이상하게도 행복한 웃음을 볼 수가 있었다. 분명 그의 얼굴은 행복한 미소를 짓고 있었다. 마치 자기 가족과의 약속을 이룬 사람처럼.

그 슈퍼맨은 자기의 죽음과 믿기지 않는 기적을 일으켜 생명을 살려냈다. 거기에는 자기 딸 또래의 여자애도 있었다. 그 슈퍼맨을 둘러싼 우리들 사이로 숙연한 분위기가 감돌았다. 누가 말하지 않아도 그 침묵의 의미는 서로들 다 알고 있었다. 부끄러움과 경외의…

팽개쳐져 있던 침낭을 바라보면서, 그에게 진정으로 필요했던 건 두터운 침낭이 아니라 이웃에 대한 관심과 사랑이라는 것을 깨달았다. 우리가 자신의 몸처럼 이웃을 돌볼 줄 아는 그런 시민이었더라면 그는 아내도 아이를 잃지 않았으리라. 그랬더라면 그는 우스꽝스러운 슈퍼맨이 되지 않아도 되었으리라. 그랬더라면 오늘, 운전사도 그도 죽지 않아도 되었으리라. 그랬더라면 우린 무거운 양심의 가책으로부터 시달림을 당하지 않아도 되었으리라. 그랬더라면 우린 더 이상 비겁하지 않아도 좋은 것을.

우리들에게 미친놈이라고 손가락질 받던 그 사람은 진정한 슈퍼맨이었던 것이다. 이기와 개인으로 똘똘 뭉친 우리들에게 희생이 뭔가를 보여준 슈퍼맨이었다.

나는 쓰러져 있는 진정한 우리들의 슈퍼맨 모습을 보고 많은 것을 생각하게 되었다. 그 사람을 이렇게 이끈 것은 가족을 구하지 못했던 자책감이었을까, 아니면 개인주의로 무장한 우리들을 꾸짖으려는 마음이었을까.

내 뒤에선 소화기를 허락도 없이 마음대로 썼다며 보상하라는 구두 가게 주인의 성난 목소리가 들려왔다. 그 슈퍼맨은 그 소리를 들었는지, 이 세상에서 가장 행복하고 편안한 표정으로 누워있었다.

보라. 진정한 용기와 삶은 이런 거라고 말하면서.

그 사건은 며칠 동안 사람들에게 화제였다. 화제의 초점은 그 슈퍼맨의 숭고한 희생보다는 택시를 들어올린 괴력이 그 중심이었다. 그리고 곧 잊혀졌다. 그 자리를 목격했던 사람들이 가끔씩 술자리에서 안주삼아 하는 얘기 거리로 전락했다. 정신 나간 슈퍼맨 얘기로.

나도 우리의 슈퍼맨의 얘기를 잊어갔다. 하지만, 때때로 불의가 자행되거나, 우리가 이기적인 생각에 몸을 사리고 있을 때면, 주위를 둘러보게 된다. 우스꽝스럽지만, 정의와 남을 위해 희생할 줄 아는 늠름한 그 슈퍼맨의 모습을 기대하며.

밤낚시

이 곳은 익사가 빈번하게 발생하는 지역이오니,
수영 및 밤낚시를 절대 금합니다.

– 어느 저수지 경고문에서

일한이 너도 아마 잘 믿지 않을 거야. 내가 직접 경험했지만, 아직까지 나도 믿을 수 없으니까. 하지만 내가 두 눈으로 본 것은 확실해. 의심나면 상호에게 물어봐. 그 놈도 다 보지는 못했지만, 같이 있었으니까.

그 날은 오늘처럼 몹시 무더운 날이었어. 찌는 듯한 날씨 때문인지 모든 일에 의욕이 상실될 정도였어. 시원하게 어디 피서라도 가고 싶은 마음이 굴뚝같았지. 그때 마침 상호에게 전화가 왔어. 좋은 낚시터가 있으니 밤낚시나 가자고. 원래 나는 낚시 같은 거 좋아하지도 않았는데, 그때는 더워서 그랬는지 어디 밖으로 나간다는 말에 흔쾌히 응했어.

지금 생각하면 좀 이상해. 평소에 잘 가지도 않던 낚시를 하필 그때 거기로 가게 되다니. 여하튼 평소에 낚시를 즐기는 상호가 모든 것을 준비하고, 나는 텐트하고 술만 준비해서 가기로 했어.

끈적끈적한 도시를 탈출할 수 있다는데 마음이 붕 뜨고 설레었지. 시외버스 터미널에서 상호를 만나, 가자는 대로 그냥 따라 갔어. 버스 안에서 상호는 우리의 목적지가 정말 한적하고 좋은 저수지라며 한참 떠벌렸어. 2년 전에 그곳에 다녀온 선배가 강력하게 추천했다는 거야. 원래는 낚시터가 아닌데, 그 선배가 우연히 낚시를 하다가 발견했다면서. 고기 반 물 반이라고 그렇게 자랑을 했다는 거야.

상호도 그 얘기를 한참 전에 들었지만, 차일피일 미루다가 그 날에서야 처음 가게 된 거고. 나는 이미 낡아빠진 3년 전 정보를 믿어야 되냐고 핀잔을 주었지만, 그때는 별로 마음에 두지는 않았어.

서울에서 두 시간 반 정도 갔을까.

시외버스는 고개를 몇 개 넘더니, 생전 처음 들어보는 작은 마을에 섰어. 상호는 다왔다며 내리자고 했지. 너무 작은 마을이어서 이 마을에 저수지가 있을 것 같지 않았어. 나는 상호에게 이런 데에 무슨 저수지가 있냐고 계속 핀잔을 주었어. 상호는 자기도 확실히 들었다고 했지만, 너무 외딴 곳이었는지 자신 없는 목소리였어. 혹시 지나가는 사람이 있으면 물어볼까 했지만, 초저녁인데도 불구하고 이상할 정도로 지나가는 사람이 아무도 없었어. 유령마을 같았지. 상호는 들은 기억을 되살려 마을을 가로질러 갔어. 아무도 안 사는 마을처럼 쥐 죽은 듯했어. 마치 버려진 마을 같았지.

좀 겁이 났지만, 저수지를 찾아야 한다는 생각에 금방 잊었어. 마을을 벗어나 좁은 숲길을 십 분 정도 걷다보니, 이윽고 눈앞에 저수지가 나왔어. 인공으로 만들었다기보다는 자연적으로 생긴 것 같은 저수지였어. 산골 마을에 있는 것치고는 꽤 큰 저수지였지.

저수지 주위에 무성한 나무들을 보니, 사람 손을 꽤 오랫동안 타지 않았던 곳 같았어. 너무 한적해서 나는 상호에게 이곳에서 낚시할 수 있냐고 물어보았지. 상호의 대답은 간단했어. 말리는 사람도 없고, 특별한 간판도 없으니 그냥 하면 되지 않느냐라는 것이었어. 혹시 누가 못하게 하면 담뱃값이라도 집어주면 되겠지 하는 거였어.

나도 여기까지 왔는데, 그냥 돌아가기는 뭐해서 상호의 말을 따라 자리를 잡고 텐트를 쳤어. 상호는 재빨리 낚시 준비를 했어. 빨리 고기를 잡아 매운탕으로 저녁을 해 먹을 생각이었어. 낚시를 시작하자마자 나와 상호는 놀랐어. 세상에 그렇게 쉽게 고기가 잡히는 곳은 아마 세상에 없을 거야. 미끼를 달아 던지자마자, 고기가 잡히는 거야. 어찌나 신이 나던지.

한 시간도 못돼 스무 마리도 넘게 잡았지. 물고기들도 다 큼

지막한 것들이었지. 우리는 슬슬 배가 고파지길래 그것들로 매운탕을 끓였지. 물론 가지고 온 소주도 곁들였지. 참 좋았어. 매운탕도 맛있고 술도 잘 들어갔지.

주위는 어느새 어두워졌어.

우리가 켜놓은 랜턴만이 불빛의 전부였어. 술이 얼큰하게 취하고, 분위기가 음산해지니까 상호가 무서운 얘기를 들려줬어. 자기는 진짜라고 하는데, 글쎄, 아직도 믿을 수는 없는 얘기지만.

윤식아, 너 귀신 본적이 있니? 하긴, 이 정도 분위기면 물귀신이라도 나올지도 모르지. 작년 이맘때쯤이었을 거야. 그때도 오늘같이 더운 날이었어. 친구들과 함께 피서차 설악산으로 가는 길이었어. 차가 막힌다고, 서울에서 밤 11시가 다 되어 출발했지.

쉬엄쉬엄 가다보니 새벽 3시쯤 미시령에 도착했어. 대낮에 가기에도 험한 길인데, 밤이면 오죽하겠니. 더구나 밤안개까지 껴서 운전을 천천히 해야 했으니까. 너무 늦은 시간이어서 그런지 지나가는 차는 하나도 없었어. 운전은 친구가 했고, 뒷자리에 탄 애들은 자고 있었어.

나는 운전하는 놈이 졸릴까봐, 졸음을 참으며 옆자리에 앉아 있었어. 구불구불한 고갯길을 천천히 가는데, 저 앞 길가에 헤드라이트 불빛에 뭔가가 희끄무레한 것이 보였어. 차가 다가가면서, 그게 가까이 보이는데 깜짝 놀랐어. 어떤 할머니가 흰옷을 입고 우리를 보고 서 있는 거야. 그렇게 늦은 시간에… 소름이 쫙 끼치더라.

헤드라이트에 비치는 흰옷 입은 할머니의 모습은 섬뜩했어. 휙 하고 지나가는데, 좀 이상한 생각이 들었어. 이런 시간에, 아무도 없는 산중턱에서 뭐하고 있는지. 운전하던 놈도 그 할머니를 봤는지, 몸을 부르르 떨며 무서웠다고 하는 거야. 그런데 지나가고 보니 왠지 뭔가가 이상한거야.

그 이상한 점이 뭐였다는 것을 깨달았을 때는, 등골이 오싹해졌어. 그 할머니는 그냥 서있던 것이 아니라 뒤로 걷고 있었던 거야.

운전하던 놈에게 얘기했더니 무서운 얘기 좀 그만 하라고 하는 거야. 이윽고 정상을 지나게 되었어. 나는 그 할머니의 모습이 자꾸 생각나 겁이 났어. 잠이 확 달아난 거지.

그 할머니 섬뜩한 모습을 잊어버리기 위해, 운전하는 놈과 이런 저런 얘기를 했어. 험한 내리막길이라 더욱 천천히 갔지. 운전하는 친구를 보면서 한참 얘기를 하고 있는데, 갑자기 벌벌 떨면서 그놈이 내 손을 꽉 쥐는 거야. 나는 무슨 일인가 하고 고개를 돌려 앞을 보았지. 휴… 무서워 죽는 줄 알았어.

아까 봤던 그 흰옷 입은 할머니가 저기 앞에 또 서 있는 거야. 이번에도 똑같이 뒤로 걸어가고 있는 거야. 나는 움직일 수도 없었어. 운전하던 놈도 움직일 수 없었는지, 그 할머니 옆을 지나 낭떠러지 쪽으로 계속 가는 거야.

녀석은 내 비명소리에 간신히 핸들을 틀었어. 지금도 아찔하다. 최면에서 깨어난 듯, 움직일 수 있게 되자 뒤를 돌아보았지. 어둠 속에는 아무 것도 없었어. 그 흰옷 입은 할머니는 감쪽같이 사라진 거야.

식은땀으로 온몸이 젖었지. 그때 뒷자리에서 자던 놈들도 차가 갑자기 흔들리자 깨어났어. 그런데 그 자다 깨어난 친구들이 이상한 꿈을 꾸었다고 얘기하는데, 둘 다 똑같은 꿈을 꾼 거야.

바로 흰옷 입은 할머니 꿈을 꿨다는 거야. 자기들 손을 잡고 어딘가로 끌고 가려고 했다는 거야. 싫다고 하는데도 손을 꽉 붙잡고 놔주질 않더래. 그러다 갑자기 잠에서 깨었고…. 더욱 섬뜩한 것은 둘 다 똑같은 꿈을 꾸었다는 점이었어. 우리 모두는 모두 창백해질 정도로 겁에 질려 간신히 미시령을 내려왔어. 우리 넷은 그 할머니가 귀신이라는 것을 확신했어. 얼마나 무서웠는지.

나중에 속초에서 우연히 만난 버스 운전사 아저씨에게 들은 얘기인데, 미시령의 귀신 얘기는 유명하대. 밤늦게 운전하던 사람 앞에 나타나 교통사고로 목숨을 앗아간다는 거야. 때로는 할머니의 모습으로, 때로는 젊은 여자의 모습으로, 때로는 아이의 모습으로. 다들 뒤로 걷고 있는 모습이라는 거야.

그 귀신들이 왜 거기 나오냐고? 옛날에 산사태로 죽어간 사람들의 혼령이 미시령에 어려 있다는 거야. 그 아저씨 말은 믿기 힘들었지만, 확실한 것은 내가 본 것은 귀신이었다는 거야.

무섭지?

상호 그 자식 얘기를 들으니 소름이 쫙 끼쳤어. 밤에 둘밖에 아무도 없는 저수지에 있는 것 자체가 무서워졌어. 상호는 내가 무서워하는 것에 만족해 하며 술을 들이켰어. 소주를 다섯 병 가져갔는데, 평화롭고 한적한 분위기 탓인지 술을 많이 마시게 되었어. 그게 화근이었지.

너도 알잖아? 상호 이 자식 금방 취하고, 취하면 경애 얘기 꺼내는 거. 그 날도 예외는 아니었어. 갑자기 경애 얘기를 꺼내더니 혼자 술을 막 마셔대는 거야. 말려도 소용없더라. 한참을 넋두리하더니, 푹 쓰러지는 거야. 그 자식 술 먹으면 항상 그러잖아. 취해서 그 자리에서 자는 거야. 지겨운 자식.

그때부터 모든 것이 잘못되기 시작한거야. 황당했어. 아무리 깨워도 상호는 이미 인사불성이었어. 어이가 없더라. 자기가 여기까지 낚시하러 오자고 했으면서.

어쩔 수 없이 텐트로 그 놈을 옮겼어. 그 놈을 텐트로 옮기고 나니 갑자기 무서워지는 거야. 이렇게 어둡고 아무도 없는 곳에 나 혼자 깨어있다는 것이.

상호 자식은 무심하게 코까지 골면서 자고 있었어. 나도 상호 옆에 누워 잠이나 청할까 했지만, 낚시하러 여기까지 와서 그냥 자기는 억울했어. 일어나서 낚싯대 앞에 앉았지.

시간은 어느새 11시가 넘어 있었어. 얼마 전까지 아무렇지도 않던 저수지 주변에 갑자기 물안개가 끼기 시작했어. 순식간에 주위는 자욱한 물안개로 뒤덮였지. 정말 음산하고 으스스했어.

그런 분위기에서 가만히 앉아 찌만 보고 있으니, 더욱 무서워지기 시작했어. 뒤에서 뭔가 불쑥 튀어나올 것 같아 자꾸 뒤를 돌아보게 되었고, 물에서도 뭔가가 튀어나올 것 같아 떨렸어. 상호가 들려준 얘기까지 생각나니 더욱 무서워지더라.

그리고 이상한 것은 아까 초저녁에는 그렇게 잘 잡히던 물고기들이 다 어디 갔는지 입질이 하나도 없는 거야. 찌가 완전히 말뚝인 거야, 말뚝. 수면까지 잔잔하니까 더욱 무서워지는 거 있지. 정말 세상에 나밖에 없는 것 같았어. 너무 무서워서 무슨 밤낚시냐, 하고 잠이나 자야겠다고 생각했어.

그때였어.

"여기서 밤낚시하고 계신가요?"

아무런 인기척도 없었는데 갑자기 사람의 목소리가 옆에서 들리는 거야. 너무 놀라서 가슴이 덜컥하고 내려앉았어. 목소리 나는 쪽을 돌아다보니 중년의 사내가 어느새 내 옆에 있는 거야. 나는 놀란 가슴을 진정시키면서 그렇다고 대답했어.

자기는 이 마을 사람인데 잠이 안 와서 산책 나왔다가 불빛을 보고 왔다는 거야. 이 시간에 산책을 이렇게 깊숙한 곳까지 왔다는 것이 좀 이상했지만, 별 생각 없이 들었어. 그런데 그 사람은 음산한 목소리로 내게 경고를 하는 거야.

"그런데 하필 왜 여기서 밤낚시하고 계시죠? 여기 올 때 경고판을 못 보셨나보죠. 거기에 보면 여기서 밤낚시와 수영은 하지 말라고 써 있는데…"

"금지하는 데는 특별한 이유가 있나요?"

"3년 전부터 지금까지 이 저수지에서 20명이 넘는 사람이 물에 빠져 죽었어요. 수영하다가 익사한 사람도 있지만, 이상하게도 밤낚시 하다가 익사 한 사람도 많은 거예요. 그래서 결국 밤낚시도 금지하고 수영도 금지한 것이지요.

마을 사람들은 그렇게 많은 사람이 저수지에 빠져 죽은 것에는 이유가 있다는 거예요. 3년 전에 바로 이 자리에서 한 처녀가 자살했거든요. 그 후 여기서 물에 빠져 자살하는 사람이 계속 생기는 거예요. 그러더니, 수영하던 아이들도 물에 빠져 죽고, 낚시꾼들도 익사체로 발견되고….

들리는 얘기에 의하면, 오늘밤같이 짙은 물안개가 자욱하게 낀 날, 여기서 밤에 낚시하고 있으면, 밤 1시쯤에 저수지 저쪽에서부터 철썩철썩하는 물소리가 들린대요. 그 소리가 점점 다가오고… 그 처녀 귀신이 물속에서 천천히 떠올라 낚시꾼을 물속으로 데리고 들어간다는 거예요. 말도 안 되는 얘기지만, 좀 으스스하죠? 이 말을 믿으시면, 빨리 낚싯대를 거두고 여기서 떠나는 것이 좋을 걸요. 흐흐…"

그 사람은 음침한 목소리로 얘기를 하고, 기분 나쁜 미소를 지었어. 나는 무서워서 식은땀이 흘렀어. 하지만 그 사람의 사악한 눈빛과 기분 나쁜 웃음을 보니, 나를 겁주려고 거짓말하는 것 같았어. 괜찮다며 낚시나 계속하겠다고 대답하니, 그 사람은 노골적으로 비웃으며 자리에서 일어났어.

"겁이 별로 없으신가 봐요. 저라면 이렇게 혼자라면 무서워 집에 가겠는데. 그럼 낚시 잘하세요. 아무 일 없이…"

기분 나쁜 말을 던지고, 그 사람은 올 때처럼 마찬가지로 어둠 속으로 스르륵 사라졌어. 사라져 가는 그 사람의 뒷모습을 보니 갑자기 소름이 쫙 끼쳤어. 앉아있을 때는 어두워서 몰랐는데, 걸어가는 것을 보니 방금 물에서 나온 사람처럼 온몸이 젖어있었고 맨발이었던 거야. 내가 잘못 봤으려니 하고 좀더 자세히 보려고 하는 순간, 그 사람은 어둠 속으로 사라졌어.

'별 사람 다 있네.'

나는 중얼거리며, 낚시나 다시 하기로 했어. 꼼짝 않고 떠 있는 찌를 보고 있는데, 자꾸 그 사람이 한 말이 생각나는 거야. 그리고 나도 모르게 자꾸 시계를 보게 되었어. 시계바늘은 점점 1시로 다가가고 있었어. 그 사람이 한 말은 전부 거짓말이다, 라고 위안하며 마음을 진정시키려 했지만, 맥박이 점점 빨라지며 겁이 나기 시작했어.

물고기는 웬일인지 그때까지 입질도 안 하고 있었어. 자꾸 딴 생각을 하려고 했지만, 시계 쪽으로 눈이 가는 거야. 신경 쓰지 않으려고 시계를 풀어놓고 낚시에 집중했지만, 점점 무서워지는 거야. 사방은 쥐 죽은 듯이 고요했어. 짙은 밤안개는 솜처럼 소리를 빨아들이는 것 같았어. 모든 것이 멈춰있는 것 같았어. 나도 뭔가에 홀린 것처럼 가만히 있었어.

잠시 후, 정신을 차리고 풀어놓은 시계를 보니, 어느새 1시가 된 거야. 가슴이 철렁하더라. 나도 모르게 떨리더라. 유심히 귀를 기울여 봤는데 아무 소리도 들리지 않는 거야. 휴, 하고 한숨을 내쉬며, 그 헛소리한 사람에 대해 속으로 욕을 했지.

그때였어.

저 멀리서 희미하게 철썩하는 소리가 들린 것 같았어. 온몸이 얼어붙는 듯했어. 정신을 집중해서 귀를 기울였지. 분명 잘못 들은 게 아니었어. 그 철썩하는 소리는 천천히, 하지만 점점 가까이 오기 시작했어. 온몸이 덜덜 떨리기 시작했어. 빨리 상호를 깨우러 가야겠다는 생각은 들었지만, 얼어붙은 몸이 말을 듣지 않았어.

그 소리는 점점 다가왔어. 천천히 다가오는 것 같던 그 소리는 순식간에 바로 앞에서 들려왔어. 나는 간신히 랜턴을 들어 그 소리가 나는 쪽을 비췄어.

휴! 온몸에 소름이 쫙 끼치고, 무서워 죽는 것 같았어. 불빛에 비친 것은 지저분해진 소복을 입은 여자의 모습이었어. 수심이 그렇게 얕을 것 같지는 않은데, 다리는 반쯤 물에 잠겨 있었고, 온몸은 물에 젖은 채였어. 젖은 머리는 풀어헤쳐져 있었고, 얼굴은 섬뜩할 정도로 창백했어. 제일 무서웠던 것은 그 여자의 눈이었어. 두 눈은 뭔가가 파먹은 것처럼 휑한 거야. 눈에 눈동자가 없이 검은 구멍만 보이는 거야. 비명이라도 지르고 싶었지만, 목구멍에 걸려 있을 뿐 소리가 나오지 않았어.

그 여자는 물에 반쯤 잠긴 채로, 한 손으로 물을 철썩철썩하고 치는 거야. 그러면서 점점 다가오는 거야. 너무 무서워서 정신을 차릴 수가 없었어. 나는 앉은 채로 필사적으로 뒷걸음질쳤지. 그런데, 뭔가 축축한 것이 뒤에서 나를 물 쪽으로 미는 거야. 너무 놀라 뒤를 돌아다보니, 세상에! 아까 내게 물귀신 얘기를 들려준 그 남자가 씨익 웃고 있는 거야. 그 사람 역시 온몸이 젖은 채로 나를 물로 밀고 있는 거야.

나는 필사적으로 버둥거렸지. 하지만 소용없었어. 어느새 물속에서 다가온 그 여자가 내 다리를 잡아 물속으로 끌어들이는 거야. 뒤에서는 그 남자가 밀어대고… 미칠 것만 같았지. 아무리 저항했지만, 내 몸은 점점 물에 빠져 들어갔어. 다리에 차가운 물의 감촉이 느껴졌어. 서서히 내 몸도 물에 빠져드는 거야. 그 여자와 남자는 계속해서 나를 물로 집어넣었지.

나는 차라리 이 공포스런 순간이 일찍 끝나고 그냥 죽어버리기를 바랄 정도였어. 온몸에 힘이 빠지고 저항도 못할 지경이었어. 결국 얼굴까지 물에 잠기고, 이제는 꼼짝없이 죽었구나, 하는 생각이 들었어. 발목을 잡은 그 여자는 나를 계속해서 물속에서 잡아 당겼고… 점점 숨이 막혀오고, 정신이 희미해졌어.

그 순간, 누군가가 내 머리를 휘어잡아 물 밖으로 거칠게 꺼냈어. 나는 물 밖에서 가쁜 숨을 몰아쉬었어. 나중에 알고 보니 나를 물속에서 꺼낸 사람은 바로 상호였어.

상호말로는 자다가 목이 말라 일어났는데, 밖에 낚싯대만 보이고 내가 안보여 텐트에서 뛰어 나왔다는 거야. 그런데 내가 저기 물속에서 허우적거리다가 뭐가 밑에서 잡아당기듯이 쑥하고 가라앉았다는 거야. 그걸 보고 뛰어들어 나를 구한 것이지.

상호는 나를 물 밖으로 꺼낸 다음, 무슨 일이었냐고 흥분해서 물어보는 거야. 나는 숨을 몰아쉬며 대답하기에 앞서 랜턴으로 사방을 비추어봤지만, 아무 것도 안 보였어. 재촉하는 상호에게 지금까지 있었던 일을 다 얘기해주었지.

상호는 당연히 믿지 않더라. 그도 그럴 것이 그때 시간이 새벽 4시인 거야. 나는 시간을 보고 충격을 받았어. 분명히 물위의 그 여자를 본 것이 1시였는데, 어느 순간 세 시간이 흐른 것이야. 상호는 내가 술에 취해 낚시 중에 졸다가 물에 빠진 거라는 거야. 내가 본 귀신들은 꿈을 꾼 것이고. 그 말도 일리가 있었지만, 나는 인정할 수 없었어. 왜냐하면, 이 모든 것은 내가 생생하게 경험한 것이었거든.

내가 하도 강력하게 주장하니까, 상호는 혼잣말 비슷하게 한마디했어.

"그래서 그 선배가 밤낚시는 하지 말라고 했나?"

상호와 나는 젖은 옷을 말리며, 이제 낚시고 뭐고 집으로 가자고 했어. 나는 더 이상 이런 무서운 곳에 있고 싶지 않았어. 옷을 말리고 짐을 싸니, 어느새 주위가 뿌옇게 밝아왔어. 그렇게 자욱하던 안개는 흔적 없이 걷히고.

나는 꾸물거리는 상호를 재촉해서 그 저수지를 빠져나왔어. 저수지를 벗어나오려는데, 발밑에 뭔가가 밟혔어. 뭘까 해서 보니 간판 같았어. 혹시나 하고 그 쓰러진 간판에 쓰여 있는 것을 읽어보았는데… 충격으로 숨을 쉴 수가 없었어.

거기에는 빨간 글씨로, '이곳은 익사가 빈번하게 발생하는

지역이오니, 수영 및 밤낚시는 절대로 금합니다.' 라고 써 있는 것이었어. 그 사람이 아니, 그 귀신이 얘기해준 그 간판이었던 거야. 그러니 내가 본 것은 꿈이 아니라 현실이었던 거야. 저수지를 빠져나오며, 나는 흥분해서 상호에게 한참 설명하고 있는데, 자전거를 끌고 한 사람이 지나는 거야. 그 사람은 낚시꾼차림으로 저수지에서 나오는 우리를 보고 새파랗게 질린 표정으로 이렇게 말했어.

"당신들 거기서 밤낚시하고 오는 거요? 간판은 못 봤수? 당신네들은 아무 일 없었소? 3년 전부터 거기서 밤낚시하거나 수영한 사람은 거의 물에 빠져 죽었어요. 아무리 용하다는 무당을 불러 굿을 해봐도 소용없었죠. 거기에는 한이 서린 물귀신이 있어요. 그래서 마을 사람들은 그 근처에는 얼씬도 안 하죠.

3년 전 어느 날, 바람난 정씨와 딸 또래의 술집여자가 거기서 자살했거든요. 마을 사람들이 하도 손가락질하고 괴롭혔기 때문인지, 그 후 그 저수지를 맴돌면서, 사람을 물로 끌어들이는 거예요. 한을 품은 물귀신이 된 거죠."

엘리베이터

사람들이 쉽게 인식하지는 못하지만,
철저하게 혼자만이 있을 수 있는 공간은
엘리베이터에 혼자 탔을 때이다.
그런데 가끔은 그 누군가와 같이 타고 있는 느낌이 들 때도 있다.

– 한밤에 엘리베이터를 혼자 타고

그 날 밤은 평범한 술자리로 시작했다.

적당히 취해서 집 앞에 도착하니, 시계는 새벽 2시를 향하고 있었다. 내일 아침 9시까지 출근할 생각을 하니, 늦게까지 벌였던 술자리가 후회됐다. 빨리 엘리베이터를 타고 집으로 들어가 쉬고 싶었지만, 난 잠시 엘리베이터 앞에서 머뭇거렸다. 솔직히 이건 비밀이지만, 난 밤에 혼자서 엘리베이터를 탈 수가 없었다. 특히 재원이에게 그 얘기를 들은 이후로는 더더욱 그랬다. 혼자 엘리베이터를 타야 되는 경우에는 차라리 9층이나 되는 집까지 걸어 올라가는 편을 택했다.

하지만, 그 날 밤은 거나하게 취한 탓에 순간적으로 공포심을 망각했는지 혼자서 엘리베이터에 올랐다. 자꾸 뒤에서 뭔가가 날 노려보는 듯한 느낌이 들어 자주 뒤를 돌아보았지만, 그곳에는 엘리베이터 거울만이 붉게 취기가 오른 내 모습을 비추고 있을 뿐이었다. 그러다 갑자기 재원이가 생각났다. 연천에서 그렇게 끔찍한 죽음을 당했던 그 모습이 떠올랐다. 그러다 보니 기를 쓰고 그 괴기한 버려진 집에 관하여 뭔가 파헤쳐 보려고 했던 그 자식의 동기가 생각났다. 어쩌면 그러한 집착은 바로 이 엘리베이터 사건에서 시작되었을 지도 모른다는 생각이 들었다.

벌써 몇 년이 지난 일이었다. 그 당시에는 그렇게 기괴하고 무시무시한 경험이었는데 벌써 옛날 일처럼 느껴졌다. 아니, 정확히 말하면 재원이가 그렇게 비참한 죽음을 당한 후로부터 재원이와 관련된 모든 일을 내가 잊고 싶었는지도 몰랐다.

재원이를 생각하다 보니, 어느 순간 엘리베이터가 멈추어있다는 것을 깨닫게 되었다. 다행히 엘리베이터 안의 불은 나가지 않았다. 비상 통화 버튼을 눌렀지만, 아무런 대답은 들려오지 않았다.

술이 갑자기 확 깼다. 휴대폰을 꺼내보았지만, 통화권 이탈이었다. 나는 나도 모르게 엘리베이터 구석에 등을 꼭 붙였다. 그래야 사방이 다 보여서 뒤에서 무언가 쳐다보는 듯한 느낌을 없앨 수 있을 것 같았다.

자꾸 기억하기 싫었지만, 한밤중에 엘리베이터에 갇히다 보니 재원이가 들려주었던 얘기가 뇌리 속에 점점 선명해졌다. 생각하면 생각할수록 엘리베이터 안에 갇힌 내 스스로가 무서워지는 얘기였지만, 그 기억은 스멀스멀 떠오르기 시작했다.

결국엔 그 얘기를 하던 재원이의 파리했던 얼굴이 떠올랐다.

"그래 그렇게 어렵다는 시험은 잘 봤니?"

"대충 그렸다. 설마 낙제는 안 하겠지."

의대를 다니는 재원이가 한 달간의 긴 기말고사를 마쳤다며, 오랜만에 얼굴이나 보자고 해서 만났다. 보통 학생들보다 한 달 정도 방학을 늦게 하면서, 시험을 본다는 것은 나로서는 상상도 할 수 없는 일이지만, 그러한 의대 생활에 익숙해진 재원이는 입으로는 죽겠다고 하면서도 잘 버티는 것 같았다.

"그래서 그 짧은 방학에 뭐할 생각이니?"

"글쎄다. 잠이나 실컷 자고, 원 없이 놀아야지… 내가 너처럼 매일 널널한 생활을 하는 것도 아니잖아. 개강하면 또 정신 못 차릴 정도로 바쁠 테니까. 아참! 안 그래도 너에게 얘기해주고 싶었던 일이 있어. 몇 달 전 너희 아파트에서 엘리베이터 사고 나지 않았었니?"

재원이가 물어본 사건은 참 끔찍했던 사건이었다. 어린 아이의 머리가 엘리베이터에 껴서 죽은 일이었다. 동네 주민들은 집값이 떨어진다고 쉬쉬했지만, 참 끔찍한 사건이었다. 사고 원인은 물론 낡은 엘리베이터의 오작동 때문이었고, 그 후 새로운 엘리베이터로 바꾸기는 했지만, 생각할수록 찝찝한 일이었다. 재원이의 얘기를 듣고 있다 보니, 그 사건이 일어난 직후 어머니가 해주셨던 얘기가 머리를 스쳤다.

"앞 동에 그 아이가 엘리베이터에 끼어 죽은 다음부터 이상한 일이 자주 벌어지고 있어. 글쎄, 여자애가 끼어 죽었던 곳이 7층인데 밤이 되면 엘리베이터가 꼭 7층에 서 있는 거야. 사람이 3층에서 내려도 엘리베이터는 7층에 스르르 올라가서 서고, 14층에서 내려도 7층으로 스르르 내려가 멈춰 서는 거야. 거기다가 7층을 누르지 않아도 엘리베이터는 꼭 7층에 한 번 멈춰 섰다가 올라가거나 내려가곤 한대…"

하필이면 왜 이런 때 그 생각이 나는 건지.

"그래, 그런 일이 있었어. 우리 앞 동에서 여덟 살 난 꼬마애가 엘리베이터 고장으로 목이 껴 죽는 일이 있었어. 그 사건 때문에 우리 아파트 단지의 엘리베이터를 모두 교체하게 되었어. 낡아서 그런 사건이 있었대. 덕분에 나도 우리 집까지 한 달 동안이나 걸어올라 다녔어. 아, 그리고 또 끔찍한 사건이 있었지. 그런데 무슨 얘기야? 그 사건이야 뉴스에도 나고 해서 다 알고 있던 사건인데 새삼스럽게 웬일이야?"

"그 사고 말고도 후에 이상한 일이 일어나지 않았니?"

재원이의 이상한 질문에 나도 잠시 어리둥절해졌다. 생각해 보니, 재원이가 묻는 얘기가 어떤 것인지 알 수 있었다. 그 기괴했던 소문들…

"너는 어떻게 아니? 집값 떨어진다고 앞 동 사람들이 쉬쉬했는데… 너 혹시 그 동에서 나돌던 엘리베이터 귀신 얘기하는 것 아니니? 야! 의대 다니는 놈이 그런 얘기에도 관심이 있냐?"

"관심이 있었던 것이 아니라, 나도 어떻게 이상한 얘기를 듣게 돼서 너에게 얘기해 주려는 거야. 그런데 도대체 어떤 일이 있었던 거야? 잘 모르니깐, 자세히 얘기해 줘. 그러면 내가 골때리는 사실을 말해 줄께."

나는 테이블 위에 놓인 맥주잔을 단숨에 비우며, 몇 달 전에 떠돌던 엘리베이터 소동에 대해 얘기를 시작했다. 믿어지지 않는 얘기들이었지만….

"어디서부터 시작할까. 하긴 나도 거의 들은 얘기들이니까. 제일 처음 들은 것은 우리 동 경비아저씨로부터였어. 그 꼬마애가 엘리베이터에 껴서 죽은 몇 주 뒤, 열쇠를 깜박 잊고 집에 두고 나와, 어머니가 올 때까지 경비실에서 불을 쬐며 기다리고 있었어.

경비아저씨와 이런 저런 얘길 나누다가 화제가 앞 동의 엘리베이터로 바뀌었어. 그랬더니 그 아저씨의 안색이 갑자기 바뀌면서 자기도 앞 동 경비에게 들은 얘기라며 나에게 이상한 얘기를 해주는 거야.

그 애가 거기서 죽은 뒤로는 밤마다 엘리베이터 안에서 애 울음소리와 목소리가 들린다는 거야. 그 소리를 들은 사람이 한두 사람이 아니고, 어떨 때는 엘리베이터 안의 전등이 다 꺼진 채로 운행될 때도 있었대.

처음에는 그 애 울음소리를 들은 사람들도 모두 잘못 들었으려니 하고 지나갔는데, 계속 그런 소리가 들리고, 급기야는 불까지 꺼진 엘리베이터를 타야 하니, 경비실에 항의가 들어왔대. 그래서 그 앞 동 경비아저씨는 밤만 되면, 혼자 엘리베이터 타기를 무서워하는 주민들과 엘리베이터를 같이 타줘야 하는 고생도 했다는 거야.

며칠을 그랬는데, 그 애 울음소리를 들은 사람들이 점점 늘어났다는 거야. 거의 모든 사람들이 밤에는 엘리베이터를 이용하지 않고 계단으로 다녔대. 그러던 어느 날, 12층에 사는 어떤 아저씨가 밤에 엘리베이터를 타게 됐대. 아무리 이상하다고 해도 자기는 12층까지 걸어갈 수 없다며 엘리베이터를 탔다는 거야. 경비아저씨는 설마 무슨 일이 있겠느냐 하면서 더 이상 만류하지 않고 그 사람을 그냥 보냈대. 엘리베이터 문이 닫히는 사이로 보인 그 사람의 뒷모습이 마음에 걸렸대. 그 경비아저씨도 불길한 예감이 들었대.

복도를 지나 경비실로 돌아와 앉아 라디오에 귀를 기울이고 있는데, 12층까지 올라갔던 엘리베이터가 내려오고 있더래. 누군가 밤늦게 나오는구나 생각하고 있는데, 1층에서 열린 엘리베이터 안에는 입에 게거품을 물고 기절해 있는 그 사람의 널브러져 있는 모습이 보였다는 거야.

그 경비아저씨는 깜짝 놀라 그 사람에게 달려가서, 흔들어서 깨웠더니 그 사람은 신음소리와 함께,

"그… 아이… 목이 부러진… 그 아, 이…"

라는 헛소리를 하더니 다시 기절했대.

경비아저씨는 정말 당황했대. 올라갈 때는 멀쩡했던 사람이 불과 몇 분 사이에 얼이 빠져 돌아왔으니. 병원에 연락하기 전에 그 기절한 사람을 막 흔들어 깨워봤대. 몇 분 뒤 창백하던 얼굴에 혈색이 돌며 정신을 차렸대. 정신을 차리자마자 또 그 애 얘기를 꺼내더래.

"나는 정말 그 애를 봤어요. 목이 찌그러져 있는 그 애의 모습을… 차라리 헛것을 본 것이라면 좋겠어요. 그렇게 이상한 눈으로 보지 마세요. 정말이라니까요!

엘리베이터가 그 애가 끼어 죽었던 7층을 올라갈 때였어요. 나는 아무 생각 없이 그 애가 여기서 죽었구나 하고 생각하고 있었는데, 갑자기 엘리베이터의 전등이 꺼졌어요. 처음에는 정전이려니 했어요. 그런데 생각해 보세요. 불 꺼진 엘리베이터 안은 층수를 가리키는 조그마한 빨간 불빛을 제외하고는 칠흑같이 어두웠어요.

그때 갑자기 바로 등 뒤가 서늘해지며 애 울음소리가 들리는 거였어요. 소름이 쫙 끼치고 미칠 것 같이 무서웠어요. 도저히 등 뒤를 돌아볼 용기가 안 났어요. 엘리베이터가 빨리 올라가기만을 빌었을 뿐이죠. 그런데 엘리베이터는 정말 더디게 올라갔어요. 그 애의 칭얼거리는 소리는 점점 말소리처럼 들렸어요.

'…아저씨 목이 아파요. 집까지 데려다 줘요…'

나는 등골이 오싹해짐을 느끼며, 천천히 등 뒤를 돌아보았어요. 식은땀이 주르륵 흐르는 것이 느껴졌어요. 고개를 돌렸을 때, 머리칼이 쭈뼛 서는 것과 동시에 푸르스름한 빛과 함께 창백한 얼굴의 어린애가 퀭한 눈으로 나를 보고 있었어요. 얼굴은 온통 피, 피투성이였어요. 모, 목은 꺾여져 있고, 너덜너덜한 살 사이로 하, 하얀 뼈 같은 것이 튀어나와 있었어요. 아, 아이가 피를 뚝뚝 흘리며… 그 슬픈 눈과 마주치자, 그만 정신을 잃었어요. 그리고 이렇게 된 거죠. 아저씨 이건 정말 제가 본 거예요."

그 동 경비아저씨는 다 큰 어른이 그런 얘기를 하니 안 믿을 수도 없었대. 그래도 반신반의했던 모양이야. 그런데 그런 이상한 일은 한두 번이 아니었대. 그 애가 엘리베이터에 끼여 죽은 곳이 7층인데, 밤이 되면 항상 엘리베이터는 7층에 서 있었대. 예를 들어 1층에 엘리베이터가 내려와 있는 상태고, 아무도 타지 않았는데도 그 동 엘리베이터는 7층에 가서 서 있는 것이었대.

그리고 흔히 우리가 듣던 엘리베이터에 관한 무서운 얘기들이 실제로 그 아파트에선 일어나곤 했대. 분명히 7층을 누르지도 않았는데 엘리베이터는 꼭 7층에서 한번 섰다 갔었대. 문이 열려 누가 타려나 봐도 보이는 것은 텅 빈 복도였고, 때로는 혼자 엘리베이터를 타도 정원초과 경고음이 켜질 때도 있고, 여하튼 불가사의한 일이 많이 일어났대. 그리고 어디선가 흐느끼는 듯한 애 울음소리는 밤마다 들리고. 그래서 그 엘리베이터를 이용하는 주민의 수는 점점 줄어들었대. 심지어는 낮에도 혼자는 엘리베이터를 안 타려고들 했대. 밤에는 사람들이 밖에 안 나왔대. 모두 귀가도 일찍들 했는데, 그 이유는 엘리베이터를 이용하지 않기 위해서 그랬대.

문제는 독서실에서 늦게까지 공부하고 돌아오는 학생들이었대. 그런 소문이 퍼지자, 그 아파트에서는 독서실 다니는 학생들도 없어졌대. 말 그대로 밤만 되면 유령 아파트처럼 조용했대. 엘리베이터만 삐거덕 소리를 내며 7층에 서있고.

그런 이상한 분위기를 견디다 못한 그 동 경비아저씨는 그만 두었고, 그만 두는 술자리에서 우리 동 경비아저씨에게 이런 애기를 털어놓았다는 거야. 그 동 경비아저씨는 이렇게 얘기했대.

"내가 웬만하면 남들이 지껄이는 그 이상한 소문 하나도 안 믿을 사람이야. 하지만, 나도 이 두 눈으로 똑똑히 봤기 때문에 어쩔 수 없어. 그 노래도 듣고… 그 엘리베이터는 귀신 들린 엘리베이터라니까. 그 날 밤이 늦어서 졸고 있는데, 14층에 사는 박 노인이 짐을 힘겹게 들고 오길래 도와주는 셈치고 엘리베이터를 탔지. 문제는 박 노인 짐을 14층에 옮겨놓고 내려올 때였어. 어두운 복도에 서서 엘리베이터를 기다리는데 꺼림칙하더라고. 하지만, 그렇다고 14층에서 걸어 내려올 순 없잖아. 다들 헛소리하는 거겠지, 라고 생각하고 엘리베이터를 탔어.

그런데, 가만히 내려오던 엘리베이터가 갑자기 멈추는 거야. 층을 보니 문제의 7층이었어. 누군가가 타겠지 하는데, 문이 열리지 않는 거야. 괜히 겁이 나더라고. 나도 모르게 슬슬 뒷걸음질치는데, 엘리베이터 불이 갑자기 꺼지는 거야. 덜컥 겁이 났지. 마침 들고 있는 손전등을 켰어. 그리고 비상버튼을 누르려는 순간, 갑자기 등골이 오싹해지는 아이의 노래 소리가 희미하게 등 뒤에서 들리는 거야. 움직일 수가 없었어. 소름이 쫙 끼치고 감히 뒤돌아 볼 용기가 나지 않았어. 그런데 그 아이의 기분 나쁜 노래는 점점 또렷이 들리는 거야.

그 노래는 어린 아기들이 엄마와 같이 부르는 어린 곰 노래였어.

곰 세 마리가 한 집에 있어
엄마 곰, 아빠 곰, 애기 곰.
아빠 곰은 뚱뚱해.
엄마 곰은 늘씬해.
애기 곰은 목이 잘렸어.
집에 가고 싶어도 못 간다…

가사의 의미를 알아듣는 순간 미칠 것 같았어. 노래 소리는 더욱 또렷이 들려와서 도저히 돌아볼 수밖에 없었어. 옥죄어 오는 듯한 공포로 간신히 손전등과 함께 고개를 돌렸어. 엘리베이터 벽에 붙어 있는 거울로 돌아보는 순간, 나는 죽을 것만 같았어. 바로 주민들이 얘기하던 그 목 부러진 아이가 거울 속에서 퀭한 눈으로 나를 보고 있는 거야.

그 순간 정신을 잃었고, 깨어보니 사람들이 주변에 걱정된 표정으로 나를 보고 있었어. 나중에 들어보니 엘리베이터 안에서 기절한 상태로 발견되었다는 거야. 아직도 그 얼굴과 그 노래가 떠올라. 나는 억만금을 준다고 해도 그 아파트 경비는 못해….”

솔직히 나는 그 얘기를 듣고 우리 동 경비아저씨가 심심해서 지어낸 얘기로 치부했지. 그러곤 잊어버렸어. 그런데 이번에는 반상회에 갔다 오신 어머니가 그 엘리베이터에 대해 이야기하시는 거야. 앞 동 사람들이 이사를 가려고, 집을 부동산에 무더기로 내놓았다고 하시더라고. 시가보다 훨씬 싸도 좋으니, 당장 팔아달라고 하면서들. 그런데 엘리베이터에서 사람이 죽었다는 얘기 때문에 잘 안 팔린다는 얘기를 들으셨대.

사실 정말 이상한 얘기는 지금부터야.

그 동에 어떤 아주머니가 약속 시간에 늦어 엘리베이터를 탔었대. 그 아주머니 집이 11층인데, 원래는 그 꺼림칙한 소문 때문에 엘리베이터를 안 탔는데, 낮이었고 약속시간도 늦어 걸어 내려가기보다는 그냥 엘리베이터를 타고 내려오기로 했대.

그 아주머니가 엘리베이터를 타고 엘리베이터 벽에 붙어 있는 거울을 보고 화장을 고치고 있는데, 그 거울 속에서 목에 처참한 상처가 난 꼬마가 창백한 표정과 슬픈 눈으로 그 아주머니를 바라보면서 ‘아파요!’ 하더라는 거야. 그 아주머니는 거기서 기절했고.

그런 소문이 끊이지 않고, 대낮에도 괴상한 경험을 하는 사람이 늘어나자 그 동 주민들은 진짜 무당을 불러놓고 굿을 하기로 했대. 외부의 이상한 시선을 속이기 위해, 그냥 죽은 아이의 영혼을 달래는 형식적인 굿이라고는 했지만, 그 분위기는 사뭇 달랐어.

나도 흔하지 않은 구경이라 구경 갔지. 그 아파트 사람들을 포함해서 많은 사람들이 모여 있었어. 너도 굿판은 본 적 없지? 하긴 대도시 아파트 한 가운데서 굿을 구경하기가 쉬운 것은 아니잖아. 돼지머리를 비롯해서, 온갖 화려한 물감이 든 과자와 시루떡이 상 위에 푸짐하게 차려져 있었어. 무당은 혼자가 아니라 셋이었지. 춤을 추는 무당은 나이가 많고 두 명은 신딸인지 둘 다 이십대 초반이었어. 한 명은 북을, 한 명은 장구를 쳤고, 울긋불긋한 옷을 차려 입은 나이 든 무당은 한 손에는 매화가지를, 한 손에는 요령을 들고서 덩실덩실 춤을 추더라. 그 아파트 남자들은 자발적으로 나서서 돼지주둥이에 만 원짜리를 물려주고 큰절을 하며 귀신을 물리쳐주십사 하고 소원을 빌었어. 얼굴 표정은 웃고 있었지만 눈빛만은 진지했어.

돼지 입에 만 원짜리가 가득 물리자, 무녀는 연신 중얼거리며 십 분 남짓 온갖 신들을 불러 댔더라. 그러다 신이 났는지 그녀는 버선발로 덩실덩실 춤을 추며 승강장 앞까지 달려갔다. 마치 고무공처럼 튀는 걸음걸이였어. 무녀는 엘리베이터를 탈 듯 말 듯하더니 원혼을 달래는 듯한 주문 끝에 '썩 물러가거라!' 는 소리를 외치고는 되돌아오더라.

그렇게 대여섯 차례 반복하더니 마침내 그녀가 활짝 열려진 엘리베이터 안으로 발을 내딛었어. 그런데 그때 엘리베이터 안에서 요령을 흔들던 무녀가 갑자기 목을 움켜쥐더니 그대로 쓰러지는 거야. 그리고 고통에 가득 찬 아이의 음성을 내뱉는 거야.

"아… 악… 아파 죽겠어… 제발… 아… 악… 목이… 윽… 여기에… 나쁜… 있어… 나쁜…"

등 뒤에서 누군가가 무녀의 연기가 죽인다고 이죽거렸다. 하지만 내가 보기에는 단순한 연기 같지는 않았어. 목을 두 손으로 움켜 쥔 무녀는 몸을 부르르 떨더니 엘리베이터 안에 벌렁 드러누웠어. 그 순간, 엘리베이터 문이 스르륵 닫히는 거야.

"어어?"

사람들은 감히 접근할 생각도 못 하고 엘리베이터만 멍히 바라보았다. 엘리베이터는 천천히 올라가더라. 7층까지 올라간 엘리베이터는 이번에는 무서운 속도로 떨어지고. 다시 문이 열리자 넋이 나간 무녀가 엉금엉금 네 발로 기어 나왔어. 요령과 매화가지가 엘리베이터 안에 떨어져 있었지만 그녀는 기어 나오기에 급급한 것처럼 보이더라.

"주, 죽을 뻔했네!"

무녀가 전신에 식은땀을 비 오듯 흘리며 중얼거리더라. 누군가 물을 갔다주자 무녀는 물을 허겁지겁 들이키더니 머리를 흔들며 물 속에서 나온 개처럼 몸을 부르르 한차례 떠는 거야.

"애, 애들아! 가, 가자!"

그녀는 멍히 앉아 있다가 벌떡 일어나며 소리치는 거야.

"네?"

엘리베이터 안으로 들어가기는 겁이 나는지 장구채로 요령과 매화가지를 끌어내던 무당이 신딸을 돌아보며 소리까지 치더라.

"이년아, 가자는데 뭔 왜야?"

무녀는 신딸의 손을 낚아채서는 밖으로 나가는 거야. 그러곤 서둘러 장비를 챙기기 시작했다.

"아니, 굿을 하다 말고 가면 어떡해요?"

굿판을 연 반장이 나서서 장구를 빼앗으며 따지듯 물었어.

"애가 워, 원한이 너무 깊어요."

"원한이 깊으면 살살 달래서 하늘나라로 보내야지, 그게 무당이 할 일이지. 그렇게 내빼면 도대체 어떡하자는 거예요?"

"설득해도 소용없어요! 아무튼 난 못 하니까 큰무당을 불러서 하세요."

"그런 무책임한 말이 어딨어요? 이제 와서 큰무당을 부르라니… 이대로 가면 굿 값은 없으니까 알아서 하세요!"

"그 애의 혼령은 너무 어려 달랠 수도 없어요. 단지 자기가 하고 싶은 일만 하려고 할 뿐이요. 바로 복수요."

이 말을 마친 무당은 신딸을 이끌고 허겁지겁 철수하더라. 반장이 뒤쫓아가 잡았지만 막무가내였어. 사실 아무도 무당이 무슨 얘기를 했는지 감을 잡을 수 없었어. 특히 많은 돈을 들여 굿판을 벌였던 그 동 주민들은 그 말도 안 되는 무당의 헛소리에 허탈해하기까지 했어. 나는 사람들의 실망하는 소리와 비웃음 속에 묵묵히 떠나가는 무당 일행의 뒷모습을 보고 불길한 예감이 들었지만, 잠시뿐이었어. 그 엘리베이터 소동은 뜻하지 않은 곳으로 영향을 미쳤어.

어느 날, 집에 돌아오다가 엘리베이터 옆에 있는 게시판에 붙어 있는 내용을 생각 없이 보다가 엘리베이터 관련 소식을 보게 되었어. 관리 사무소에서 붙여 놓은 것인데, 우리 아파트에 있는 모든 엘리베이터를 안전상의 이유로 교체한다는 것이었어. 동 대표들의 투표에 의해 결정된 거라며 층 별로 앞으로 부담해야 될 비용에 대해 나와 있는 게시물이었어.

생각 없이 집에 들어와 어머니께 그 얘기를 꺼냈지.

어머니는 불만스런 표정으로 지으시면서, 말씀하셨어. 낡았다곤 하지만 아직 10년도 채 안된 엘리베이터를 전부 교체한다는 것은 이해가 안 된다 하시면서. 그렇게 일찍 교체하려면 처음부터 잘못 설치한 회사에서 책임져야지, 주민들이 책임진다는 것은 말이 안 된다고 하셨어. 또 안전이 그렇게 중요했으며 진작 교체했어야지, 아까운 어린 목숨이 희생된 다음에야 부랴부랴 교체한다는 것도 이상하다고 하셨어. 층마다 부담이 다 다른데 9층인 우리집도 한달에 6만 원씩 2년간 내야 한다는 것이었어.

나중에 들은 얘기인데, 엘리베이터 제조 회사에서 그렇게 로비를 하고 엘리베이터 교체를 재촉했으나, 주민들이 반대하다가 이번 사고로 교체가 결정되었다는 거야.

나는 처음에는 좋았지. 이제 전혀 소리 안 나는 안전한 엘리베이터를 타고 다니겠구나, 라는 생각도 들었지. 그런데 막상 공사를 시작하니까 여간 불편한 것이 아니었어. 공사 기간은 한달이 넘었고, 시끄러운 소음에 엘리베이터는 전혀 사용할 수 없었어. 우리야 9층이니까 견딜만 했지, 고층 사람들의 불편은 이만 저만한 것이 아니었어. 고층에 사는 사람들은 옆 입구 엘리베이터를 타고 올라가 옥상으로 돌아 내려와야 했어. 하긴 우리도 짐이 있을 때는 9층까지 올라가기 불편했지.

여하튼 공사는 마무리되었어.

그러나 문제는 앞 동 엘리베이터에서 발생했어. 정확히 말하면 그것도 떠도는 소문이었지만.

공사를 하는 인부들과 기술자들이 어두운 엘리베이터 안에서 자주 목에 참혹한 상처가 난 꼬마애의 유령을 본다는 얘기가 있었어.

사고가 난 현장이니까 그런 헛소문이 도는 거겠지 하고 생각했지. 그런데 헛소문만도 아닌 것 같더라. 나도 비스무레한 것도 목격했으니까.

너 임마, 그런 이상한 눈으로 보지마! 나는 정말 멀쩡하니까.

그 날도 술이 얼큰하게 취해 들어오던 날이었어. 무심코 그 사고난 동의 복도를 보고 있는데 7, 8층 정도의 복도에서 푸르스름한 빛이 보이는 것이었어. 괜히 소름이 쫙 끼치더라.

나는 늦은 시간에 엘리베이터를 공사하는 용접 불빛으로 생각하고 아무렇지도 않게 넘어갔어. 그런데 나중에 생각해 보니, 말이 안 되는 얘기였어. 밤 12시가 넘은 시간에 그런 공사를 할 리가 없잖아? 사람들이 다 자는 밤에 쿵쾅거리며 공사할

수가 없는데 말야. 그럼 내가 본 그 파란 불빛은 무엇이었을까? 설마 그 죽은 애의 유령은 아니겠지?

여하튼 그것은 금방 잊혀졌어.

그 앞 동 엘리베이터 공사는 꼬마의 유령 소동 때문에 계속 더디어지다가, 결국 예정보다 두 배나 더 시간이 걸린 후에야 끝났지.

하지만 이상한 일은 거기서 끝나는 것이 아니었어. 엘리베이터를 교체하면 아무 일도 없을 것이라고 생각했는데, 그것은 오산이었어.

새로운 엘리베이터도 계속 말썽을 일으키는 거야.

항상 7층에 서 있질 않나, 애의 소리는 계속 들리질 않나. 가장 이상한 현상은 밤만 되면 전기에 이상도 없는데 엘리베이터 등이 나가는 것이었어. 그런데도 밖에서 보면 엘리베이터 문틈 사이로 푸르스름한 빛줄기가 보이곤 한다는 거야.

자꾸 그런 고장이 신고되니까, 시공 회사에서 와서 수리를 했어. 몇 번 수리를 해도, 계속 문제가 발생했대. 그러다 어떻게 된 건지, 수리하는 도중에 회사 사람이 엘리베이터에 껴서 죽었고, 기술자 한 사람은 떨어져 반신불수가 되는 사건이 발생했어.

끔찍한 사건이었어.

경찰이 나와 진상을 조사했는데 특별한 사실은 없고, 수리 중 과실로 판명되었어. 어쨌거나 그 아파트 집 값은 거의 바닥으로 떨어졌지.

생각해봐라. 몇 달 사이에 두 명이나 엘리베이터 때문에 죽고, 귀신 소문도 있으니.

그런데 이상한 것은 두 번째 사건이 발생한 이후로 그 유령 소동은 깨끗이 사라지고, 엘리베이터도 정상 가동이 되었어. 마치 두 사람의 생명을 먹어 치운 다음에 포만감에 낮잠을 즐기는 것처럼 잠잠해진 거지. 그 괴상한 얘기는 사람들 뇌리 속에 점점 잊혀지고.

그래, 이것이 네가 듣고 싶었던 얘기니?"

나는 긴 얘기를 마치고 재원이를 쳐다보았다. 놀랍게도 재원이의 얼굴은 흙빛으로 변해있었다. 마치 무서운 사실이라도 깨달았다는 듯이.

나는 목을 축인 후 멍해 있는 재원이에게 말을 건냈다.

"임마, 별로 무서운 얘기도 아닌데, 뭘 그리 놀라니? 그러나 저러나, 내가 얘기하면, 해준다는 골때리는 얘기는 뭐니? 빨리 해 봐."

재원이는 한동안 멍하니 있다가, 담배불을 부치며 혼잣말로 "그런 얘기였구나…" 중얼거리더니 그 믿지 못할 얘기를 시작했다.

"그랬구나… 나도 우연히 그 엘리베이터에 대해 믿지 못할 얘기를 들었거든. 아직도 믿지 못하지만…. 기말 고사 바로 직전이었어. 학교의 수업 때문에 정신과 실습을 돌게 되었어.

내가 그 사람을 만나 그 기괴한 얘기를 들은 것은 그 실습 때였어."

재원이는 잠시 뭔가를 생각하듯이 술잔을 가만히 바라보고 그 믿어지지 않는 얘기를 계속했다.

"정신과 실습이라 호기심 반 기대 반이었어. 선배들 말로는 재미있는 구경 많이 한다고 했거든. 그리고 정신 나간 사람들이 도대체 어떤 사람인지 궁금하기도 했고. 처음엔 거의 신기함을 느끼며 시작한 실습이었지. 이상하지?

똑같은 사람인데도 정신이 정상이 아니라는 이유로 구경거리 취급받는 것. 어쩌면 스스로 정상이라고 생각하는 우리들도 얼마만큼은 광기나 비정상적인 면을 가지고 있지만, 그것을 표출하지 못 하는 것이 아닐까? 무슨 이야기하다가 이런 얘기가 나왔지? 아아! 정신과 실습….

실습 돌기 전에 교수님이 단단히 주의를 주신 것이 있는데, 바로 환자들과 개인적인 감정교류를 삼가라는 거야. 주소나 연락처를 적어주거나, 필요 이상으로 친밀감을 보여주면 환자들에게서 이상한 반응이 나올 수도 있다는 거야. 정신질환자들은 이상하게도 의사에게 의지하려는 경향이 많다고 하거든.

그래서 좀 긴장도 하고 실습에 참가하게 되었어. 처음 정신질환자들을 만나 보면 참 기분이 이상해져. 그리고 그들의 기묘한 모습을 볼 수가 있지.

일한아, 너 정신질환자들이 자신들이 미친 것을 알 것 같니?

아니면 모를 것 같니?

일반적으로 알려진 것과 달리 대부분의 정신질환자들은 자신의 상태에 대해 인정하고 있어. 어떤 환자들은 자기들의 증상까지 확실히 알고 있기까지 하단다.

나도 처음 갔을 때 그들의 모습들을 보고 놀랐어. 환자들이 무리를 지어 시간을 보내는 거야. TV를 보거나, 탁구를 치거나 아니면 멍하니 앉아 있는 거야. 마치 무슨 영화에 한 장면 같은 것이었어.

강의 시간이나 말로만 듣던 정신질환자들을 실제로 보니, 그 기분은 그리 좋지 않았어. 글쎄 뭐랄까… 한쪽으로는 슬퍼지면서, 뭔가 가슴에서 복받쳐 오르는 듯한 느낌이 들었어. 정상적이지 못한 사람들이라… 그것도 신체적 장애가 아닌 정신적 장애로…

강의는 유형별 환자 형태에 대한 설명으로 시작되었어. 그런데 재미있는 것은 환자들은 비슷한 증상의 환자끼리 어울린다는 거야. 잠깐 얘기한 것처럼 환자들은 자기들 증세를 알거든.

예를 들어 우울증 환자들은 우울증 환자들끼리 모여서 놀고, 조증 환자들은 조증 환자들끼리 어울리고 있는 거야.

그런 식으로 환자들은 모여서 놀고 있고, 우리는 교수님의 설명을 듣고 있었어. 강의에 귀를 기울이고 있는데, 갑자기 등 뒤로 따가운 시선이 느껴지는 거야. 중요한 부분의 강의가 시작되려는데 자꾸 뒤가 신경 쓰이는 거야.

누군가가 나를 뚫어지게 보는 것 같았다. 뒤를 돌아다보니, 휠체어에 타 있는 한 사람이 퀭한 눈으로 나를 보고 있는 거야. 부스스한 머리하며 면도 안 한 지저분한 얼굴과는 달리 그 사람의 눈빛은 기이할 정도로 강렬했어. 눈가에는 흉터가 있어 더 으스스해 보였지.

나는 그 사람의 이유 모를 강렬한 시선과 마주치자, 나도 모르게 몸을 움찔거렸어. 그 사람은 우리들을 먹어치울 듯한 기세의 눈빛으로 바라보고 있었던 거야. 나는 그 사람의 눈빛이 마음에 걸렸지만, 교수님의 강의 때문에 금방 그 시선을 무시했지. 평범한 정신질환자로 생각하고…. 그러고는 그 수업시간이 끝난 후 그 휠체어에 앉아있던 그 사람에 대해선 곧 잊게 되었어.

다음날도 역시 정신과 실습이 있는 날이었어.

이번에는 환자들과 개인 면담을 하는 기회가 주어졌어. 우리들은 서로 환자 중에 예쁜 여자의 상담자가 되길 바라면서, 약간 들뜨면서도 한편으로는 긴장된 마음으로 정신 병동으로 모여들었어. 순번대로 대기하고 있던 환자들과 개인 면담을 하고 보고서를 작성하는 시간이었어. 우선 우리들에게는 환자의 신상명세서와 기록카드를 건네주고 그 환자와의 면담에 임하게 하는 것이었지.

나의 환자는 누굴까 하고 궁금해하면서, 지정된 테이블에서 기다리고 있는데, 간호사가 그 환자의 개인 기록과 휠체어를 밀고 왔어.

내 상대인 환자를 보는 순간 좀 섬뜩했어. 바로 전날 우리들을 뚫어지게 쳐다보던 그 사람이었던 것이었어. 나는 속으로 재수 없다고 생각했어. 하지만 어쩔 수 없잖아. 보고서를 제출해야 하는 상담이니. 우선 그 환자의 개인 기록부터 살펴봤어.

이름 한덕철. 1962년 3월 13일 대구 출생. 학력 고졸. P산전에 입사. 엘리베이터 기술자로 근무. 1999년 8월 엘리베이터 수리 중 4층에서 추락. 반신불수. 사고 이후로 정신장애를 보임.

대충 이 정도 기록되어 있었어. 그 환자의 증세에 대해선 여러 가지 기록이 있었는데, 전형적인 할루시에이션(쉽게 말해 환각) 증상의 환자라고 할 수 있었지. 다시 말해 헛것을 봤다고 진술하며 밀실과 어둠에 대한 극도의 공포심을 지니고 있다는 거야.

나는 수업시간에 배운 대로 최대로 친근하게 그 사람에게 말을 건넸지. 하지만 그 사람은 나를 뚫어지게 쳐다보기만 하는 것이었어. 그러더니 엉뚱한 말을 던지더군.

"엘리베이터 타고 왔나? 젊은 의사 양반?"

나는 그의 황당한 질문에 잠시 말문이 막혔지. 순간적으로 이런 사람과 한 시간을 어떻게 보내야 할까 걱정이 되더군. 하지만 어쩔 수 없어 말을 이었지.

"물론 엘리베이터 타고 왔죠. 엘리베이터 잘 고치셨다면서요?"

그러자 그는 목소리를 낮추고 음침하게 다시 물어봤어.

"엘리베이터 안에서 그 애의 모습을 보았나? 아니면 그 애의 울음소리라든가….”

나는 황당하긴 했지만 그가 처음부터 자기의 환각, 특히 환상과 환청에 대해 얘기하고 있다고 생각했어. 문득 선배들이 얘기해준 것이 생각나더구나. 정신질환자와 상담할 때, 아무리 훈련받은 의사라도 환자로부터 받는 충격 때문에 미칠 것 같다는. 멀쩡하게 보이는 사람이 진지하게 황당한 얘기를 하는 것을 보면 겁까지 난다고들 했거든. 나도 덜컥 겁이 났지만, 그래도 어쩔 수 없이 조심스럽게 대화를 시작했어.

“요즘도 그 애가 보이나 보죠?”

나는 간신히 얘기를 끌어내려고 했는데, 그는 내 얘기에 갑자기 미친 듯이 웃어대는 거야. 하긴 정말 미친 사람이었긴 하지만….

주위 사람들은 다 우리를 쳐다보는 것 같아, 당황해서 웃고 있는 그에게 말을 걸었지.

“무슨 일이죠? 제가 잘못이라도 했나요?”

“하하하… 당신도 똑같군. 무조건 내 얘기를 믿어주는 척하는 것하며. 그래도 할 수 없수다. 당신네들이 나를 미쳤다고 하면 미쳤을 테니. 하긴 나도 미친 사람 취급받는 것이 괜찮으니까. 그 애도 안 볼 수 있고. 의사들은 다 돌팔이라니까. 자기들이 이해할 수 없는 얘기를 하는 사람은 모조리 정신 병자로 취급하니. 그러면서도 환자 말을 다 믿는 척하는 사기꾼들이지. 연기라도 잘하면 봐 줄만 하지. 환자를 경멸하거나 실험실의 하얀 생쥐로 간주하는 속얼굴도 제대로 못 숨기면서 겉으로만 자애로운 척하고. 삼류 배우지, 암 삼류야. 보아하니 자네는 아직 의사도 안된 학생 같은데, 내 얘기가 필요하겠군. 그럼 해 주지. 나를 정신병자 취급하는 것은 댁의 자유지만, 확실히 나는 안 돌았수다. 내 얘기를 듣고 경찰에 신고해도 좋수다. 하지만 경찰은 나를 정신병자로 생각하고 오히려 댁도 미친놈으로 몰걸. 여하튼 이 얘기는 처음 하는 얘기니까 그러니 내 얘기를 듣는 대신 제발 나를 엘리베이터에 태울 생각은 꿈에도 하지 마슈."

그러고 시작한 그의 얘기는 나중에 보고서 쓸 때 한참을 고민했을 만큼 정신병자 같지는 않았어. 아니면 선배들 말대로 미친 사람과 얘기하다가 나도 잠시 미친 것이었는지.

여하튼 나는 꼼짝도 못 하고 그의 으스스하고 기괴한 얘기를 들었어.

"나는 처음부터 그럴 생각은 전혀 없었수다. 배운 건 없어도 남을 해코지하면서 살지는 않았는데. 제기랄, 이게 다 처음부터 천 과장 생각이었어. 나쁜 놈, 그 놈만 아니었으면. 휴… 하긴 천 과장도 위에서 난리치지만 않았으면, 그런 생각도 못할 위인이었지. 모가지가 달렸으니 어쩔 수 없었을 게고, 나도 그런 이유로 그런 일에 끼게 되었고. 결국은 이런 비참한 신세가 되었지만.

새끼 의사 양반, 자네도 나중에 돈에 양심을 팔지 마슈. 나처럼 되지 말고. 의사도 그런 나쁜 놈들 많다고 하던데. 그 날부터 시작하지…

그 날도 나는 신도시 엘리베이터 고장을 고치고 늦은 오후에 회사로 들어왔어. 다른 고장 신고만 없으면 고스톱이나 몇 판 치고 퇴근할 생각이었지. 그런데 정비반 분위기가 심상치 않았어. 사람들이 수군수군 거리고, 정비반에 들릴 리 없는 영업부 천 과장이 웬일인지, 정비 반장하고 무슨 얘기를 하고 있었지.

나는 박씨에게 무슨 일이냐고 물었지. 마당발인 박씨는 오늘 본사에서 들었던 얘기를 해주는 거야.

그 날 본사에서 난리가 났었대. 연말은 다가오는데 매출 목표에는 턱없이 모자라고. 이러다간 회사에서 수십 명은 모가지일 지경이었대. 우리 정비반 사람들도 반은 목가질 것 같았대.

가장 큰 이유는 H아파트의 엘리베이터 교체가 허사로 돌아가게 된 것이었대. 거의 100억짜리 공사였는데, 15년이 넘은 그 아파트의 엘리베이터는 아직도 안전했고, 그 곳 주민들은 그걸 아는지 교체에 절대 반대라는 것이었어.

그래서 벼락은 그 공사를 책임진 영업부 윤 부장과 천 과장에게 떨어졌다는 거야. 천 과장은 애꿎은 정비반한테 화풀이를 하면서 무슨 방법을 찾아내라며 행패를 부렸다는 거야. 그래서 정비반장이 달래고 있는 거고.

우리 정비반이야 본사에서 좀 높은 양반이 나와서 뭐라 해도 찍소리 못했지. 그 자식은 원래부터 그걸 노리고 왔을 거야.

나는 눈치를 보고 퇴근하려는데, 갑자기 정비반장이 부르는 거야. 옆에는 음흉한 표정을 한 천 과장이 흥분을 가라앉히고 있었어. 정비반장은 내가 모범사원이어서 천 과장이 술 한잔 사겠다고 했으니, 저녁에 즐겨보라는 것이었어. 나는 그때부터 뭔가 냄새를 맡았지만, 하도들 권하길래 따라갔지. 헤헤… 따라간 술자리는 룸싸롱이었수다. 난 처음이었수.

의사 양반은 앞으로 많이 다닐 테지만. 양옆에 삼삼한 계집애들을 앉혀 놓고, 양주를 꺼내는데 처음엔 주눅이 들어 술만 마셨어. 천 과장은 뭔가 말할 것이 있으면서 계집애들 껴안고 노래부르며 분위기만 띄우는 거야.

나도 슬슬 술이 취하더구만. 내가 취한 것 같으니까, 천 과장이 계집애들을 내보내더니, 내게 봉투를 내미는 거야. 그 봉투 안에는 2천만 원짜리 수표가 들어있더구만. 어리둥절해 하고 있는 나에게 천 과장은 꿀 같은 제의를 하나 했어. 일을 해주면 2천만 원을 더 주겠다고. 그리고 정비반 부반장으로 승진시켜 주겠다고.

생각해봐. 4천만 원이면 내 일년 봉급보다 훨씬 많은 돈이고. 부반장이면 야근이나 특근도 없고 수리일도 거의 없이 노는 보직인데. 귀가 솔깃해 질 수밖에 없더군. 그래서 생각할 것도 없이 다짜고짜 그 일이 뭐냐고 물었지. 사람만 안 상하는 일이라면 뭐든지 할 수 있다고 했지. 하지만 솔직히 말하면 그때 심정이라면 사람을 다치게 하는 일이라도 했을지도 몰라.

결국 그런 참혹한 결과를 낳았긴 했지만….

천 과장의 제안은 처음에는 대단하게 느껴지지 않았어. H

아파트의 엘리베이터를 약간 손봐서 고장나게 하자는 거야. 그런 일이 자주 일어나면, 주민들이 교체하겠다고 나설 것 아니냐는 얘기였어. 나는 아무 주저 없이 승낙했어. 그거야 쉬었거든. 옥상 위에 있는 모터만 약간 손보면 감쪽같이 엘리베이터가 움직이지 않게 되거든. 웬만한 기술자라도 감쪽같이 모를 정도로. 조사해 봤자 엘리베이터가 낡아서 그렇다고 처리될 테고.

다음날 술이 깨고 조금 꺼림칙했지만, 어젯밤 천 과장의 회유와 애원이 생각나 그냥 해버리기로 했지.

약속된 날에 나는 천 과장과 함께 미리 약속된 아파트로 갔지. 그 아파트는 나도 낯익은 곳이었어. 월 정기 정검 때 가끔 내가 점검하던 곳이었거든. 경비와 사람들의 눈을 피하기 위해 옆 현관의 엘리베이터를 타고 옥상으로 올라갔지.

모터를 만지기 전에 천 과장에게 엘리베이터에 사람이 없는지 확인해 달라고 부탁했어. 아무 일도 없겠지만 혹시나 하고. 천 과장은 알았다면서, 씨익 하고 기분 나쁜 웃음을 지으며 내려갔어.

그때 알아차렸어야 했는데… 나쁜 자식! 천 과장이 내려가서 사람이 없다고 확인하고 나서 휴대폰으로 알려주기로 했어. 나는 준비를 끝내고 그 치의 신호를 기다렸지.

이상하게 오한이 나고 긴장이 되더구만. 신호가 왔고, 나는 모터의 와이어를 헐겁게 했어. 그렇게 되면 엘리베이터는 층과 층 사이에서 멈추게 되는 것이었지. 그 작업을 끝마치고 연장을 정리하고 있는데, 저 밑에서 참혹한 비명소리가 들려왔어.

으… 윽, 그… 그것도 아이의 비명소리가…

그 비명소리가 의미하는 것을 나는 한동안 눈치 못 채고, 멍하니 있었지. 그 소리는 길게 메아리 쳐졌어. 흑흑…

곧 천 과장이 헐레벌떡 뛰어올라오더니 멍하니 있는 나를 이끌고, 옆 계단의 비상구로 향했어. 그 치는 그 자리를 뜨기 전에 우리가 있던 자취를 말끔하게 없애더구만. 나는 멍하니 그가 하라는 대로만 했어. 우리가 옆 현관으로 내려오니 그쪽에는 사람들이 벌써 모여드는 등 무슨 일이 있어 보였어. 천 과장은 나를 재촉해 세워둔 자기 차에 태웠어. 그러더니 재빠르게 그 아파트를 빠져나왔어. 나는 그제야 뭔가 낌새를 눈치 채고 다그쳤지. 사람이 다친 것 아니냐고. 그때 나는 사람의 눈이 그렇게 탐욕스러워지는 것을 처음 봤어. 천 과장은 땀을 비 오듯 흘리면서도 그 소름끼칠 정도로 광기 어린 눈빛을 하며 성공했다고 하는 것이었어.

나중에 알고 보니, 그 자식은 일부러 아이가 타는 것을 확인하고 나에게 신호를 보낸 거야. 아무것도 모르고 엘리베이터에 탄 그 애는 문이 열린 채로 움직이다 멈춘 엘리베이터에 목이 낀 것이고. 천 과장은 그 얘기를 뻔뻔스럽다 못해 희열에 찬 목소리로 얘기하면서, 이젠 그 아파트 엘리베이터 교체는 시간문제라고 즐거워했어. 불안에 떨며 화를 내는 나에게는 악마 같은 표정으로 이제 공범이니 잠자코 자기가 하라는 대로만 하라는 거야. 입 단속을 당부하고 나를 내려 준 그 치는 본사로 향했어.

나는 도저히 제정신으로 있을 수 없었어. 내 손은 온통 피로 물들어 있는 것 같았어. 나에게는 술밖에 없었어. 술… 그 날은 술로 보냈지. 그러곤 일부러 뉴스도 안보고, 회사에 연락해 몸이 아파 며칠 쉬겠다고 했어. 그때부터 이상한 일이 생기기 시작했어. 잠만 들면 난생 처음 본 애가 처참하게 일그러진 목을 보이며 나를 원망스런 눈으로 보는 것이었어. 미칠 것 같았어.

결국 회사에 나갔지. 회사 특히 우리 정비반에는 많은 변화가 있었어. 그 사고로 정기 점검의 책임을 치고 정비반장이 구속되고, 덕택에 내가 진짜로 부반장의 자리로 올랐고, 천 과장은 약속대로 천만 원을 쥐어주었어. 그리고 일주일쯤 있다가 천 과장이 뜻한 대로 H아파트 엘리베이터 교체 공사를 우리 회사가 따내게 되고.

나는 그 받은 돈으로 다른 일을 할 수가 없었어. 매일 술로 보냈지. 그 돈을 술로 마셔야만 내 죄가 없어질 것 같았어. 그리고 그렇게 취해야만 목이 다친 그 애를 꿈에서도 볼 수 없었을 것 같았고. 그리고 며칠 후, 나는 부반장의 직책으로 정비반에서 쉬고 있는데, 정비를 나갔던 이씨하고 조수 지철이가 얼굴이 노래져서 들어왔어. 그러곤 충격적인 얘기를 던지더군. 엘리베이터 고장 신고를 받고 가 보았는데, 아무런 이상도 없는데 그 엘리베이터는 7층에 꼭 멈추고, 전원에도 이상이 없는데 실내등이 꺼져 있다는 거야. 나는 불길한 예감에 물어

보았지. 그랬더니, 아니나 다를까, 그 엘리베이터였던 거야. 그 애가 죽은…. 나는 소름이 끼쳤지만 아무렇지도 않은 척하고 더 물어 보았지. 머뭇거리던 지철이가 이씨의 눈치를 살피며 그 얘기를 했어.

엘리베이터를 살피고 있는데, 어디선가 소름끼치는 애 신음소리와 말소리가 들리는 것 같아 무서워 혼났다는 거야. 특히 7층에서 심하다는 거야.

나는 그때부터 심한 공포를 느꼈지. 뭔가가 있다는 것을 느끼게 되었고. 그래서 천 과장에게 연락했지. 천 과장의 목소리를 들으니 그 치 역시 정상이 아니었어.

한동안은 공사를 따냈다고 위로부터 칭찬도 많이 듣고, 큰 공사의 떡고물을 챙기는 등 신나 하던 그였는데, 어느새 말이 아니게 핼쑥해진 거야. 얘기를 들어보니 그 자식도 목이 다친 그 애가 자꾸 꿈에 나와 잠을 잘 수가 없다는 거야. 그래서 그날 있었던 얘기를 해주니 그 자식도 고통스러우긴 한지 술을 미친듯이 마셔대고…. 하지만 그 놈은 독한 놈이야. 그렇게 무서우면서도, 곧 없어질테니 말조심이나 하자는 거야.

며칠이 지나고 그 아파트에서 또 고장신고가 들어왔어. 이번에 나이가 제일 많은 박씨하고 노련한 최씨가 따라갔어. 나는 초조하게 그들이 돌아오기를 기다렸지. 시간이 얼마나 지났을까. 최씨가 새파래진 얼굴로 들어와선 물을 한 컵 마시더니 흥분된 목소리로 귀신을 봤다는 거야. 나는 까무러칠 정도로 놀랐지만, 얘기를 들었지.

나이 많은 박씨는 기절해서 병원 응급실에 실려갔고…. 둘이 옥상에 올라가 엘리베이터 모터를 점검하고, 전원을 체크하고 있는데 뒤에서 인기척이 들렸대. 뒤를 돌아보니 목을 찌그러진 애가 눈에서 파란빛을 내며 자기들을 바라보고 있다는 거야. 처음에는 그냥 거기 사는 애인 줄 알고 플래시를 비치며 저리가라고 했더니, 그 애는 멍하니 자기들을 쳐다보더래. 그러더니… '어?… 이 아저씨들은 아니네, 그 아저씨들은 언제 와요?…' 하더라는 거야. 목에는 피가 뚝뚝 떨어지면서.

그제야 박씨와 최씨는 이 애가 죽은 애라는 것을 깨닫고 소름이 쫙 끼쳤다는 거야. 그네들은 움직이지도 못하고 있는데 그 애는 소리없이 사라졌다는 거야. 거기서 박씨는 기절하고.

휴우… 나는 그때서야 그 애가 바라는 것이 나와 천 과장이라는 것을 확신했어. 무서웠지. 주민들이 했었던 굿판에도 몰래 가 봤지. 그 무당이 하는 말을 아무도 알아차리지 못했어. 나만 빼고.

너무 무서웠어. 당장 때려치우고 고향으로 내려가고 싶었어. 하지만 그 공사 때문에…. 그리고 공사가 시작되었어. 공사는 원래 우리 정비반 일이 아니었는데, 너무 일손이 딸린다고 우리도 그 공사에 투입되었지. 다행히 그 엘리베이터 공사는 우리 소관이 아니었어. 하지만 그것은 속단이었어. 그 애는 공사장에도 나타났던 거야. 그래서 인부들은 슬금슬금 그곳을 피하기 시작했어. 생각해봐. 아무도 없는 엘리베이터 안에서 들려오는 아이의 신음소리와 울음소리란…. 결국 우리 정비반이 그 엘리베이터 교체를 맡게 되었지. 정비반 사람들도 그 애의 혼령에 대해 알고 있으니 모두 꺼려했지. 하지만 어쩔 수 없었어. 그래서 인원도 두 배로 늘리고 작업도 낮 시간에만 했어. 그러니 시간이 훨씬 많이 걸렸지. 여하튼 공사가 끝나니 나와 천 과장은 모든 것이 다 끝났다고 생각했어.

하지만 그건 단지 시작일 뿐이었어. 교체 공사가 끝났는데도 그 엘리베이터에는 자꾸 이상한 일이 벌어진다고 신고가 들어오는 거야. 교체하기 전 바로 그 현상들이었지. 아이 울음소리, 항상 7층에 서 있고, 실내등은 깜박거리거나 꺼져 있고, 사람이 적게 타도 인원초과 비상등이 켜지질 않나. 주민들이 그 꼬마아이를 보았다고 설치질 않나.

정비반에서도 누구나 그 엘리베이터를 손보러 가기는 꺼려했어. 특히 꼬마를 보고 기절했던 박씨가 병원에서 퇴원하자마자 사표를 내자 그 공포감은 더해 갔어. 더군다나 박씨는 송별회 자리에서 우리에게 이렇게 경고까지 했으니.

"이보게들, 자네들 그 엘리베이터에는 절대로 가지 말게. 내 60평생에 그렇게 원망스럽고 소름끼치는 눈빛은 처음 봤네. 그 애는 생김새만 꼬마애고, 그 눈빛은 누군가의 목숨을 간절히 원하는 거였어. 그 애는 뭔가 깊은 원한이 있는 것 같더라고. 그러니 조심들 하소."

그 엘리베이터 수리를 그렇게도 꺼려했지만 어쩔 수 없었어. 본사에서도 회사 신뢰도 문제라며 빨리 수리하라고 재촉했지. 나는 그 엘리베이터에 대한 강박관념 때문에 미쳐버릴 것 같았지. 그래서 내 개인돈 20만 원을 상여금을 걸고, 그 엘리베이터 수리를 종용했지.

젊은 기술자인 민구하고 지철이가 나섰지. 20만 원이면 신나게 놀 수 있다며. 개네들은 까짓거 귀신 따윈 하나도 무섭지 않다고 큰소리를 쳤지. 더군다나 꼬마애 귀신이라면…. 나도 그들의 큰소리를 믿고 싶었어. 하지만… 그 놈들은 더 심하게 당하고 돌아왔더구먼. 그것도 내 얘기까지 듣고. 민구가 미친 사람처럼 정비반에 뛰어들어와 다짜고짜 나에게 소리쳤지. 그 때의 오싹함이란….

"한 선배, 그 애가 한 선배를 찾는 것 같아요. 전원을 점검하고 있는데 뒤에서 애 목소리가 들리는 거예요. 눈가에 흉터 있는 아저씨와 전화기 든 아저씨는 왜 안 오느냐고. 너무 무서웠어요. 그 목소리와 눈빛, 그리고 목에서 피가 뚝뚝 떨어지고 있었어요. 그 얘기를 듣자 마자 머리는 멍해지고, 흉터 있는 한 선배가 생각났어요. 그 애는 한 선배를 찾고 있는 거예요."

주위에서 나를 이상하게 보더군. 나는 떨고 있는 민구에게 헛것을 보고 정신이 나갔으니 쉬라고 들여보냈지. 나는 제정신이 아닌 상태로 천 과장에게 그 얘기를 했어. 그 얘기를 들은 천 과장은 광기 어린 눈을 빛내며 소리쳤지.

"개새끼, 이제 꿈에 나타나 나를 괴롭히는 것도 모자라, 우리를 찾고 있어. 그 쪼그만 애새끼가 나를 이렇게 괴롭힌단 말야! 나를 만나고 싶다는 것이 소원이라면 만나주지. 이번에는 엘리베이터가 아니라 도끼로 머리를 빠개 버릴 테다. 개새끼!"

그러더니 그 술기운에, 떨고 있는 나를 다그치면서 그 아파트로 향했어.

그는 차에서 도끼 대신 망치를 꺼내고 나에게는 연장통을 쥐어줬어. 우리는 술기운에 공포심을 잠재우고 그 엘리베이터로 가기로 마음먹은 거야. 천 과장은 잔뜩 술 취한 목소리로 나에게 당부했어.

"그 새끼가 빌붙을 곳이 없어지게 아예 엘리베이터를 추락시키는 거야. 그럼 모든 일이 끝나겠지. 나는 그 새끼가 나타나면 망치로 머리를 부셔 놓겠어. 보라고! 내가 얼마나 독종인가를 보여주겠어."

나도 술기운이 돌기 시작했는지, 낮에 가졌던 공포심이 싹 사라지고, 호기 있게 그 아파트로 들어갔지. 그때는 몰랐지. 그것이 지옥으로 들어가는 길이었던 것을.

그때가 아마 밤 11시쯤이었을 거야. 현관에서 경비가 우릴 잡더군. 엘리베이터 고치러 왔다니까 그냥 통과였지. 하도 이상한 일이 많이 일어나니까, 아무런 의심 없이 보내주더군.

엘리베이터는 역시 7층에 서있었어. 엘리베이터는 버튼을 누르기도 전에 자동적으로 1층으로 내려오더군. 누가 7층에서 타고 내려오는 것처럼. 층을 가리키는 불빛이 하나씩 내려올 때마다, 점점 겁이 나기 시작했어. 그렇게 많이 마신 술기운도 점점 깨기 시작했어. 그러나 천 과장은 아무렇지도 않게 망치를 손에 들고 엘리베이터가 내려오길 기다리고 있는 거야.

웅 하는 소리와 함께 엘리베이터가 1층에 내려왔어. 순간적으로 사방이 적막 속에 휩싸였지. 그리고 덜커덩하고 문이 열렸어. 엘리베이터 안은 전등이 나갔는지 칠흑같이 어두웠어. 누군가 내리길 기대했는데, 아무런 인기척도 나질 않았어. 플래시를 비춰 보니 빈 엘리베이터였던 거야. 하지만 그 속에서 왠지 모를 차가운 기운이 느껴지더구먼.

하지만 천 과장 그 치는 아직도 술이 안 깼는지, 아니면 정말 겁이 안 났는지 엘리베이터에 먼저 탔어. 어쩔 수 없이 뒤를 따랐지. 우리가 타자마자, 버튼도 누르기 전에 엘리베이터 문은 스르르 닫혔어. 엘리베이터 안은 플래시 불빛밖에 안 남았어. 나는 미칠 것만 같아서, 재빨리 제일 위층인 14층 버튼을 눌렀지. 옥상에 올라가야 엘리베이터를 추락시킬 수 있으니까.

엘리베이터는 천천히 올라갔어. 1층, 2층, 3층… 엘리베이터 안은 우리의 숨소리밖에 안 들렸지. 나는 땀이 흐르는 것을 느꼈어. 저절로 도구 상자를 쥔 손에 힘이 가더라. 우리는 엘리베이터 위에 있는 층수 표시판만 바라보고 있었어. 그 불빛이 4층을 가리키는 순간, 갑자기 등 뒤에서 그 목소리가 들렸어. 하느님 맙소사! 흑흑…

'아저씨들 엘리베이터 고치러 오셨군요. 제 목도 고쳐주세요.'

순간적으로 움직일 수도 없었어. 아 그 목소리… 목에서 거렁거렁하는 소리와 함께 들려오는 아이의 슬프고도 차가운 목소리. 우리는 천천히 뒤를 돌아보았어.

세상에… 목이 껴서 죽은 그 애가 끔찍한 상처를 드러내며 퀭한 눈으로 우릴 바라보고 있는 거야. 눈빛은 원망으로 가득 차서.

'오늘은 정말 엘리베이터 고치시는 거죠.'

당신은 상상도 못할 거야. 그 목소리하며 그 표정이 얼마나 섬뜩했었는지를. 나는 무서워서 기절 직전이었어. 그런데 천 과장은 너무나 공포에 질려 실성했는지 동물소리 같은 괴성을 지르더니 들고 있는 망치로 그 애의 머리를 내리치는 거야. 분명히 '퍽' 하는 소리와 함께, 그 애의 머리가 부서졌어. 상처 사이로 피도 흘러나왔지. 하지만 그 애는 그대로 서 있으면서 계속 말을 했지.

'아저씨, 그러면 더 아파요. 그러지 마세요…'

그때의 표정이란, 피가 흐르는 얼굴사이의 그 애의 눈빛은 이제 무서울 정도로 차가와 보였지. 그러곤 이제 완전히 미쳐서 괴성을 지르고 있는 천 과장에게 '아저씨, 그만 하세요…' 하면서 천천히 다가오는 거야. 천 과장은 미친 듯이 망치를 휘둘러댔지만, 어느 순간 망치도 놓치고, '어억' 하는 소리만 내면서 뒤를 돌아 미친 듯이 엘리베이터 문을 열려고 하는 거야. 나는 찍소리 못하고 엘리베이터 옆에 바싹 붙어 있었지.

그 애가 천천히 다가가는 순간 '땡' 하는 소리와 함께 문이 열렸어. 누르지도 않았는데, 바로 7층이었어. 문이 열리자 천 과장은 미친 듯이 빠져나갔지. 그런데 뭐에 걸렸는지, 넘어졌어. 나도 따라나가려는데, 그 치가 넘어진 거야. 천 과장이 넘어지자마자, 기다렸다는 듯이 문이 닫혔어. 천 과장이 넘어진 채로 문에 낀 셈이지. 세상에! 그러더니 엘리베이터가 천 과장을 문에 낀 채로 다시 올라가는 거야. 필사적으로 빠져나가려고 발버둥치는 천 과장의 다리를 그 애가 꼭 잡고 있고. 그 애는 피투성이의 얼굴로 새파랗게 질려 있는 나를 보고 '…아저씨, 이 장난 재미있죠?…' 물어보는 거야. '아악' 하는 처참한 비명소리와 함께 천 과장은 엘리베이터에 허리가 꼈지. 올라가는 엘리베이터의 힘에 못 이겨 '우드득' 하는 뼈 부러지는 소리와 함께, 그렇게 발버둥치던 다리도 쭉 뻗었어. 그리고 엘리베이터는 다시 내려와 7층에 멈추었어.

그 아이는 나를 보고 씨익 웃더군. 나는 순간적으로 열림 버튼을 누르고, 천 과장의 축 늘어진 시체를 걷어차면서 밖으로 나왔지. 숨 돌릴 새도 없이 계단으로 내려가는 순간, 어느새 그 애가 피를 흘리며 내 앞에 딱 버티고 있는 거야. 그러더니 '…아저씨도 엘리베이터 타고 가야죠…' 하는 거야. 나는 정신 없이 들고 있던 도구 상자를 그 애에게 집어던지고, 뒤도 안 돌아보고 다시 돌아 엘리베이터에 올라탔지.

그리고 닫힘 버튼을 눌렀어. 등을 벽에 기대고 한숨을 돌리는데, 잘못 눌렀는지 문이 안 닫히는 거야. 문 앞에는 널브러져 있는 천 과장의 시체도 보이고 너무 무서웠어. 나는 그 애가 나타나기 전에 얼른 다시 닫힘 버튼을 눌렀지. 그제야 문이 닫혔어. 나는 안도의 한숨을 내쉬었지. 그런데…

갑자기 거의 닫히던 문 사이로 피투성이의 그 애 얼굴이 팍 들어오는 거야. 심장이 멈출 정도로 놀랐지.

'…아저씨 같이 타고 가요…'

나는 괴성을 지르며 생각할 겨를도 없이 발로 그 애 얼굴을 밖으로 밀어냈어. 그러니 문이 닫히고 엘리베이터는 내려가더라. 나는 헉헉대며, 빨리 1층에 도달하기를 기다렸어. 하지만, 그건 끝이 아니었어. 문이 닫힌 엘리베이터는 깜깜했어. 그런데 누군가가 내 바지를 잡아당기면서 말을 하는 거야. 나는 소스라치게 놀랐지. 바로 그 애였어.

'…아저씨 7층 눌러 줘요…'

그때 나는 아무것도 머릿속에 생각나는 것이 없었어. 빨리 이 엘리베이터에서 내려야 한다는 생각밖에는. 의사 양반, 진짜로 무서워지면 한 가지 생각밖에 안 나는 것이 사실인가? 여하튼 나는 그랬어. 그리고 문이 열리길래 내렸어. 4층이더구먼. 밝은 복도의 불빛이 나에게 안도감을 주더구먼. 나는 엘리베이터 문에 기대서 가쁜 숨을 몰아쉬며, 지금 내가 겪은 일이 꿈일 거라는 생각을 했지. 하지만… 그 애는 또 내 앞에 나타났어. 이번에 장난기 가득한 차가운 미소를 띠고.

'…아저씨, 저랑 놀아요…'

나는 비명을 치려 했지만, 목이 꽉 막혀 아무 소리도 못 질렀어. 그 애는 나를 확 밀쳤어. 그 순간 등뒤에서 '땡' 하는 소리와 함께 엘리베이터 문이 열리고, 나는 뒤로 쓰러졌지.

쓰러지는 순간 나는 알아챘어. 문은 열렸지만, 엘리베이터는 여기 없고 저 밑 1층에 있었지. 나는 4층에서 떨어지면서, 열린 문 사이로 그 아이의 섬뜩한 미소를 보았지. 평생 잊지 못할… 그리고 허리가 박살나는 고통과 함께 정신을 잃었지. 깨어나 보니까, 이 신세고, 그 애를 본 얘기를 하니까 정신병원에 쳐 넣더군. 아마 우리 회사에서 그런 일을 저질렀다는 것이 밝혀질까봐 나를 완전 정신병자 변태로 취급하더구먼. 나의 이런 사고와 천 과장의 죽음도 사고사로 처리하고. 나쁜 새끼들. 하지만 불만 없어. 나도 이대로가 좋은 걸. 엘리베이터 안 타도 되니까. 아 그리고, 나중에 안 일인데, 나와 천 과장이 그렇게 소리를 질렀는데, 주민들은 들은 사람이 하나도 없었다더군. 자, 어때. 들을 만한 얘기 아니었수? 나를 보는 눈빛을 보면 다 알겠수다. 마음대로 생각하슈. 나는 여기 계속 있으면 더 좋으니까. 엘리베이터 안 타도 되니까. 내 얘기는 여기서 끝났수다. 그럼 잘 해보슈."

그 사람은 나에게 큰 충격을 던져주고, 휠체어를 끌고 사라졌어. 며칠동안 나는 공부도 못하고 그 사람의 기괴한 얘기에 대해서 생각했어. 도저히 견딜 수가 없어 나는 그 면담 보고서도 못 쓰고, 담당 의사 선생님인 교수님께 찾아갔지. 하지만 냉담하셨어.

"그 얘긴 나도 들었네. 혹시 그 환자 자네에게 처음 한다는 얘기라고 하지 않았나? 자네, 환자의 논리를 그대로 받아들였군. 그런 자세로는 치료하다가, 정신병 걸리기 딱 알맞겠군.

그 환자는 전형적인 할루시에이션 환자일 뿐이야. 자기의 비정상적인 증세에 대한 자기 특유의 얘기를 만들어 낸 것일 뿐이야. 다시 말해 정신병자의 헛소리였어. 자네가 그 상담에서 찾아내야 하는 것은 증상의 특징과 진짜 원인이었어. 그런 귀신 얘기 믿으려면, 의학이 아닌 심령학이나 공부해!"

엄청 혼났다. 덕분에 정신과 상담 보고서도 망치고. 하지만 그 환자의 얘기가 전부 거짓말 같지는 않았어. 니네 아파트 일인 것 같아 너에게 물어본 것이고. 사실 그 환자의 그 얘기가 요즘도 뇌리를 안 떠난다. 이상하지?"

재원이의 얘기를 듣고 나니, 나도 모르게 온몸이 흠뻑 젖어 있었다. 어쩌면 진짜로 그런 일이 일어났을지도….

"그래서 그 환자는 어떻게 되었니? 요즘도 가면 면회가 되는 거니?"

"아니, 끔찍한 일이 생겼지. 정신과 레지던트 하던 선배가 술에 취해서 그 귀신 얘기하는 환자를 고쳐 놓겠다고, 휠체어에 태운 채로 엘리베이터에 혼자 태웠대. 20초도 안 되는 짧은 시간이었는데, 그것을 못 견디고 혀를 깨물어 자살했어. 덕분에 그 선배는 병원에서 짤리고. 그렇게 무서웠나 보지."

"그랬구나, 자식! 괜히 무서운 얘기 들려줘서 집에 올라갈 때 엘리베이터 못 탈 것 같잖아."

"뭘 임마, 여하튼 나는 그 얘기 듣고 앞으로 정신과 전공할 생각이다. 심령학과 같이 남들이 이해할 수 없다고 치부하는 분야를 공부하고 싶거든. 의학은 사람의 신체만 고칠 수 있는 어쩌면 협소한 학문일지도 몰라. 나는 사람의 영혼을 고치고 싶거든. 그 속에 뭐가 들어있나 알고도 싶고."

사실 재원이가 그런 일 때문에 자기 전공과목을 바꾸겠다는 얘기는 놀라운 얘기였다. 그렇게 하고 싶어하던 의대공부였는데. 어쩌면 미친 사람의 헛소리에 불과할 지도 모르는 헛소리에 중요한 자기 일생의 진로를 결정하다니. 그래서 인생이란 역시 재미있는 것인가라는 생각을 했던 기억이 났다. 그때는 귀로 흘렸지만, 재원이의 비참한 최후를 생각하면 그 때 말렸어야 했다는 생각이 들면서 나의 실수가 뼈저리게 후회되었다.

그 때 말렸으면 재원이가 그 버려진 집의 저주에 휘말리는 일을 없었을 텐데.

재원이를 생각하고 있다가 보니, 멈추어 섰던 엘리베이터가 어느새 움직이기 시작했다. 긴장했던 나는 한숨을 내쉬고 벽에서 등을 뗐다.

짧은 시간이었지만, 나도 모르게 긴장을 했는지 손에 땀이 배어 있고, 목 뒤가 뻐근했다.

"땡" 하는 소리에 엘리베이터 문이 열리고, 나는 긴장이 풀어진 상태로 엘리베이터를 나왔다. 문 앞에 서서 열쇠를 꺼내려는 순간 스르르 하는 소리와 함께 엘리베이터 문이 닫히는 소리가 들렸다.

그때였다.

뒤통수 뒤로 불길한 예감과 싸늘한 기운이 느껴지는 것 같았다.

나도 모르게 문이 닫히는 엘리베이터 쪽으로 돌아보았다. 그 순간 온 몸에 소름이 쫙 끼치고, 머리털이 서는 듯한 두렴움을 느꼈다. 0.1초도 안 되는 짧은 순간이었지만, 난 그 광경을 또렷이 봤고 평생을 잊지 못할 것이다.

문이 닫히는 엘리베이터 안에는 시퍼런 얼굴의 재원이가 퀭한 눈을 하고 빨간 혀를 빼물고 나를 멍하니 보고 있었다.

10년의 약속

어릴 적 아름다운 환상이
시간이 갈수록 결코 잡을 수 없는 무지개가 되었지요.

– 호철이의 이야기 중에서

혹시나 했지만, 성희는 아직 나와 있지 않았다.

나는 희미해진 기억 속의 약속 장소인 학교 벤치에 앉아 텅 빈 운동장을 바라보았다. 어스름이 깔리기 시작한 운동장에는 지금껏 놀고 있던 아이들도 다 떠나고, 덩그러니 쓸쓸한 바람만 불고 있었다. 생각해보니 내가 이 운동장을 떠난 지도 벌써 10년 째였다. 그 동안 아주 많은 일이 있었다. 아주 많은 일이….

하지만 이상하게도 성희와의 약속은 잊혀지지 않았다.

성희는 초등학교 때 내 짝이었다. 우리는 3년 동안 같은 반을 했고, 나는 어린 마음에도 성희가 무척 예뻐 보였다. 비쩍 말랐지만, 키 크고 갸름한 얼굴에 왕방울처럼 큰 눈은 남자애들의 인기를 독차지하기에 충분했다. 반대로 난 항상 먼지 냄새를 풍기던 지저분한 장난꾸러기였다. 그런데도 성희는 그런 나에게 항상 호의를 베풀었다. 속으론 더할 나위 없이 좋았지만, 친구들이 놀리면 괜히 부끄러워서 남자애들이 성희에게 짓궂은 장난을 하는 데 곧잘 동참했다.

여자가 남자보다 먼저 어른이 되는 법인지, 6학년 때부터인가 성희는 이유 없이 나를 피하는 것 같았다. 같이 짝도 안 하려고 했고, 함께 집에 오는 경우도 없어졌다.

그러던 어느 날 성희는 나를 복도로 불러냈다. 슬픈 얼굴로 자기의 전학 얘기를 했다. 영문을 모르고 있는 나에게 자기는 아버지를 따라서 미국으로 떠난다고 했다. 나에게 미국은 달나라보다 더 먼 나라였다. 그때는 이유를 알 수 없는 슬픔이 치밀어 올라왔다. 평생 성희를 못 볼 것 같았다. 가슴이 터질 것만 같은 답답함이 밀려올 때, 성희는 슬픈 얼굴로 내게 새끼손가락을 내밀며 약속을 하자고 했다.

"무슨 일이 있어도 10년 뒤엔 여기서 다시 만나는 거야, 알았지?"

그 약속이 성희와 나를 이어주는 한 가닥 끈처럼 느껴졌다. 우리는 정확히 10년 후 오후 5시에 초등학교 운동장 벤치에서 만나기로 했다. 소식이 끊기거나, 어디에 있더라도 살아 있으면 꼭 나타나기로 약속했다. 우리는 새끼손가락을 걸고 엄지 손가락을 맞대며 약속했다. 며칠 후 성희는 정말 미국으로 떠났다.

여자애들은 눈이 퉁퉁 붓도록 울면서 친구를 보냈고, 남자애들은 선물을 주느라 난리 법석이었다. 성희는 친구들에게 둘러싸여 눈물을 글썽거리며 떠났다.

"잘 가."

떠나는 성희에게 내가 할 수 있는 말이란 고작 이 말밖에 없었다. 성희는 조용히 귀엣말로 '우리 약속 잊으면 안 돼' 하고선 뒤를 돌았다.

성희가 떠난 후, 우리는 서로 편지를 주고받느라 정신이 없었다. 하지만 그것도 잠시 뿐, 나도 새로운 동네로 이사를 가면서 성희와의 연락은 끊겼다. 잠시 서운했을 뿐이었다. 나는 입시 준비로 바쁜 중, 고등학교를 지나며 성희를 완전히 잊어갔다. 대학에 입학하고도 성희는 내 기억 저 구석으로 밀려나 있었다. 미팅이다, 동아리 활동이다, 연애다, 아르바이트다 하면서 나는 내 인생에 다시 못 올 캠퍼스 시절을 기꺼이 즐기고 있었다. 짧지만 군대도 갔다오고 복학 준비에 바쁘던 어느 날이었다.

초등학교 동창 일한이와 술이 마시는데, 일한이가 갑자기 성희 얘기를 꺼냈다.

"너 성희 기억나니? 초등학교 때 인기 많던 애 말야. 너랑 친했잖아. 얼마 전에 나이트에서 그 애 봤다. 엄청 예뻐졌던데? 재벌 2세 같은 놈들이랑 같이 있더라. 처음에는 못 알아봤는데, 그 애가 먼저 아는 체 하더라. 네 안부도 묻던데… 여하튼 걔 뭐 하는지 몰라도 완전히 공주던데. 남자애들이 줄줄이 따라다니더라고."

연락처도 못 받았다는 일한이의 얘기는 그게 다였지만, 내 뇌리에는 이상하게도 성희라는 이름이 다시 강하게 자리잡게 되었다. 그리고 그 우스꽝스러운 약속도 다시 떠올랐다. 그 애가 그 약속을 기억할 리는 없을 텐데도, 괜히 그 약속 장소를 가면 성희를 다시 만날 수 있을 것 같았다. 그 후 얼마 후에 나도 우연히 성희를 만날 수가 있었다. 아니, 솔직히 말하면 나 혼자 먼발치서 보게 된 것뿐이었다.

갑자기 일기예보에도 없던 비가 마구 쏟아져 내리던 어느 날이었다. 우산을 안 가지고 나온 나는, 비를 전부 맞으면서 버스 정류장으로 뛰어갔다. 기다리는 버스가 좀처럼 오지 않아 난처해하고 있는데, 길 건너편 고급 외제 승용차가 서는 것을 보았다. 운전사가 얼른 내려 우산을 펴고 뒷문을 여는데, 언뜻 보이는 예쁜 여자가 성희 같았다. 운전사는 고귀한 분을 모신다는 것처럼 조심조심 우산을 받히고 성희를 따라갔다.

나는 조금 망설이다가 '성희야' 하고 크게 불렀다. 소리를 듣고 고개를 돌리는 것을 보니 정말 성희 같았다. 초등학교 때보다 훨씬 예뻐졌지만 성희의 모습이 남아있는 듯했다. 먼발치서 본 그 애의 모습은 나와 딴 세상에 사는 귀족 같았다.

성희는 고개를 돌렸지만, 길 건너편에 있는 나를 발견하지 못한 것 같았다. 다시 불러볼까 했지만, 성희의 모습을 보니 비까지 맞은 내 초라한 모습이 떠올랐다. 불러봐 봤자, 성희가 나를 못 알아보든지 아니면 추레한 내 모습에 실망하든지 둘 중에 하나일 것이라는 생각이 들자 부를 수가 없었다.

다시 부르는 소리가 없자 성희는 고개를 돌리고, 운전사와 함께 가던 길로 갔다. 나는 내리는 비를 하염없이 맞으며 길 건너 저편으로 사라지는 성희의 뒷모습만 멍하니 바라보고 있었다. 성희를 혼자만이라도 보게 돼서 다행이다 싶었다. 아니, 솔직히 말하면, 멋지게 변한 성희의 모습에 기쁘기보다는 성희가 저 멀리 내 손이 닿을 수 없는 곳으로 가버린 것 같아 허전했다.

그 날 느꼈던 성희의 모습을 떠올리면, 성희는 결코 이런 자리에 나올 애가 아니라는 생각이 들었다. 그렇게 멋지게 변한 성희가 나 같이 보잘 것 없는 놈을 기억해 줄 리가 없었다. 하지만 오늘의 약속은 내가 성희를 볼 수 있는 마지막 기회나 다름없었다. 지금은 수준이 다른 삶을 살고 있다고 해도 그 약속 장소에서 만나면 옛날로 돌아갈 것만 같았다. 그런 헛된 희망을 품고 오늘만을 기다렸다.

옛 생각을 하다보니 벌써 6시가 넘었다. 운동장에는 아무도 없었다.

'역시 나만의 착각이었구나. 이제부터 어디로 가서, 무엇을 해야 하나.'

그때였다. 인기척도 없이 뒤에서 그 목소리가 들렸다.

"너, 호철이 맞지? 나야, 성희."

뒤를 돌아보았다. 새하얀 투피스에 정말 공주처럼 예뻐진 성희였다. 아무런 기척 없이 나타나서 좀 놀랐지만, 옛날 느낌 그대로의 성희였다.

"안 올 줄 알았는데… 호철이 너도 완전히 어른이구나."

너무나 반갑고 할 말이 많아 우리들은 시간이 가는 줄도 모르고 얘기를 나눴다. 역시 성희네는 미국으로 가서 커다란 성공을 하고 돌아왔다고 했다. 공부도 잘했는지 나는 엄두도 못 내는 좋은 학교를 다니고 있었다. 성희네 학교에 비하면 내가 다니는 학교는 삼류에 불과했다. 성희가 학교에 대해 물어볼 때, 부끄러워 차마 대답할 수가 없을 정도였다.

"어? 학교? 그냥 별로 좋지 않은 데 다녀."

성희는 내가 상상했던 것보다 훨씬 훌륭하게 되어 있었다. 얘기하면 할수록 점점 초라해지는 내 자신을 발견할 수 있었다. 바보같이… 괜한 걸 기대하고….

그러다 보니, 나는 내 얘기는 제대로 하지 못하고 성희의 말만 듣게 되었다. 그래도 한 가지 위안을 가진 점은 성희가 아직까지도 날 잊지 않고, 10년의 약속을 지켜주었다는 점이었다. 아직은 나를 친구로 생각하는 듯한 마음, 바로 그것이었다. 물론 그것도 이것이 마지막일지는 모르지만….

나는 성희의 얘기를 들으며 한심한 내 처지를 비관하느라, 성희의 얼굴도 제대로 보질 못했다. 그녀의 슬픔을…. 열심히 말을 하던 성희는 다음 약속이라도 잡혀있는지 갑자기 자리에서 벌떡 일어났다.

"어머, 벌써 시간이 이렇게 됐구나. 호철아, 나 이제 가야 할 시간이야. 휴우… 이렇게 만난 것만으로도 나는 행복해. 너는 행복하게 살아줘. 자, 그럼… 안녕….”

나는 갑자기 서두르는 성희의 모습에 잠시 어리둥절했다. 마치 성희가 초라한 내 모습에 실망하고 자리를 일찍 뜨려는 것 같았다. 하지만 성희의 눈시울에는 이해할 수 없는 눈물이 고여 있었다. 나는 깜짝 놀라 무슨 일이라며 성희를 잡았다. 성희는 아무 말 없이 울기만 하다가 떠나려 했다. 하지만, 나로서는 도저히 성희를 이렇게 보낼 수 없었다. 이렇게 떠나보내면 앞으로는 성희를 못 볼 것 같았다.

한참을 실랑이하던 끝에 성희는 눈물을 떨어뜨리며 자기 얘기를 했다.

“너 죽은 사람의 소원 얘기 아니? 사람이 죽으면 살아생전에 못 이뤘던 소원을 이룰 수 있는 기회가 딱 한 번 주어진대. 그런데 말야, 그 소원을 이루면 이 세상에선 더 이상 지낼 수 없게 된대. 저 세상으로 떠나야 된다나? 죽은 자에게 당분간만 시간을 허용하는 셈이지. 산 자와 죽은 자가 계속해서 같이 살 수는 없으니까. 네가 믿진 않겠지만….

하지만 말야, 내가 오늘 너를 만나러 온 것은 나의 마지막 소원이었어. 나는 이미 일 년 전에 죽었어. 하지만 난 내 인생에서 가장 순수하고 아름답던 시절을 함께 했던 널 꼭 다시 만나고 싶었어. 그런데 이제 시간이 다 되었구나. 저 세상으로 돌아갈 때가 된 거지. 좋은 추억으로 나를 기억해줘. 안녕… 내 가장 소중한 기억, 호철아….”

나는 성희의 말에 너무 충격이 컸는지 머릿속이 멍해졌다. 그럼 눈앞에 있는 것은 성희의 유령이란 말인가. 매우 슬프고 놀랄 일이었다. 하지만 난 가슴 깊은 곳에서 기쁨과 함께 새로운 희망이 샘솟았다. 난 떠나려는 성희의 손을 꼬옥 잡았다. 차가워야 될 유령의 손이 따뜻하게 느껴졌다.

"성희야. 이제 우리 함께 있을 시간은 많아. 같이 가자. 이렇게 될 줄은 몰랐는데, 하늘이 도우셨나보다. 하하! 실은 성희야, 나 여기 오다가 교통사고 났어. 그것도 아주 대형 사고로. 그래서 나도 너를 만나는 것에 그 한 가지 소원을 썼어. 죽은 사람의 그 한 가지 소원을…."

그녀의 허락

사랑하는 사람의 진정한 행복을 위해서라면
그 사람을 보내줘야 하는 것일까
아니면 잡아야 하는 것일까?

– 사랑의 딜레마 중에서

아침에 눈을 뜨니 머리가 지끈거렸다. 속이 울렁거렸지만 정신을 차리기 위해 샤워를 했다. 간밤에 과음을 한 탓인지 물 먹은 솜처럼 몸이 천근만근 무거웠다. 꼼짝 않고 침대에 누워 있고 싶었지만 오늘은 무슨 일이 있어도 그 곳을 가야 했다.

아침도 먹지 않은 채 나는 시외버스터미널로 갔다. 천안행 티켓을 끊고서 자판기에서 커피를 한 잔 뽑아서 창가로 갔다. 살아있는 많은 사람들이 떠나고 돌아오고 있었다.

'죽은 이들은 결코 돌아오지 못하지….'

차에서 내리는 사람들을 바라보다 보니 문득 은영의 얼굴이 떠올랐다. 나는 서둘러 그녀의 얼굴을 지우고 차에 올랐다.

버스 안은 한산했다. 나는 창에 머리를 기댄 채 스쳐가는 10월의 경치들을 무심히 바라보았다. 차가 흔들릴 때마다 머리가 심하게 흔들리는 듯한 느낌이 들었다.

고속도로는 평일 오전이라 그런지 시원하게 뚫려 있었다. 쓸쓸한 가을을 하늘하늘거리며 떠받치고 있는 코스모스가 물끄러미 나를 쳐다봤다.

천안 터미널에서 내려 다시 택시를 잡아탔다. 공원 주차장까지는 택시로 올라갈 수 있었지만 나는 입구에서 내렸다. 석재상들이 늘어서 있는 길을 따라서 천천히 걸어 올라갔다. 서울에서 그리 멀리 않은 거리였지만 은영은 너무도 멀리 있다는 느낌을 지워 버릴 수 없었다.

걸어가다 보니 왼편으로 꽃집이 보였다. 문득, 꽃을 사오지 않았구나 하는 생각이 들었다. 전에는 늘 서울에서 출발하기 전에 사곤 했었다. 하지만 오늘은 은영에게 할 말을 생각하느라고 깜빡 잊고 있었다.

꽃집에 들어가니 할머니가 무표정하게 맞았다. 나는 은영이 좋아했던 흰장미를 스물세 송이 샀다.

양편으로 붉은 기둥만 두 개 서 있는 공원묘지 안으로 걸음을 옮겼다. 은영이 누워 있는 곳은 주차장에서도 한참을 들어가야 했다.

걷다가 고개를 들었다. 산비탈 아래로 수많은 무덤들이 드러누워 있었다. 오래된 무덤, 만든 지 얼마 안 된 무덤, 가난한 무덤, 부유한 무덤, 기독교식 무덤, 불교식 무덤들이 하늘 아래 낮게 엎드려 있었다. 나는 은영이 살고 있는 산 위로 올라갔다.

은영의 묘지 앞에는 예쁜 조화가 한 다발 꽂혀 있었다. 은영의 어머니가 꽂아 놓은 모양이었다.

나는 가쁜 숨을 몰아쉬며 은영의 묘지를 바라보았다. 봉분의 파란 잔디가 금잔디로 바뀌어 있는 것을 보면서 나는 그 사이에 다시 3개월이 흐른 것을 깨달았다. 은영은 땅에 묻힌 지 정확히 3년 하고 3개월이 흐른 것이었다.

가져 온 하얀 장미를 은영에게 내밀었다. 하지만 은영은 손을 내밀지 않았다. 하는 수 없이 나는 봉분 앞에 세워 두었다. 하얀 장미를 받고 좋아 할 은영의 얼굴이 눈에 아른거렸다. 그녀의 해맑은 미소가 떠오르니 다시 눈물이 나올 것만 같았다. 그녀가 죽은 뒤에 완전히 말라 버린 줄로만 알았던 눈물이었다.

나는 그녀에게 눈물을 보이기 싫어서 짐짓 하늘을 올려다보았다. 하늘에는 언제 몰려 왔는지 먹구름이 뒤덮고 있었다. 금방이라도 비를 뿌릴 듯한 기세였다.

'가을비는 차가울 텐데, 그렇지 않아도 몸이 약한 은영인데….'

구름을 한동안 올려다보며 멍하니 서 있었다. 문득 은영을 찾아온 목적이 떠올랐다.

'허락을 구해야 하는데…. 은영은 뭐라고 그럴까? 나를 꾸짖을까?'

나는 다시 은영이 누워 있는 자리를 보았다. 평온히 누워 있는 그녀를 보니 마음이 흔들렸다. 나는 하고 싶은 말을 감추고 그녀 앞에 태연한 척 서 있었다.

'그냥 갈까? 내가 아무 말 하지 않아도 은영은 이해할 거야. 하지만… 아무리 그렇다 하더라도 그녀에게 먼저 말해야 하지 않을까?'

나는 무심코 담배를 꺼내 입에 물었다. 담배 연기를 싫어하던, 아니 내가 담배 피우는 것을 무척 싫어하던 은영의 찡그린 얼굴이 떠올랐다. 그녀의 콧잔등에 잡힌 주름살까지 선명하게 보였다.

'은영아, 미안해. 내가 깜빡 했어.'

나는 물었던 담배를 다시 담배케이스에 넣었다. 그대로 돌아서려는데 아무래도 그녀에게 털어놓아야만 속이 후련할 것 같았다. 나는 은영을 내려다보다가 그녀 앞에 무릎을 꿇었다. 그러곤 어렵사리 말문을 열었다.

"은영아…. 나에게 이런 날이 올 줄은 정말 몰랐어. 너와 함께 할 때는 물론이고 네가 떠난 후에도 상상하지 못 했던 일이야. 난 네가 떠나면서 내 가슴속에 남아 있던 사랑도 함께 데리고 갔다고 생각했어. 나도 그걸 원했고… 그런데 우습지? 내가 너에게 이런 말을 하러 찾아오고 말야. 나도 내가 한심해 보여. 어젯밤에 술 마시면서 그 노래만 들었어. 너도 좋아

한 노래였잖아. 뮤지컬 레미제라블에 나오는 'I dreamed a dream'…. 그래, 바로 그 노래야. 넌 이 노래 처음 듣고 나서 가사가 너무 슬프다고 했지. 특히 이 부분이 'I dreamed that love would never die' 사랑이 끝나지 않는다는 것은 단지 꿈이었을까… 휴우, 이런 말 꺼내기 정말 힘들구나. 어젯밤 술 마실 때는 쉽게 할 수 있을 것 같았는데. 은영아, 나 딴사람을 좋아하게 된 것 같아…."

드디어 털어놓으려 했던 말을 꺼내자 하늘에서 후두둑 빗방울이 쏟아지기 시작했다. 공원묘지는 순식간에 빗소리에 뒤덮이고 말았다.

성묘하러 왔던 사람들이 빗줄기를 피해 뛰어가는 발자국 소리가 등뒤에서 들려 왔다. 난 앉은 채로 가만히 비를 맞았다. 갑자기 쏟아지는 빗줄기가 더없이 고맙게 느껴졌다. 은영 앞에서 흐르는 눈물을 감출 필요가 없었다. 나는 소리 없는 눈물을 흘리면서 계속 말을 이어갔다.

"그 애는 너와 닮았어. 나도 어쩔 수 없었어. 그 애를 본 순간부터 감정이 싹트기 시작했으니까…. 물론 거부도 해 봤지. 하지만 뜻대로 안 되더라고…. 그런데 말이지, 정말로 웃긴 것은 그 애도 나를 좋아하는지 모르겠다는 거야. 그냥 내 감정이 그래. 나 우습지? 너와 헤어진 지 3년하고 3개월밖에 안 되었는데…. 나도 이런 나 자신이 너무도 싫어. 아, 모르겠어. 내가 왜 이렇게 됐는지…."

입술을 깨물었어. 빗물과 눈물이 뒤섞여 입 안이 짭짜름했다. 난 그녀의 대답을 기다리며 고개를 들었다. 잿빛 하늘이 보였다. 우산을 받쳐 든 은영의 모습이 아른거렸다.

은영을 처음 만나던 날도 비가 내렸다. 학기말 고사를 보고 있던 때였다. 강의실 앞에서 하염없이 떨어지는 빗줄기를 보고 있는데 예쁘장한 후배가 우산을 펼치며 아는 체를 했다. 은영이었다.

은영과 나는 그때까지만 해도 복도에서 마주치면 목례 정도 하는, 서로 얼굴만 알던 사이였다.

나는 그 날 은영과 함께 우산을 쓰고 교문을 나섰고, 그 일을 계기로 우린 친해졌다. 난 그 날의 만남을 우연이라고 생각했는데 나중에 은영의 말을 들어 보니 필연이었다. 그녀는 그 날 내가 우산을 가지고 오지 않은 걸 보고, 비가 좀처럼 멈출 생각을 않자 강의실 밖에서 기다렸다는 것이었다. 난 그 날 수줍은 미소를 띠며 우산을 함께 쓰자 했던 그녀의 얼굴을 떠올렸다.

그 때였다. 갑자기 빗줄기가 뚝 멈추었다. 갑작스레 멈춘 비에 깜짝 놀라서 고개를 들고 사방을 살폈다. 으악! 하마터면 소리를 지를 뻔했다. 분명 주변에 아무도 없었는데, 그래서 부끄러운 줄도 모르고 비를 맞으며 또 눈물을 흘려가며 하늘에 있는 은영과 대화를 나누고 있었는데. 난데없이 하얀 옷을 입은 젊은 여자가 등 뒤에 서서 나를 바라보고 있었다. 그녀는 곧 내게로 다가와 말을 걸었다.

"아까부터 봤는데요. 비가 내리는데 꼼짝 않고 앉아 있어서… 제가 방해한 것은 아니지요?"

그녀의 출현이 반갑지는 않았지만 그녀의 호의를 매정하게 뿌리칠 수는 없었다.

"일어나세요. 빗방울이 찬데, 그러다 감기 걸리겠어요."

그녀가 조심스럽게 말했다. 나는 망설이다가 일어났다. 빗물에 젖은 바지가 다리에 쫘악 달라붙어 있었다. 잠시 부끄러운 생각이 들어 얼굴을 붉혔지만, 왠지 모르게 그녀 앞에서 편안함을 느낄 수 있었다.

"몹시 사랑했던 분인가 보죠?"

나는 고개를 끄덕이며 그녀를 찬찬히 살폈다. 나이는 스물서넛이나 됐을까? 결코 미인은 아니었지만 왠지 푸근한 느낌이 들었다. 어디선가 만난 적이 있는 것만 같았다. 특히 따뜻한 눈길이 그런 느낌을 강하게 줬다.

"사랑하시는 분이 걱정하겠어요. 그만 내려가시죠?"

그녀가 다시 얼굴에 근심을 담고 말했다. 나는 왠지 그녀의 말을 뿌리칠 수 없었다.

'은영아, 안녕!'

나는 마음속으로 은영에게 작별 인사를 하고 돌아섰다. 그러자 잠깐 멈췄던 비가 다시 후드득 내리기 시작했다. 흰옷을 입은 그녀가 우산을 펼쳐 내 쪽으로 기울였지만 나의 전신은 이미 흠뻑 젖어 있었다. 한동안 침묵하던 그녀가 조심스레 입을 열었다.

"부러워요…. 이토록 사랑해 주는 사람이 있다니…."

"네, 그랬었죠. 하지만 지금은…."

마땅히 설명할 말이 없었다. 지금 내가 은영에게 온 이유를 말하면 이 아가씨는 어떻게 생각할까. 그렇게 사랑했던 은영에게 이제 다른 여자를 사랑하는 것 같다고 고백하러 온 나의 이야기를 어떻게 할 수 있을까. 당황한 나는 걸음을 빨리 하며 화제를 돌렸다.

"어느 분 찾아오셨어요?"

"저는 이 곳에 살아요."

그녀가 하늘을 힐끗 올려다보며 말했다. 그녀가 올려다본 하늘에선 여전히 비가 내리고 있었다. 우산을 같이 쓰며 내려가던 나는 일단 비를 피할 곳을 찾았다. 처음 만난 타인끼리 우산 하나를 같이 쓰는 건 불편한 일이었기 때문이다. 마침 정자가 있어서 그곳으로 향했다.

정자에 올라가 있으니 잊고 있었던 추위가 느껴졌다. 담배 생각이 나서 담배를 꺼냈다. 담배는 다행히 필터만 젖어 있었는데 라이터에 물이 스며들었는지 불이 켜지지 않았다.

"아까 그 분 언제 돌아가셨어요? 봉분을 보니 돌아가신 지 꽤 오래된 것 같던데…."

불을 켜기 위해 연신 라이터돌을 튕기는데 그녀가 물었다. 나는 담배를 포기하고 라이터를 주머니에 넣었다.

"오래 되기는요. 겨우 3년밖에 안 됐는 걸요. 하지만… 어떤 때는 3년이 아니라 3만 년이 흐른 것 같기도 해요."

"그만큼 고통스러웠던 세월이라는 건가요?"

"고통이요? 모르겠어요. 어쩌면 느낄 수 있는 고통이란, 진짜 고통이 아닌지도 몰라요."

도저히 고통을 견딜 수가 없어서, 마치 식물인간처럼 마비된 상태에서 살기 위해 몸부림쳐야 했던 지난날들이 빠르게 스쳐지나갔다.

"병이었나요?"

"아뇨! 그 날은 은영이의 스무 번째 생일이었어요."

나는 멀찍이 보이는 은영의 봉분을 바라보기 위해 몸을 일으켰다. 은영이 죽고 나서 한번도 하지 않았던 이야기였지만 그녀에게는 왠지 들려주고 싶었다. 아니, 이제는 가슴속에만 묻어 두지 말고 누군가에게 이야기를 해 버려야 할 것만 같았다.

"그녀의 스무 번째 생일만큼은 그녀를 세상에서 가장 행복한 여자로 만들어 주고 싶었죠. 전 그래서 두 달 전부터 준비를 했어요. 내 손으로 마련한 선물을 사 주고 싶어서 세차장에서 새벽부터 아르바이트를 했죠."

"선물로 뭘 준비하셨는데요?"

"장미꽃이요. 그녀는 흰장미를 무척 좋아했어요. 거리를 거닐다 흰장미를 보면 사달라고 조르곤 했죠. 전 그런데 돈이 없어 늘 한 송이밖에 못 사 주었어요. 장미꽃을 받아 들고 좋아하는 그녀를 보면서 늘 많이 사 주지 못하는 것을 안타까워했거든요."

"그래서 스무 송이를 준비했겠군요."

"아녜요. 그 정도는 그녀도 예상하고 있을지 모르잖아요. 전 그녀를 깜짝 놀라게 하기 위해서 이백 송이를 준비했어요. 꽃가게 주인에게 며칠 전에 미리 싱싱한 장미로 부탁을 해 두었죠."

"우와, 굉장했겠네요!"

"네, 저 혼자 들기 버거울 정도로…. 저는 카페로 먼저 가서 그 집에서 아르바이트 하는 친구와 함께 그녀를 깜짝 놀라게 해 줄 작전을 짰어요. 만반의 준비를 해 놓고 그녀가 들어서기만을 기다렸죠. 그녀는 언제나 약속을 하면 삼십 분 전부터 나와서 기다리곤 했는데… 자기는 튕길 줄도 모르는 바보라고 귀여운 투정을 부리곤 했는데… 그 날따라 유난히 늦더군요. 집에 전화를 해 봤더니 아무도 받질 않더군요. 저는 하염없이 기다렸어요. 그녀의 신변에 그런 일이 일어났으리라곤 생각도 못하고….

한 시간… 두 시간 세 시간…. 장미는 점점 시들어 가고, 그녀의 신변에 무슨 일이 생겼을지도 모른다는 불길한 생각이 가슴을 옥죄어 왔지만, 그런 생각을 떨쳐 버리려고 안간힘을 쓰면서….

혹시나 해서 우리 집에 전화를 해 봤죠. 그랬더니 어머니가 사고 소식과 함께 병원을 가르쳐 주더군요. 갑자기 지구가 빠르게 회전하기 시작했죠. 저는 제정신이 아니었어요. 거의 실성하다시피 해서 병원으로 뛰어갔어요. 중환자실 복도에 은영의 아버님이 울고 계시더군요.

내가 안으로 들어가려는데 보조원이 카트를 밀고 나오더군요. 은영의 어머님이 카트를 잡고 몸부림치고 있고…. 예감이 이상해서 하얀 가운을 벗겨 봤어요. 은영이… 흰장미를 받고 좋아서 어쩔 줄 몰라해야 할 은영이… 잠들어 있더군요. 난 그녀의 얼굴을 보는 순간, 내가 깨울 수 없을 정도로 깊은 잠에 빠져 있다는 것을 알았죠. 나는 순간, 내 영혼이 모조리 빠져나간 듯한 기분을 느꼈어요. 한 마디 말도 못하고 울지도 못하고 속으로 눈물만 하염없이 삼켰죠.

나는 그녀를 보내지 않았는데 그녀는 그렇게 떠나가고 말았죠. 집 앞 횡단보도에서 신호를 무시하고 달리던 차에 치여서…. 별다른 외상도 발견할 수 없는 그런 사고였는데 그만 쓰러질 때 머리가 경계석에 부딪히는 바람에…. 스무 번째 생일에…. 그 좋아하던 흰장미도 못 받아 보고…."

그녀는 슬그머니 내 손을 잡았다. 만난 지 얼마 안 된 사이였지만 그녀의 동작은 너무도 자연스러웠다.

"안타까워하지 마세요. 은영 씨는 일한 씨가 수시로 갖다 주는 장미를 받았으니까 행복해할 거예요. 일한 씨 이런 거 생각해 본 적 있어요? 은영 씨는 사고 순간에 무슨 생각을 했을까, 하는…."

나는 머리를 저으며 슬그머니 손을 빼냈다.

"아마 이런 마음이었을 거예요. 내가 못 가면 일한 씨가 많이 기다릴 텐데…. 일한 씨를 기다리게 하면 안 되는데… 꼭 가야 하는데…."

그녀는 마치 나와 은영 사이를 잘 알고 있다는 듯이 은영의 마음을 이야기했다. 사실 은영이라면 인생의 마지막 순간에 그런 생각을 하고도 남을 애였다.

"그런데 오늘은 무슨 일로 은영 씨를 찾아왔죠? 무슨 특별한 날인가요?"

나의 눈동자를 들여다보며 그녀가 물었다. 아무리 봐도 낯익은 눈길이었다. 부드러운 눈길을 받으니 나도 모르게 입이 열렸다.

"아니에요. 사실 은영이가 떠난 뒤 저는 삶이 끝났다고 생각했어요. 정말로 은영의 체취가 그리워서 아무것도 할 수 없었죠. 학교 다니는 건 물론이고 숨쉬는 것조차 힘들었으니까요. 이 세상 어디에도 그녀는 없었지만 이 세상 어디를 가도 그녀가 있었죠. 살아 있다는 것이 그때처럼 괴로웠던 적은 없었어요.

도저히 참을 수가 없어서 군대를 갔어요. 일종의 도피였죠. 군 복무를 마치는 동안 저는 제 내면 속에 살아 있는 감각을 죽이기 위해서 무진 안간힘을 썼어요.

제대를 한 뒤에는 일 년 가까이 외국을 돌아다녔어요. 배낭 하나 덜렁 매고 은영을 피해서 지구의 끝까지 갔지만 은영은 거기서도 저를 기다리고 있었죠. 그녀는 여행에 지친 저에게 그러더군요. 일상으로 돌아가라고….

저는 다시 용기를 내서 학교를 다니기 시작했어요. 제가 은영을 잊고 학교생활을 하는 것이 은영을 위하는 길이라고 나름대로 판단을 내린 거죠. 그녀는 아무리 멀리 있더라도 나의 행복을 빌 거라고…. 이기적인 생각인지 모르지만 그렇게 결론을 내리고 나니 마음이 조금은 편했죠.

복학하고 나서는 전혀 여자 생각을 안 했어요. 아무리 예쁜 여자를 봐도 아무런 감정이 안 일었으니까요. 그 애를 만나기 전까지는….

그러다 우연히 한 아이를 만났죠. 전 다시 태어나기 전까지는 사랑을 못 할 줄 알았는데 슬프게도 그렇지 않더군요. 전 처음에는 제 감정을 무시했어요. 그러다가 차츰차츰 저 자신을 속이기 시작했죠. 사랑이 아니라고….

하지만 더 이상 속일 수 없더군요. 그래서 고민하다 이 사실을 은영에게 얘기해 주려고 왔어요. 은영이 많이 실망했을 거예요. 이래서는 안 되는데…."

눈물이 나올 것 같았다. 그녀의 시선을 피해 은영의 봉분을 바라보았다. 그녀가 나의 어깨에 손을 얹었다. 돌아보니 그녀가 슬픈 눈으로 나를 보고 있었다.

"일한 씨, 은영이는 절대 그렇게 생각하지 않을 거예요. 은영이는 살아 있을 때도 그랬듯이 지금도 일한 씨의 행복을 기원하고 있을 거예요. 〈ALWAYS〉를 보고 나서 서로 그러기로 했잖아요. 사랑하는 사람의 행복을 위하는 길이 진정 사랑의 길이라고…."

나는 순간, 깜짝 놀랐다.

이 여자가 어떻게 우리 둘이 〈ALWAYS〉를 보고서 나눈 이야기를 아는지 의아하기만 했다.

〈ALWAYS〉는 우리가 은영과 내가 함께 비디오로 감명 깊게 본 영화 중의 한 편이었다. 〈고스트〉를 보고 시시하다던 은영은 이 영화를 보고 나서는 펑펑 울었다. 스필버그가 아름답게 만든 동화 같은 사랑 얘기를 우리는 여러 번 봤다. 은영은 볼 때마다 눈물을 글썽거렸다.

죽은 남자가 생전에 사랑했던 여인의 행복을 위해서 다른 사랑을 찾아 준다는 게 영화의 줄거리이다. 결국 자기가 사랑했던 여인으로 하여금 딴 남자를 사랑하게 만들어 놓고 쓸쓸히 남자는 떠나간다. 은영은 떠나는 남자의 뒷모습을 보며 아이처럼 엉엉 소리내어 울곤 했다.

그때부터 은영이는 홀리 헌터의 팬이 되었다. 그리고 우리의 사랑의 테마곡은 'SMOKE GETS IN YOUR EYES' 가 되었다. 우리는 이 영화를 보고 나서 한번은 입씨름을 했었다. 과연 사랑하는 사람의 행복을 위한 최선책은 무엇이냐를 놓고….

나는 그때 이렇게 말했다. 너의 행복을 위해서라면 나 역시 너를 떠나보낼 수 있다고…. 그랬더니 은영은 삐친 듯이 사랑에 그렇게 자신 없냐고 하면서 자기는 죽어도, 아니 떠나라고 등을 떠민다 해도 결코 떠나지 않을 거라며 우겼다.

그런데 은영이가 떠난 것이다.

나는 그 뒤로 다시는 〈ALWAYS〉를 보지 않았을 뿐만 아니라 입에 담지도 않았다.

그런데 이런 장소에서 그녀가 〈ALWAYS〉에 대한 이야기를 꺼내다니…. 우연치고는 너무도 이상한 우연이었다. 내가 머리를 갸웃거리고 있는데 그녀는 아무 망설임 없이 하던 이야기를 계속했다.

"사랑은 결코 이기적인 것이 아니라면서요? 은영 씨는 결코 그런 사람이 아닐 거예요. 은영 씨의 가장 큰 슬픔은 일한 씨를 이 세상에 남겨 놓고 먼저 떠난 거랍니다. 일한 씨를 행복하게 해 주지 못한 거랍니다. 은영 씨는 언제나 일한 씨와 함께 하죠. 그래서 은영 씨는 일한 씨가 따스한 애정을 느낄 때, 그 순간 행복을 느낀답니다. 은영 씨는 일한 씨에게 새로운 애인이 생긴 것을 알고 있답니다. 그녀는 일한 씨가 새로운 사랑을 통해서 행복해지기를… 진정으로 빌고 있답니다. 허락은 받은 걸로 치세요."

그녀는 나를 슬픈 눈으로 바라보다가 고개를 떨궜다. 어느새 소낙비는 그쳐있었다. 나는 그녀의 정체가 궁금했다. 도대체 누구이기에 은영과 나에 대해서 소상히 알고 있는지….

"당신은…."

내가 조심스럽게 입을 연 순간 그녀가 고개를 들었다. 나는 말을 멈췄다. 그녀는 더없이 슬픈 표정을 지으며 울고 있었다. 눈물이 주르륵 볼을 타고 흘러내렸다. 나는 전기에 감전된 듯이 가만히 서 있었다.

그 순간 그녀가 내 품에 와락 안겼다. 그러곤 빠르게 내 귀에 대고 뭐라고 속삭이더니 몸을 돌려 뛰어가기 시작했다. 순식간에 일어난 일이라 뭐가 뭔지 정신을 차릴 수가 없었다. 멀어져 가는 그녀의 뒷모습을 보며 멍하니 서 있으니 그녀가 한 말들이 다시금 귓가에 울려 왔다.

"행복해야 돼, 내 사랑… 이젠 안녕!"

나는 내가 잘못 들었을 거라고 생각했다. 아무리 생각해도 처음 만난 그녀가 나에게 건넬 수 있는 말은 아니었다.

'그래, 내가 잘못 들은 걸 거야. 그런데 누구지? 어디서 본 거 같은데….'

정자를 나와서 은영의 봉분으로 걸어갔다. 가을비를 흠뻑 머금은 흰장미가 더없이 순수하고 아름답게 보였다. 은영 앞에 한동안 서 있으니 마음이 한결 가벼워졌다. 그녀가 나에게 하려는 말을 알 것도 같았다.

공원묘지를 나와서 천천히 걸어 내려갔다. 영구차 한 대가 들어오는 게 보였다. 그 뒤로 승용차들이 길게 줄을 잇고 있었다. 은영이 묻히던 날이 떠올라 걸음을 재촉했다.

꽃집 앞을 지나가는데 유리 문 사이로 얼핏 묘지에서 만났던 그녀의 모습이 비쳤다. 걸음을 되돌려서 유리문 안을 들여다보았다.

그녀였다. 그녀가 맨바닥에 주저앉아서 뭔가를 먹고 있었다.

나를 이상한 예감에 꽃집으로 들어섰다. 그녀는 노란 프리지아를 똑똑 따먹고 있는 중이었다.

"이봐요."

내가 그녀의 어깨에 손을 얹자 그녀가 고개를 돌렸다.

"히이!"

이를 환히 드러내고 있는 그녀는 아까 공원에서 봤던 그녀와 너무도 달랐다. 한눈에 보기에도 실성한 여자임이 분명해 보였다. 순간, 비슷한 사람을 잘못 봤구나 하는 생각이 들었다.

돌아서려는데 낯익은 우산이 보였다. 우산은 분명 좀 전의 그녀가 쓰고 있던 거였다. 나는 자세히 그녀를 살폈다. 분명 내가 만났던 그녀였다. 머리카락 길이는 물론이고 신발까지도 같았다. 아니, 결정적인 증거는 목에 나 있는 까만 점이었다.

"이봐요! 나 모르겠어요?"

나는 꽃잎을 따는 그녀의 손을 잡으며 물었다. 그녀가 다시 이를 환히 드러내고 '흐흐흐' 웃었다. 도대체 뭐가 어떻게 돌아가는 건지 짐작조차 할 수 없었다. 멀쩡한 국화꽃잎을 뚝뚝 따고 있는 그녀를 내려다보고 있는데 등뒤에서 인기척이 났다. 나에게 꽃을 팔았던 그 할머니였다.

"그 애에게 아무리 물어봐도 소용 없수다. 그 애는 어렸을 때부터 그 모양이었으니까."

"그래요? 내가 잘못 봤나?"

우산과 그녀를 번갈아가며 보았다. 할머니의 말이 곧이곧대로 믿기진 않았다.

"묘지에서 내 딸년을 만났수?"

"네…."

나는 자신 없는 목소리로 말했다.

"내 딸년이 당신이 만나고 싶어 했던 사람에 대해서 이야기를 합디까?"

"네!"

할머니가 그런 사실을 어떻게 알까, 신기해하며 고개를 끄덕였다.

"그랬구먼…. 어째, 한동안 좀 뜸하다 했더니…."

"그게 무슨 뜻이죠?"

"나도 처음엔 안 믿었는데 가끔 그런 일이 일어난다오. 이 애는 열네 살 때부터 이렇게 제정신이 아니라오. 그런데 가끔씩 묘지에 올라가 정신이 말짱해져설랑은 묘지를 찾아온 사람과 이상한 대화를 나누는 모양이오. 그러니까 죽은 사람의 혼령이 이 아이에게 잠깐 씌는 거라오. 그래서 꼭 하고 싶었던 이야기를 이 아이를 통해 전해 주는 거지. 죽은 자와 산 자는 말이 안 통하니까…. 안 믿어도 할 수 없수…."

할머니의 말을 듣는 순간, 쌓였던 의혹이 스르르 풀렸다. 따스한 기운, 낯익는 여인의 눈길… 그것들은 바로 은영의 것이 분명했다.

"아가씨, 나하고 잠깐만 올라가죠!"

"이젠 늦었어. 소용없어."

"아녜요! 잠깐이면 돼요!"

나는 꽃잎을 따서 씹고 있는 실성한 여자의 손목을 잡고 밖으로 나갔다. 할머니가 소용없다고 만류했지만 난 억지를 부렸다.

은영을 한 번만 다시 만날 수 있다면 무슨 짓이라도 할 것만 같았다. 나는 반 강제로 실성한 아가씨를 끌고 은영의 무덤으로 올라갔다. 그러곤 은영에게 한 번만 더 만나자고 간청을 했다. 아니, 간청이 아니라 일종의 절규였다.

하지만 그 아가씨는 옆에서 아무것도 모른다는 듯이 풀잎을 뜯어 치마에 담았다. 나는 해가 질 때까지 갖은 애원을 하며 은영에게 매달렸으나 은영은 다시 나타나지 않았다.

그녀의 묘지 앞에서 두 무릎을 꿇고 그리움과 안타까움에 목이 메여 흐느끼고 있는데 할머니가 딸을 데리러 올라왔다. 그녀는 아가씨의 손목을 잡고 내려가면서 중얼거렸다.

"젊은이도 그만 내려가슈. 이제까지 한 번 나타난 귀신은 다시는 이 애에게 안 왔수. 그래도 젊은이는 행운아외다. 죽은 사람 만나는 일이 어디 쉬운 일인가…."

나는 밤이 늦어서 공원묘지를 내려왔다. 서울로 돌아가는 차 안에서 은영이 내게 한 말들을 한 마디씩 한 마디씩 떠올렸다. 은영은 나의 행복을 위해, 나를 떠나보내 주기 위해 내 앞에 나타난 것이 분명했다.

'나쁜 계집애 같으니라고…. 혼자 그렇게 훌쩍 떠나 버리더니….'

머릿속은 한없이 복잡했지만 나는 차근차근 가슴속에 얽힌 실을 풀어 나갔다. 자정이 다 되어서 집 앞에 이르렀을 때 난 한 가지 확신을 얻었다.

내가 만약 다른 사람을 사랑하게 된다 하더라도 은영은 내 마음속에서 지워지는 것이 아니라, 나와 영원히 함께 하는 거라는 것을….

나는 집에 들어서려다가 돌아서서 내가 걸어온 길을 보았다. 어둠 저 편에서 은영의 목소리가 들려 왔다.

–일한 씨, 꼭 행복하세요. 내 몫까지….

'자식….'

서울로 오는 길 내내, 내 볼에는 두 줄기 눈물이 흐르고 있었다.

도살자

…엄청난 고통이 느껴졌다. 또한 엄청난 빛으로 눈을 뜰 수가 없었다.
단지 고통이 빨리 끝나기를 빌었다. 다행이 고통은 곧 끝이 났다.
가쁜 숨을 몰아쉬며 눈을 뜨고 사방을 살폈다. 밤이었다.
일단, 빛이 보이는 곳으로 향했다.
발 밑으로 서울의 야경이 펼쳐지는 걸로 봐서 남산인 듯했다.
나는 옛 기억을 더듬으면서 생각에 잠겼다.
그리고 이곳에 온 목적을 생각해냈다.
나는 22년 전에 죽였던 사내를 다시 죽이기 위해 돌아온 것이다…

김 박사는 두께가 5밀리미터도 안 되는 초박막 모니터를 응시하고, 한숨을 내쉬며 다시 한번 그 파일을 불러냈다. 망설이다가 나지막하게 명령어를 말했다.

"도살자에 대한 기록을 보여줘."

컴퓨터는 '도살자' 라는 주제어로 저장된 정보를 순식간에 모니터로 보여주었다. 김 박사는 그 자료를 볼 때마다 옛 기억이 떠올라 괴로웠다. 하지만 오늘만큼은 반드시 꼭 그것을 읽어야 했다.

K는 어서 복장을 구해야 했다. 이곳에 오기 전부터 미리 예상하고 계획했던 일이었다. 남대문시장으로 내려가는 길은 암기해두었던 탓에 쉽게 찾을 수 있었다. 노점상에 진열돼 있는 신문을 보니 제대로 목적지에 도착한 것 같았다. 아무리 철저하게 준비했을지라도 복장 속에서는 시대의 냄새가 뚝뚝 묻어나게 마련이었다. 그래서 이곳에 도착한 후 처음으로 해야 할 일이라고 생각한 일은 옷을 갈아입는 일이었다. 밤을 택한 것도 이상하게 바라보는 사람들의 시선을 피할 수 있어서였다. 늦은 시간이었는데도 불구하고, 남대문 시장은 사람들로 가득 차 있었다. 역시 이미 학습한 것과 같았다.

K는 사진에서 봐두었던 옷을 살 계획이었다. 교육받은 대로라면 자신이 가지고 있는 돈이면 옷을 사기에는 충분했다. K는 시장 초입에서 흥정도 안 하고 청바지와 티셔츠를 한 벌 샀다. 옷가게 주인은 그가 물정 모르는 촌놈인가 보다고 생각했다. 시장에서 옷을 사면서 한 푼도 깎지 않는 얼간이가 있다니. K는 옷을 갈아입자마자 수많은 인파 사이에 섞였다. 뒤늦게 그가 옷을 벗어두고 간 걸 발견한 옷가게 주인은 큰소리로 그를 불렀지만, 들리지 않았는지 아니면 못 들은 체하는 것인지 그는 뒤도 돌아보지 않고 사람들 사이로 사라졌다. 그 옷을 들고 있던 옷가게 주인은 난생 처음 느껴보는 옷감의 촉감에 놀랐지만, 장사 대목을 놓칠 수 없어 그 옷을 구석에 던져 놓고 호객 행위에 나섰다.

도살자의 기록을 모두 살펴본 김 박사는 여전히 가슴이 찢어질 듯한 아픔을 느꼈다.

'이제 이 괴로움도 끝날 수 있을까….'

때마침 전화가 울렸다. 친절한 모니터가 부드러운 음악과 함께 발신자의 정보를 보여주고 있었다. 서 박사였다. 어떤 전화도 받고 싶지 않았지만, 서 박사의 전화는 받지 않을 수 없었다.

"김 박사, 그는 정말 도착했을까?"

전화를 받기 전에 상대방의 신원을 알게 된 후부터 "여보세요"라는 전화 인사말은 사라지게 되었다. 인사말 없이 대화가 시작되는 것이다. 세계 최고의 정신의학 권위자로 인정받는 서 박사 역시 긴장되는지 핼쑥해져 있었다.

"이론상으로 본다면 분명히 도착했을 거야. 도착했다면 아마 지금쯤 눈에 띄지 않는 옷을 구입하고 그곳에서의 첫날밤을 보낼 준비를 하고 있겠지."

"그런데 김 박사, 만약 그가 도살자를 알아보지 못한다면?"

"그렇게 되면 모든 것은 끝장이지. 그 동안의 우리 노력도 물거품이고… 이제 우리로선 할 수 있는 일이 아무것도 남지 않았잖아. 그에게 모든 것이 달렸지. 모든 것이…."

K는 김 박사의 추측대로 첫날밤을 보낼 준비를 하고 있었다.

구할 수 있는 돈이 한정돼 있었기 때문에, 허름한 여관을 찾아야 했다. 그는 여관을 고르는 데 꽤 신경을 썼다. 재수 나쁘게 경찰의 불신검문이라도 있는 날이면, 자신의 임무를 완수

할 수 없기 때문이다.

여관은 생각했던 것보다도 훨씬 지저분했다. 그는 자리에 누워 도살자라고 불렸던, 아니 불릴 사내에 대한 희미한 기억을 더듬어 보았다.

K는 도살자라는 사내를 알아보는 것이 가장 중요하다고 생각했다. 하지만 그 얼굴은 물에 번진 수채화처럼 희미하게 생각날 뿐이었다. 이상하게도 자기 손으로 죽인 그 놈의 얼굴이 기억나지 않았다. 하지만 마주치게 되면 그 놈을 본능적으로 알아볼 수 있으리라 확신했다. 그 놈의 음울한 분위기는 아직도 생생하기 때문이다. 그 놈이 나타나기까지는 아직 일주일이 남아있었다. 그리 긴 시간은 아니지만, 그때까진 모든 준비를 끝낼 자신이 있었다. 이번에도 K는 도살자를 죽일 작정이었다.

2021년 10월 17일 04시 21분

김 박사는 여느 때와 같이 연구 과제를 하다가 늦은 밤이 돼서야 집으로 돌아가고 있었다. 사랑스런 부인은 외동딸 보라의 여섯 번째 생일인데도 늦을 거냐며 투정을 부렸지만, 그녀는 언제나 김 박사의 바쁜 일과를 잘 이해해주는 아내였다. 그녀는 보라를 달래는 것이 그녀의 임무인 것을 잘 알고 있었다.

그 날도 귀가 시간이 늦어질 것 같자 김 박사는 한 연구원에게 바비 인형을 사다줄 것을 부탁했다. 보라가 항상 가지고 싶다고 떼쓰던 인형이었다. 말하면서 표정도 바뀌는 바비 인형의 값은 생각보다 비쌌지만, 이것을 보고 좋아할 보라를 생각하니 김 박사는 마냥 흐뭇했다.

김 박사는 그의 아파트 앞에서 그의 집을 아득히 올려다보고 있었다. 집 안의 불은 모두 꺼져 있었다. 워낙 늦은 밤이었지만, 혹시나 가족들이 자길 기다릴지도 모른다고 기대했던 김 박사는 '너무 많은 것을 바라는군' 하고 중얼거리며 엘리베이터에 올랐다.

엘리베이터에 오르자 김 박사는 하루 종일 업무 중에 가졌던 긴장감이 풀리기 시작했다. 엘리베이터 벽에 몸을 기대고 눈을 지그시 감고 있을 때였다. 갑자기 엘리베이터 안에서 누군가가 자기를 노려보는 듯한 시선이 느껴졌다. 김 박사는 주위를 둘러보았다. 아무도 없다는 것을 확인하고, 그는 다시 벽에 몸을 기댔다. 그러자 갑자기 등골이 오싹해졌다. 김 박사는 자기도 모르게 엘리베이터 천장을 바라보았다. 역시 아무 것도 보이지 않았다. 하지만 그는 뭔가 불길하고 으스스한 느낌을 지울 수 없었다.

원인 모를 공포에 사로잡힌 김 박사는 초조하게 엘리베이터가 자기 집 앞에 도착하기만을 기다렸다. 평소에는 빠르기만 하던 엘리베이터가 그 날따라 유난히 느리게 움직이는 것 같았다.

땡–.

엘리베이터 문이 열리는 소리가 들리자, 김 박사는 지옥에서 도망 나오는 사람처럼 허겁지겁 엘리베이터를 박차고 나왔다. 여느 때와 마찬가지로 엘리베이터 문은 곧 스르륵 닫혔지만, 이유 없는 불안감은 여전했다.

한동안 멍하니 닫힌 엘리베이터 문을 바라보던 김 박사는 마음이 진정되자 괜히 가슴을 졸였던 자신이 우스웠다.

'아무리 과학이 발달한다 하더라도, 늦은 밤 혼자 엘리베이터를 타는 일은 으스스하단 말야.'

나름대로 권위 있는 물리학 박사로 불리는 자신이, 최첨단 과학을 연구한다는 과학자가, 근거도 없이 순간적으로 겁을 먹었던 게 아이 같았다고 생각했다.

아파트 복도의 전등은 센서가 나갔는지, 켜지질 않았다.

'내일 당장 관리소에 항의해야겠군.'

김 박사는 자기 집 현관의 열쇠 구멍을 찾으며 중얼거렸다. 가뜩이나 양 손에 들고 있던 바비 인형과 가방 때문에 불편하던 차에, 어둡기까지 하니 문을 열기가 더욱 힘들었다. 찰깍–. 한참동안 열쇠와 씨름을 하던 그는 드디어 문을 열고 집으로 들어갔다.

문을 연 김 박사는 직감적으로 좀 이상함을 느꼈다.

'이상하다. 다른 사람들이야 잔다손 치더라도, 다롱이는 분명히 나와서 꼬리를 흔들어야 하는데. 그 놈도 골아 떨어졌나

보군.'

피식 웃으면서 김 박사는 거실 전등을 켰다. 그 순간 김 박사는 평생 잊지 못할 광경을 보게 되었다.

"악!"

땀에 흠뻑 젖은 김 박사는 비명을 지르며 악몽에서 깨어났다. 벌써 20여 년째 같은 꿈이다.

김 박사가 잠에서 깨어나자 침대에 장착되어있는 건강 감지기는 부드러운 목소리로 김 박사의 상태를 체크했다.

"현재 시각 오전 4시 21분입니다. 김기섭 박사님의 현재 맥박수는 분당 135회, 순간 혈압은 140, 혈중 이산화탄소 수치는 0.3%입니다. 안정이 필요하니 심호흡을 해주십시오. 주치의와의 연결이 필요하면 말씀해 주십시오."

기계음 치고는 너무 자상했다. 김 박사는 가쁜 숨을 몰아쉬며, 자기를 끝없이 따라다니면서 괴롭히는 그 악몽에 대해 생각해 보았다.

1999년 4월 20일 05시 25분

"아악!"

처절한 비명과 함께, K는 땀에 흠뻑 젖은 채로 악몽에서 깨어났다. 그는 잠시 낯선 방안을 보고 멍해졌다. 우중충하고 지저분한 벽지가 눈에 띄었다. 항상 봐오던 새하얗다 못해 창백한 흰색 벽이 아니었다. 한참을 생각한 후에야 자신이 다른 곳에 있다는 것을 깨달았다.

K는 한숨을 내쉬었다.

이번에도 그 놈은 기분 나쁜 미소를 띠고 있었다. 심장에서는 붉은 피를 콸콸 쏟아내면서도 그를 보고 차가운 웃음을 짓고 있었다. 얼굴은 희미하지만, 그 기분 나쁜 웃음은 20여 년 동안 그를 괴롭히고 있었다. 아무리 벗어나려 해도 악몽 속의 미소는 그를 놔주지 않는 것 같았다. 서 박사가 그렇게 노력을 했지만, 그의 고통은 완전히 완치된 것 같지는 않았다.

시간을 보니, 새벽 5시 25분이었다.

아직 밖은 깜깜했다.

다시 누워 잠을 청했지만, 오히려 정신이 더욱 맑아졌다. K는 잠자는 것은 포기하고, 오늘 할 일을 머릿속에서 정리하며 누워 있었다.

2018년 5월 17일 18시 16분

"다시 한번 물어보죠. 그때 무슨 일이 있었죠? 그 사람은 누구고요?"

서 박사의 계속적인 질문에도 그는 멍하니 앉아서 아무런 반응을 보이지 않았다. 벌써 세 시간 째였다.

뇌의 활동 상태를 보여주는 액정스크린에는, 정상을 뜻하는 파란색과 흥분 상태를 표시하는 붉은색이 우뇌에서 좌뇌로 어지럽게 이동하는 것이 보였다. 서 박사는 기계를 조작하면서 그의 정신 상태를 다각도로 분석해보고 있었다. 서 박사는 계속해서 그에게 여러 가지 질문을 던졌지만, 그는 마치 넋이 나간 사람처럼 아무런 반응도 보이지 않았다. 스크린에서는 분명히 '의식 명확' 이라는 판정이 나오고 있는 데도 말이다.

"뇌에 전기 쇼크를 줘보는 것은 어떨까요?"

어시스턴트 한 명이 그의 무반응에 짜증이 났는지 과격한 제의를 했다. 하지만 서 박사는 고개를 가로로 저었다. 서 박사는 다시 한번 스크린을 살피며 그에게 대화를 시도했다. 물론 그는 여전히 아무런 반응 없이 멍한 눈으로 허공만 응시하기만 할 뿐이었다. 서 박사는 이제까지 그에게 투약했던 약물 리스트를 검토해보았지만, 아무런 잘못은 없었다. 또 한 시간 동안의 무의미한 대화를 시도해보았지만, 전혀 수확은 없었다. 당사자인 그를 제외하고, 서 박사를 비롯한 스태프 모두가 지쳐 보였다.

김 박사가 찾아왔다는 메시지를 받고 나서야 서 박사는 '오늘은 이만하자' 며, 그 날 시도를 마무리했다. 그는 서 박사 일행의 포기를 알았는지 몰랐는지, 처음 이방에 들어온 그 자세, 그 표정 그대로 앉아있었다.

서 박사는 방을 나서기 전에 그를 한번 돌아보고 한숨을 내쉬었다. 김 박사는 유리창을 통해 멍하니 있는 그를 보고 있었다. 지친 모습으로 병실에서 나오는 서 박사를 보고 위로의 말을 건넸다.

"어때? 아무런 반응이 없지? 너무 실망하지 말게. 우리 둘 다 어느 정도 예상했던 일 아닌가? 더군다나 이제 첫날인데."

"휴, 자네 말이 맞긴 맞네만. 각오했다 하더라도 이 정도일지는 몰랐네. 쉽지 않을 것 같아."

서 박사는 가운을 벗으며 지친 모습으로 대답했다. 김 박사는 서 박사 쪽으로 고개도 안 돌리고, 방안에 멍하니 앉아있는 그를 유리창 너머로 뚫어지게 쳐다보고 있었다. 서 박사는 털썩 소파에 주저앉아버리고는 찬물을 들이키며 김 박사에게 물었다.

"그는 그렇다 치고, 자네의 '프로젝트I'는 어디까지 진행되었나? 자네 계획은 나의 일이 완성된다고 해서 다 되는 것은 아니잖아? 제일 중요한 것은 자네 프로젝트지."

"그건 그렇지만. 웬만한 준비는 다 돼가고 있어. 서너 달 후면 모든 준비가 다 될 것 같네. 하지만 제일 큰 문제는 역시 돈일세. 돈!"

"투자자들의 반응은 어떤데? IBM에서는 뭐라고 하던가?"

"그래도 제일 기대를 걸었던 것이 IBM인데…. 연구비까지는 무상으로 지원해주지만, 문제는 프로젝트I의 제작비인 것 같아. 그 천문학적인 비용과 이것이 몰고 올 커다란 충격에 대해 두려워하고 있어. 솔직히 나도 그 결과에 대해서는 장담할 수 없으니까."

자조적이고 비관적인 김 박사의 말에 서 박사는 소파에서 일어나 옆에 나란히 서서 어깨를 툭 치며 말했다.

"그런 머리 아픈 문제는 나중에 생각해 보자. 돈은 어떻게든 되겠지 뭐. 더구나 다음 주에는 자네 이론 발표회가 있다며. 그 때 되면 많은 사람이 관심을 가질 거야. 혹시 알아? 어떤 돈 많은 재벌이 전 재산을 기부할지."

김 박사와 서 박사는 가벼운 농담으로 서로의 기분을 풀었다. 김 박사는 서 박사에게 오늘은 자네가 많이 고생했을 테니 저녁이나 사겠다며 나가자고 했다.

서 박사가 나갈 준비를 할 때였다. 귀에 거슬리는 경보음이 요란하게 울리기 시작했다. 서 박사는 본능적으로 병실 안을 들여다보았다. 그 순간 서 박사는 큰 충격을 받았다. 방금 전까지만 해도 죽은 듯이 있었던 그가 미친 듯이 떨기 시작한 것이었다. 시끄러운 경보기는 환자의 급격한 변화를 감지하고 울린 것 같았다.

서 박사는 당황해서 퇴근 준비하고 있는 스태프들 모두를 긴급히 호출하고 방안으로 들어가려고 했다. 문을 열려는 순간 김 박사가 서 박사를 말렸다.

"서 박사, 안을 좀 자세히 보라고."

김 박사의 목소리는 떨리고 있었다. 서 박사는 그의 모습을 보자, 자신이 의사라는 신분도 망각한 채 공포에 떨었다. 바로 그가 벌떡 일어나 광기 어린 표정으로 포효하는 맹수처럼 침대 위를 어슬렁거리며 괴성을 지르고 있었다. 서 박사와 김 박사는 그것을 보고는 온 몸이 꼿꼿하게 얼어붙었다. 모든 머리칼이 쭈뼛 서는 순간이었다. 방과 그들 사이는 반투명 유리로 차단되어 있었는데도, 그는 박사들이 어디 있다는 것을 아는 것처럼, 아니 이미 다 보았다는 듯이 그들을 향해 격렬하게 유리벽에 온몸을 부딪치고 있었다.

특수강도유리로 제작되었다 하더라도, 어찌된 일인지 그가 몇 번을 부딪치자 곧 부서질 것처럼 보였다. 겁에 질린 서 박사는 신경안정가스 살포 스위치에 손을 올려놓았다.

그런데 발광하던 그가 갑자기 구석에 몸을 오그리고 앉더니 광폭했던 표정은 어디로 갔는지 겁에 질린 표정으로 미친 듯이 비명을 질러댔다. 그 찢어질 듯한 비명은 스피커를 통해 박사들에게도 생생하게 들렸다. 다음 순간 그가 처음으로 처절한 목소리로 말문을 열었다. 그것을 듣는 순간 김 박사는 큰 충격을 받았다.

"제발! 제발! 이번만은 제발! 너무 무서워요! 안 돼요! 안 돼!"

1999년 4월 20일 13시 22분

K는 일말의 흥미와 두려움을 느끼면서, 서울 거리를 걸어 다녔다.

'이것이 1999년의 서울인가….'

분명히 자신이 이 시대를 살았으면서도, 전혀 새로운 세상에 온 기분이었다. 모든 것이 신기했고, 새로웠다. 하지만 그의 머릿속에 가장 깊이 새겨져 있는 목표 의식 때문인지 그런 신기함은 곧 사라졌다. 대신 계획에 의해 오늘 해야 할 일이 그 자리를 채우고 있었다. 우선 교육을 받으며 습득한 대로 표지판을 읽어가면서 지하철역을 찾았다.

몇 번의 고생 끝에 남이 하는 데로 따라해 간신히 승차권을 끊고, 몇 번을 헤매다가 간신히 과천으로 향하는 지하철에 탈 수 있었다. 사람들의 의심스러운 시선을 느꼈지만, 그의 머릿속은 오늘 해야 할 일로 가득 찼다. 이윽고 그가 내리고자 하는 역에 도착했다. 수많은 인파 속에 묻힌 채 그도 지하철에서 내렸다.

2019년 12월 13일 13시 17분

"그럼 돈은 어떻게 마련할 계획이야?"

체크포인트 미팅을 위해 찾아온 김 박사와 점심식사를 하던 중 서 박사가 궁금하다는 듯이 물었다. 그런데 김 박사는 의아하다는 듯이 반문했다.

"돈이라면, 이미 투자하기로 나선 사람이 있다고 말해줬잖아."

"프로젝트 I 비용 말고. 그가 거기에 도착한다고 가정한다면 그곳에서 일을 준비하고 진행하기 위해 필요한 돈 말야. 자네 말로는 그가 거기에 가져갈 수 있는 돈은 기껏해야 지폐 11장 정도라며. 수표는 가져갈 수도 없고. Barrier Break 가설대로라면 그 정도가 한계라고 했잖아. 그렇다면 그가 그곳에서 직접 돈을 마련해야 한다는 것인데. 자네 생각에는 그것이 가능할 것 같나?"

서 박사의 지적에 김 박사는 난감하다는 듯이 고개를 가로저으며 대답했다.

"맞아. 그런 문제도 있지. 자네 말이 맞는 것 같네. 다른 것에 쫓기다 보니 그 생각은 꿈에서도 안 해 봤는걸. 해결책을 찾아봐야겠어."

"만약 돈을 더 가져가는 방법은 어때? 가능하다면 그 방법이 제일 무난하고 안전할 것 같은데…. 그 무슨 장벽돌파 이론인가 때문에 정말 안 되는 거야?"

김 박사는 한숨을 내쉬면서, 아주 짧은 시간 동안 생각에 잠겼다. 그러고는 서 박사를 쳐다보며, 맥이 빠진 목소리로 대답했다.

"모든 것이 이론상이지만, 그렇다네. 그가 가지고 갈 수 있는 것은 최소한의 의복을 제외하곤 지폐 11장 정도가 전부야. 더 이상 아무 것도 가져 갈 수 없어. 다시 말하지만, 모든 것이 이론상의 계산이지만 돈 몇 푼 더 가져가기 위해 모든 것을 수포로 되돌릴 수는 없잖아."

"그렇다면 어쩔 수 없지만…. 여하튼 거기서의 활동비를 마련하는 것이 문제가 되겠는걸."

김 박사는 입맛을 잃은 듯 먹음직스러운 랍스터를 그대로 둔 채로, 포크를 놓고 창 밖을 응시하며 지친 듯이 이야기를 했다.

"휴… 문제는 쉬지 않고 발생한다네. 그것을 풀어내는 것이 나의 몫이고. 쉽게 해결될 것 같지는 않지만, 돈 문제는 한번 생각해 보세."

1999년 4월 20일 14시 27분

"3번 경주요. 여기 칠만 원 있습니다."

K는 어색한 몸짓으로 마권과 돈을 창구에 내밀었다. 뒤에 줄 서서 초조하게 기다리고 있던 사람들은 시간을 끌고 있는 그에게 험악한 시선을 보내기도 했다. 난생 처음 와 보는 경마장이고, 또 난생 처음 사는 마권이니 서투를 수밖에 없었지만, 가져온 돈으로 비교적 손쉽게 마권을 살 수 있었다.

원래는 주말에만 열리는 경마가 이날만은 특별행사로 평일에도 열렸다. 장애인의 날을 맞이하여 '장애인 돕기 기금 모음 특별 경마' 였던 것이었다. 불경기로 날로 줄어드는 복지 기금을 모으기 위해 정부에서 궁여지책으로 마련한 것 중에 하나가 이런 식의 행사였다. 의도는 좋았다지만, 경마꾼들에게는 덕분에 경마를 즐길 수 있는 날이 하루가 더 늘어난 셈이었다.

평소의 마권 제한이 십만 원인데 반해 이 날만은 기금 조성 행사이기 때문에 이십만 원까지 상한선이 올라가자, 주말보다 더 많은 사람이 모여들었다.

이런 사실에 대해서는 관심도 없고, 잘 알지 못하는 K는 단지 암기한 대로 행동하고 그 결과를 기다릴 뿐이었다. 숙지한 대로, 6번 산전수전을 1등으로, 그리고 9번 천하통일을 2등으로 걸었다. 주위의 거의 모든 사람들은 3번, 4번 마가 가장 유력한 우승마라고 확신하며 떠들어댔으나, 그는 아무런 신경을 쓰지 않고 말들이 잘 보이는 데로 자리 잡았다.

경주시간이 가까워오자, 사람들은 더욱더 흥분하는 거처럼 보였다, 경마장에 모인 수많은 사람들을 돌아보며, 그는 혹시 관중들 중에 그 '도살자'가 있지는 않을까 생각해 보았다. 그 놈이 여기 어느 한 구석에 있을 것으로 생각되니 갑자기 온몸에 전율이 흘렀다. K는 온몸을 부르르 떨며 애써 불길한 생각을 떨치려 했다. 주위의 사람들은 모두 승부가 아닌 돈에 대한 열정으로 흥분돼 있는 듯했다. 하나같이 빈껍데기처럼 느껴졌다. 진실로 중요한 것이 무엇이라는 것을 망각한 허망한 존재처럼.

이윽고 경주가 시작되자, 모든 사람이 일어나 경주장을 향해 소리쳤다. 하지만 K는 경주에는 별 관심을 보이지 않았다. 단지 주변에 열광하고 소리치는 사람들을 둘러볼 뿐이었다. 그때 갑자기 모든 사람들이 커다랗게 탄식과 비명을 지르기 시작했다. K는 너무나 우렁찬 그들의 합성에 놀라 경주장 쪽을 돌아보았다.

2021년 10월 17일 11시 21분

김 박사는 703호의 문을 열 때마다 이유 모를 슬픔이 밀려왔다. 침실 위에는 20여 년간 흉측한 몰골로 생명을 유지해온 환자가 한 명 누워있었다. 침대 주위에 놓여있는 수많은 생명 보조 장치들은 그 환자의 모습을 더욱 비참하게 만들었다. 처참한 상태로 누워있는 환자를 보며, 김 박사는 얼마 전에 새로 바뀐 이 환자의 주치의로부터 들었던 얘기를 생각했다.

"소름끼칠 정도로 무섭고 놀라운 일입니다. 사람을 이토록 완벽하게 육체적으로 폐인으로 만들 수 있다니…. 그것도 20여 년 전에 말입니다. 우선 두 팔이 잘려 나간 이음새를 보세요. 현대 의학 수준으로도 봉합이나 의수(義手)를 달 수 없을 정도로 깊이 잘랐어요. 하체는 더 심해요. 생명을 유지할 수 있을 최소한의 부위만 남겨놓고 잘라버렸더군요. 얼굴에 가한 난도질 또한 성형수술로도 복귀할 수 없을 정도로 심하게 만들었지요. 뇌도 사고할 수 있고, 고통을 느낄 수 있을 정도만 남겨놓고 도려내 갔어요. 하긴 이 상태에서는 몸을 움직일 수 있다는 것이 더 큰 괴로움일지도 모르지만. 20여 년 동안 이 환자분은 정말 상상할 수 없는 고통 속에 살아왔어요. 의사로서 할 말은 아니지만, 정말 볼 때마다 그 끔찍한 고통을 영원히 느낄 수 없도록 만들어야겠다는 충동을 느낄 정도로 말이죠. 사람을 이렇게 만든 그 놈도 대단하지만, 아직까지 생명을 유지하고 있는 이분의 생명력과 정신력은 정말 놀랍습니다."

김 박사는 이 환자가 아직까지 생존해오고 있는 이유를 알고 있었다. 그 이유는 바로 자기를 이렇게 만든 놈에 대한 복수심이었다. 환자는 김 박사가 들어오는 인기척에 간신히 눈을 떴다. 김 박사는 갑자기 그 환자의 손을 잡아주고 싶다는 충동이 들었다. 하지만 이제 그 환자에 남아있는 몸이라곤 몸통과 처참하게 일그러진 얼굴이 전부였다. 김 박사는 천천히 알아듣기 쉽게 말을 시작했다.

"어제… K가 떠났어요…. 그 놈을 죽이려고요…."

몇 번이나 거듭 말한 후에야, 환자는 김 박사의 말을 이해한 것 같았다. 김 박사의 말을 듣고 기쁜지, 아니면 감정이 복받치는지, 눈물을 흘리기 시작했다. 그러고는 뭔가 하고 싶은 말이 있는지 입을 뻥긋거렸다. 음성 증폭기가 전혀 기계음 같지 않은 부드러운 목소리를 들려주었다.

"그럼… 그 놈을 막을 수 있는 것입니까?"

음성 증폭기는 환자가 말하지 못한 부분마저도, 완벽한 문장으로 말하는 기능이 있어, 오히려 더 어색하게 느껴졌다. 애타는 그 환자의 눈빛을 보자, 김 박사는 대답을 회피할 수 없었다.

"오 형사님이 예전에 할 뻔할 일을 다시 한번 시도하는 것뿐이죠. 그 결과가 어떻게 될지는, 아니 어떻게 되었는지는 아마 신밖에 모르겠죠. 이제 우리에게 남은 일은 이 모든 것을 잊고 가만히 있는 것밖에 안 남았습니다. 시간이 우리편이길 바랄 뿐이죠."

1999년 4월 20일 14시 35분

모든 일은 순식간에 일어났다.

1등으로 치달리고 있던 3번 마(馬) 태산북두가 뒤를 바짝 쫓아오던 4번 마 청천벽력과 엉켜서 넘어진 것이었다. 눈 깜빡할 사이에 네 마리의 말이 우르르 엉키고, 뒤쳐져 오던 6번 산전수전과 9번 천하통일이 단번에 선두가 되었다. 경마장에 한 사람을 제외한 모든 사람들은 생각지도 못한 돌발사태에 충격을 받은 듯 멍해졌다. K는 사람들의 심한 동요에도 신경 쓰지 않고, 아무런 감정 없이 경주 결과를 지켜봤다.

산전수전과 천하통일은 앞서거니 뒤서거니 하다가 거의 동시에 들어왔다. 사진 판독 결과를 기다려야 했다. 예상외의 결과에 흥분한 사람들은 이번 시합은 조작이라며 항의하고 폭동이라도 일으킬 기세였다. 상상할 수 없는 결과가 나온 것이었다. 그는 가만히 의자에 앉아 흥분하는 사람들을 지켜봤다. 그로서는 이해하기 힘든 광경이었다.

그때 놀라운 일이라도 생겼는지 관중들이 웅성거리기 시작했다. 그때서야 고개를 든 K는 사람들이 놀란 이유를 알게 되었다. 경주 결과와 최종 배당이 발표된 것이었다. 경주 결과는 6번이 1등, 9번이 2등이었다.

배당은 3424 대 1이었다.

워낙 유력한 우승 예상마들이 있었고, 6번과 9번은 은퇴를 앞둔 퇴마(退馬)였기 때문에 이렇게 어마어마한 배당금이 터진 것이었다. 그는 한 순간에 2억이 넘는 돈을 따게 되었지만, 역시 아무런 감정도 느낄 수 없었다. 앞으로 일어날 일을 미리 안다는 것은, 가뜩이나 지겨운 삶의 가치를 더욱 잃게 되는 것이었다. K는 자리를 털고 일어나 흥분돼 있는 사람들을 뒤로 하고 배당금을 찾으러 갔다.

K는 사람들이 자기에게 관심을 갖는 것이 싫었다. 그는 최대한 조용히 돈만 받아, 사람들이 북적거리는 이곳을 떠나고 싶었다. K는 창구에 가서 최대한 조용히 마권을 내밀었다.

"3번 경주 배당금 타러 왔는데요."

창구 여직원의 얼굴에선 하루 수천 명의 사람들에게 시달린 흔적이 흘러나왔다. 그녀는 몹시 기계적으로 K의 마권을 받아 들었다. 그러자 메마른 그녀의 얼굴도 표정이라는 게 남아있다는 것을 확인시키려는 듯 표정이 바뀌기 시작했다. 튀어나올 듯이 커진 눈으로 잠시만 기다려 달라는 말을 남기고 분주하게 사무실을 들락거리더니 잠시 사무실로 들어와 달라고 했다.

사무실 안의 모든 직원들이 경의에 찬 눈으로 바라보는 가운데, 그는 현금으로 2억이 넘는 배당금을 받았다. 혹시 기분으로 상금의 일부라도 주지 않을까 하는 직원들의 희망을 묵살하며 그는 남대문 시장에서 샀던 허름한 가방에 돈을 집어넣고 창구 밖으로 향했다. 경호를 위해 청원경찰을 집까지 대동시켜 주겠다는 제안을 거절하고 나왔다.

창구 밖은 어느새 퍼진 소문으로 많은 사람들이 행운의 주인공을 기다리고 있었다. 모두들 질투와 부러움, 시기의 눈으로 그를 바라보고 있었다. 그는 자기를 바라보는 사람들의 시선이 두려웠다. 고개를 숙이고, 최대한 빨리 이곳을 벗어나야겠다고 생각했다. 하지만 그렇게 예민한 그도 미처 알아차리지 못했다. 날카롭게 그를 쫓는 시선들을….

2018년 11월 5일 13시 15분

"도대체 저 사람을 어떤 살인자로 만들 생각입니까?"

두 달간 트레이닝을 맡았던 박 상사가 김 박사에게 물었다.

박 상사는 제자의 친구였다. 그는 직접 출신을 밝히진 않지만, 여러 특수부대를 거쳐 현재는 정보계통에서 특수요원들의 암살과 격투 등을 가르치고 있었다.

"아직 부족해요. 박 상사가 보기에 가장 냉철한 살인자로 만들어 주시오. 가장 뛰어난 살인자로 말입니다."

김 박사의 대답에 박 상사는 약간 놀랍다는 표정을 지었지만, 이내 곧 군인 특유의 무표정으로 돌아갔다. 그러곤 창문

너머 체육관에서 네 명의 공수부대원과 K의 대결을 바라보았다. 산전수전을 다 겪어봤다는 정예 공수부대원들이었지만, 순식간에 두 명은 기절하고, 한 명은 팔이 부러지고, 다른 한 명은 갈비뼈가 금이 갈 정도로 그에게 당했다.

박 상사는 기쁨과 놀라움이 섞인 표정으로 김 박사에게 말했다.

"어디서 저 사람을 데려왔는지 모르지만, 내가 가르쳐 본 사람 중에 최고의 재능을 지녔습니다. 2개월 만에 저 정도라니. 이제 맨손으로 하는 것은 거의 마스터했다고 보고… 어떤 무기를 가르치죠? 저 정도 재능이면 어떠한 무기도 잘 다룰 것 같은데."

김 박사는 들것에 실려 가는 공수부대원들과 땀을 닦고 있는 K의 모습을 바라보면서 대답했다.

"무기는 필요 없어요. 아니 가져갈 수가 없죠. 아마 구할 수 있는 것은 칼 정도일거요."

박 상사는 좀 아쉽다는 표정이었지만, 그 정도만 해도 충분하다는 듯이 얘기했다.

"사격술도 가르쳐 보고 싶었지만, 그래도 이런 식으로 발전해 간다면 두 달 후엔 이 세상 누구라도 죽일 수 있는 살인자가 돼있을 것입니다. 그런데 박사님, 저 친구의 상대는 도대체 누구지요?"

김 박사는 자기를 보고 인사하는 그를 향해 손을 들어주며 차가운 목소리로 대답했다.

"그의 상대라…. 완전무장한 6명의 경찰 특수부대를 맨손으로 갈기갈기 찢어 죽이고, 형사 한 명은 사지가 잘려 나간 상태로 숨만 붙어있게 만들어 놓은 놈이요. 역사상 가장 잔인하고, 냉철하고, 빈틈없는 살인자죠. 그 놈을 잡으려면 K 역시 그 놈 이상의 살인자로 만들어야 합니다. 그 놈을 죽일 수 있을 정도로…."

1999년 4월 20일 15시 12분

지하철에 오를 때까지 알아차리지 못했다. 하지만 지하철 문이 닫히는 순간 K는 자기를 주시하는 시선을 본능적으로 느꼈다. 자연스럽게 주위를 살핀 K는 자기를 감시하는 시선이 하나뿐이 아니라는 것을 알아차렸다.

이제까지 최대한 남들의 시선을 끌지 않기 위해 노력했지만, 분명히 누군가가 그를 쫓고 있었다. 상대방의 정체를 정확히 알기 위해, 우선 지하철에서 내려야 했다. 돈을 든 가방이 거추장스러웠지만, 신속하게 움직여야 했다. 지하철 문이 거의 닫히는 순간 그는 몸을 날리듯이 지하철에서 내렸다. 그를 쫓고 있던 사람들은 그의 예상 밖의 행동에 당황했지만, 경험이 많은 듯 내리는 순간 문에 뭔가를 집어넣어 다시 열리게 했다. 그러고는 우르르 그를 따라 내렸다.

모두 5명이었다.

K는 아무 것도 알아차리지 못한 사람처럼 태연히 움직였다. 그들을 완전히 따돌릴 수도 있지만, 그들과 적당한 거리를 유지시켰다. 자기를 쫓는 자들의 정체를 알아 놓아야 하기 때문이었다. K는 천천히 인적이 뜸한 지하철역 구석으로 향했다. 지나가는 사람이 드문 곳에 다가갈수록, 그들은 K에게 바짝 다가갔다. 모퉁이를 도는 순간 K는 그곳이 막다른 곳을 알고 뒤로 돌아 그들을 기다렸다.

몇 초 후에 그들이 나타났다.

그들은 태연히 자기들을 기다리는 그를 보고 약간 당황하는 것 같았지만, 이내 그를 둘러쌓다. 그들 중에 두목으로 보이는 사람이 뭔가 말을 시작하려는 순간이었다.

갑자기 찢어지는 듯한 여자의 비명소리가 들렸다.

2019년 5월 12일 11시 12분

박 신부의 사무실에 들어온 김 박사는 책장 가득히 보이는 책들을 보고 놀라지 않을 수 없었다. 종이로 만든 책이 구시대의 유물로 사라진 지 벌써 꽤 되었는데도 박 신부는 아직도 많은 종이책을 지니고 있었다. 마치 고물상에 들어온 것 같은 기분이었다.

1998년 말, IBM에 의해 개발된 초해상도 모니터가 탄생한 이후, 사람들은 모니터를 통해서도 인쇄물을 보는 것과 똑같은 질감과 해상도를 제공받을 수 있게 되었다. 그 후 급속도로 발전된 기술로 휴대와 보관이 불편한 종이책은 점점 사라지고, 데이터로 변형된 새로운 의미의 책이 그 자리를 대신하게 되었다. 20세기 최고의 인터넷 서점이었던 아마존은 21세기에 들어와 책 대신 그 속의 데이터를 전송해주는 서점으로 모습을 재빠르게 바꿔서 큰 성공을 거두게 되었다. 예전에 쓰이던 종이로 된 책은 CD에 밀려 사라졌던 LP처럼, 구 시대의 향수를 자극하는 기호품으로 전락했다.

"오셨습니까?"

뒤를 돌아보니, 깡마른 체격의 박 신부가 서 있었다. TV나 사진에서는 온화한 모습의 전형적인 성직자의 모습이었으나, 실제로는 날카로운 인상을 가지고 있었다.

"안녕하세요, 어제 전화 드렸던 김경태라고 합니다."

"그 유명하신 김 박사님을 직접 뵙게 되다니, 영광입니다. 그런데 과학을 연구하시는 분이 무슨 일로 저 같은 성직자를 찾아오셨죠?"

박 신부의 인사말은 지나치게 겸손한 말이었다. 실제로 박 신부는 과학적인 시각으로는 모순투성이인 신학을 과학적으로 분석하여 그 논리성을 높인 학자로 유명했다. 하지만 너무 급진적인 이론으로 신학계와 과학계 양쪽에서 거센 비판을 받고 있었다.

"논문들과 저서들 참 감명 깊게 읽었습니다. 특히 '빅뱅과 창조론' 은 흥미로웠죠."

“부끄럽습니다. 대 물리학자 분께서 그런 졸고를 읽으셨다니. 어느 무식한 자의 헛소리로 생각해 주세요. 혹시 그 책 때문에 오셨나요?”

김 박사는 40대 중반의 깡마른 신학자를 진지하게 바라보며 찾아온 목적을 얘기했다.

“아니, 그 책 때문은 아니고요. 이 논문 때문에 왔습니다.”

김 박사는 가져온 DNP(디지털 노트 패드)에 담겨진 논문을 박 신부에게 보여주었다. 논문 제목은 ‘세기말의 적, 그리스도와 악마의 현상들에 대한 고찰’ 이었다. 그것을 보고 박 신부 역시 놀란 표정을 지었다.

“어떻게 이 논문을 가지고 계시죠? 이건 제 대학원 석사 논문인데. 이 논문에 무슨 문제가 있나요?”

의아해하는 박 신부에게 김 박사는 DNP를 조작해서, 논문 중에 제 3장을 보여주었다.

“바로 3장이 제가 관심을 가지고 있는 부분입니다. 여기에 대한 말씀을 좀 듣기 위해 온 것입니다.”

김 박사가 가르킨 부분을 본 박 신부는 움찔거리며 표정이 굳게 굳어졌다. 그 부분의 제목은 ‘도살자, 연쇄살인 속의 악마성’ 이었다.

1999년 4월 20일 15시 25분

K를 둘러싸고 있던 정체 모를 사내들은 갑작스런 여자의 비명에 잠시 당황하며 그 쪽을 돌아보았다. 거기에는 한 젊은 여자가 이쪽을 보고 겁에 질린 모습으로 소리치고 있었다.

"사람 살려요! 사람! 깡패들이에요!"

사내들은 돌발적인 방해꾼이 등장하자 처음엔 움찔 당황했다. 그러나 워낙 한적한 곳이라 주변에 있는 사람은 아무도 없었다. 두목처럼 보이는 사내가 눈짓을 주자, 눈짓을 받은 사내는 재빠르게 그녀에게 다가가 순식간에 그녀의 입을 틀어막고 구석으로 끌고 갔다.

예상치 못한 방해가 해결되자, 그 사내들은 다시 그들의 표적인 K에게 다가왔다. 그들은 한 마디 말도 없이, 천천히 그를 둘러싸고 품에서 뭔가 하나씩 꺼내들었다. 그들은 그를 둘러싸는 일에는 한 치의 빈틈도 보이지 않는 프로였다.

그때였다.

아까 여자를 끌고 가던 사내가 '윽!' 하는 비명과 함께 얼굴을 감싸쥐고 괴로워했다. 여자의 손에는 작은 스프레이가 쥐어져 있었다. 그들이 그쪽을 돌아보는 순간, 약간의 빈틈이 보였다.

K는 그 틈을 놓치지 않고 재빠르게 몸을 날렸다. 우선 통로쪽을 막고 있던 사람의 턱을 무릎으로 가격했다. '우지끈' 하고 턱뼈가 으스러지는 소리가 들리더니 그 사내는 뒤로 나동

그라졌다. 상대의 뼈가 박살나는 촉감이 무릎에 느껴지는 순간, 그는 이상야릇한 쾌감이 느껴졌다.

순식간에 한 사람을 쓰러뜨린 그는 지체하지 않고, 다음 행동에 나섰다.

2019년 5월 12일 11시 31분

"그 논문은 제가 대학원을 졸업할 때, 그러니까 2000년 12월쯤 쓴 논문입니다. 사실 잘 알지도 못하고 썼던 글이죠. 지금 보기엔 부끄럽기까지 합니다만. 그 당시 저는 1990년대 말에 보이던 세기말적 징후들에 관심이 많았습니다. 라니냐나 엘리뇨 같은 기상이변이나 자연현상보다는, 사람들에게 일어났던 인식의 타락 또는 범죄나 사건 중심으로 바라보았죠. 저는 그 시기에 일어났던 엽기적인 사건 중에는 분명히 뭔가의 영향이 있다고 생각했습니다. 그래서 그 알 수 없는 영향력을 찾아보았습니다. 단지 세기말이기 때문에 사람들이 느꼈던 무력감과 이성의 해이함은 아니었습니다. 급증했던 사이비 종교, 범죄, 살인, 살육… 이 모든 것이 동일한 원인을 지니고 있다고 봤습니다.

1999년이 끝나갈 무렵에 기자 친구를 하나 만났죠. 그때 나눈 얘기가 제가 이 논문을 쓰게 된 계기가 된 셈이죠. 그 친구 말이 그때 이상할 정도로 엽기적인 사건들이 늘어난다고 했습니다. 세상을 뒤흔든 도살자 연쇄살인을 제외하고도.

너무 많은 끔찍한 사건이 일어나서 기사화 되지 않는 경우가 많더군요. 그 당시 사람들이 도살자 사건에 너무 충격을 받아 더 이상 그런 사건을 기사로 다루지 말라는 위로부터의 압력도 있었다 하더라고요. 친구는 기사화 되지 못한 것 중 섬뜩한 사건을 하나 얘기해주었습니다.

가수를 꿈꾸던 고등학생이 가족을 잔인하게 난도질해 죽인 일이 있었데요. 경찰은 처음에 그 고등학생이 환각 상태나 정신이 이상해져, 가수가 되길 반대하던 부모와 가족을 살육했다고 봤다더군요. 하지만, 조사결과 그 고등학생은 전혀 환각제를 복용하지 않았고, 정신 검증 결과도 제대로 나왔다는 것이에요. 저도 그 얘기를 듣고는 그 고등학생이 무슨 헤비메탈이나 악마주의 음악 같은 것에 심취하는 것으로 생각했습니다. 그런데 그 기자 친구는, 그 고등학생은 아주 모범생이었고 심취했던 음악은 다름 아닌 복음성가였다고 말해주었습니다. 그 말에 저는 충격을 받았죠. 그 기자 친구가 직접 그 고등학생과 나눈 대화 내용은 더 큰 충격을 주었고요. 그 고등학생이 그랬다더군요.

평상시처럼 집에 들어왔는데, 갑자기 어지러워지면서 악마의 목소리가 들렸다는 겁니다. '가족을 죽여라' 하는. 그 목소리를 거역할 수 없었고, 가족들이 추악한 괴물이나 악마의 모습으로 보였답니다. 정신을 차려보니, 온 가족이 살육되어 있었고, 자기는 피투성이가 된 채로 피 묻은 식칼을 들고 있더래요. 자기도 왜 그랬는지 전혀 모르겠다며 절규했다더군요. 그 말에 저는 세기말에 등장하는 악, 아니 악마의 존재에 대해 관심을 가지게 되었죠. 그래서 제법 많은 자료를 수집했고, 그러다 보니 이 논문이 나왔습니다. 이런 것에 대해 가장 큰 의미를 내포한 사건은 역시 도살자 연쇄 살인이었죠."

박 신부의 얘기를 진지한 표정으로 듣고 있던 김 박사는 결연한 표정을 지으며 박 신부에게 물어보았다.

"논문을 읽고도, 계속 저를 괴롭히던 의문이 하나 있습니다. 아니죠, 그 놈이 나타난 이후로 제 평생을 괴롭히던 의문입니다. 도살자, 그 놈은 정말로 악마였습니까?"

1999년 4월 20일 15시 31분

한 사람을 순식간에 쓰러트린 K는 거침없이 쓰러진 사람을 뛰어넘어 달리기 시작했다. 의외의 기습에 당황한 그 패들은 K의 다음 공격을 대비했지만, 그는 예상을 깨고 도망가기 시작했다. 사실 K는 자기를 포위했던 사람들을 충분히 쓰러뜨릴 수 있었다. 하지만 계획 이외의 사건에는 휘말리지 말아야 했기 때문에 최대한 소극적으로 행동했다. 그리고 그 정체불명의 사람들이 단지 경마 상금을 노리는 자들인지, 아니면 자기를 노리는 어떤 놈들인지 확인할 길이 없어서 경솔히 행동할 수 없었다.

그가 순식간에 지하철 쪽으로 달려가자, 잠시 당황하던 그 패들은 그를 쫓아가기 시작했다. 두목으로 보이던 사람은 K에게 당한 동료를 살펴봤지만, 한 눈에 목뼈가 부러져 즉사한 것을 알 수 있었다. 시체 앞에 무릎을 굽힌 우두머리는 주먹을 불끈 쥔 채 분노를 참고 있는 듯했다. 순식간에 반전된 상황을 틈타 그 여자 역시 자리를 피해 어디론가 달려가기 시작했다.

한 손에 쥔 무거운 돈 가방과 지나가는 사람들이 방해가 되어 쫓아오는 사람들을 쉽게 따돌릴 수 없었다. 한참을 달려가다, 마침 지하철이 들어오는 소리를 듣고, 그는 승강장으로 뛰어 내려갔다. 봇물이 터지듯 지하철에서 쏟아져 나오는 사람들을 제치고 간신히 문에 올랐다.

문이 막 닫히고 있을 때, 뒤쫓던 패들이 나타났지만 그들이 문 앞에 다다랐을 때엔, 이미 지하철은 움직이기 시작했다. 사내들은 점점 빨라지는 지하철 속에서 K의 모습을 찾으려 애썼지만, K는 이미 콩나물시루 안의 콩나물처럼 빽빽이 들어찬 지하철 승객들 사이로 몸을 숨기고 있었다. 역을 떠나온 지하철 안에서, K는 숨을 가다듬으면서 지금까지 있었던 일을 머릿속에서 정리해 보려 했다.

중요한 것은 그 놈들의 정체였다. K는 그들이 정말 돈을 노렸던 평범한 깡패였기를 바랬다. 흔들리는 지하철에서 생각에 빠진 그는, 자기를 주시하면서 다가오는 시선을 느끼지 못하고 있었다.

2021년 10월 17일 5시 33분

텅빈 연구소로 돌아온 김 박사는 자기 자리에 풀썩 쓰러졌다. 그 동안 고생했던 연구원들에게는 일주일 기간의 휴가를 주었다. 사람 한 명도 안 보이는 창백한 불빛 아래의 연구소 안은 마치 버려진 집처럼 느껴졌다. K를 1999년으로 보낸 것이 어제인데. 벌써 수십 년 전 일같이 느껴졌다. 김 박사는 지금 자신이 이 자리에서 이런 생각을 하는 모든 상황 자체가 이미 과거로부터 인과한 일이라는 생각이 떠올랐다. 예전부터 생각해 오던 일이긴 하지만 막상 닥치니 허무했다. 결국 아직까지는 K에게 아무런 변화도 없는 것이었다.

하지만 왠지 김 박사는 그가 자기 임무를 완수했건 실패했건 간에 그건 모두 과거의 일이고, 가설이지만 어떠한 결과가 나오더라도 지금 현재의 자기 생활에 영향을 미치지 않으라는 확신이 점점 강해졌다.

'시간이라….'

연구를 하면 할수록 '시간'이라는 신의 규칙은 복잡하기만 했다. 가끔은 그런 복잡한 규칙에 도전하는 자신이 너무 무모하게 느껴졌다. 하지만 김 박사에게는 이번 실험의 목적은 과학적인 이론의 검증이 아닌 지극히 개인적인 일이었다.

오후에는 가족묘를 다녀왔다.

20년 전에는 공원묘지에 안장되었지만, 지금은 묘지관리법에 의해 서울지구 제3납골당에 안장되어있다. 법이 시행되던 처음 얼마간은 묘지에 술이라도 뿌리던 관습을 가진 일부 상류층들이 납골당을 싫어해 불법으로 개인 묘를 만들기도 했지만, 이제 대부분의 사람들은 가로 세로 20센티미터 크기의 철상자를 이용하게 되었다. 김 박사는 자신이 행한 행위에 대해, 부인과 딸에게 말해주었지만 그들이 바라던 것이었는지는 확신할 수 없었다. 다시 생각해 봐도, 이미 떠나버린 그들을 위해서라기보다는 자신을 위한 행동이었던 것 같았다.

거기까지 생각이 미친 김 박사는 괴로움에 한숨을 지었다.

"박사님, 오늘 웬일이세요? 며칠 쉰다고 그러셨잖아요."

김 박사의 사색을 깬 것은 다름 아닌 노기석 연구원이었다. 20살이 갓 넘은 노기석은 이번 프로젝트 팀에 최연소 팀원이었다. 아마 내년 안으로 김 박사의 기록을 깨며 최연소로 박사학위를 받을 것이다. 김 박사는 평소에도 노기석의 탁월한 능력을 총애하고 있었다.

"아니, 뭐 좀 정리할 것이 있어서. 그런 자네야말로 좀 쉬라고 했는데, 여긴 웬일이야?"

"집에서 쉬고 있으니, 심심해 죽을 것 같아서요. 뭐 할 일 없나 해서 나와 봤어요."

"자넨 여기가 지긋지긋 하지도 않나? 나 같으면 Moon space 유람선이나 타고 오겠다."

말은 그렇게 했지만, 김 박사는 일에 미친 노기석을 보니 자신의 청년 시절이 생각났다. 하지만 일을 향한 열정과 희열 때문에 가장 중요한 가족을 등한시했던 실수까지 머리에 떠올랐다. 그때는 정말 그랬지. 그러다가 가족도 잃어서 더욱 죄책감을 느끼고.

"집에 멍하니 있으려니, 좀 궁금한 것이 있어서요. 저 원래 호기심이 발동하면, 그것을 풀 때까지 아무것도 못하잖아요. 그래서 휴가기간 동안 그 호기심이나 해결할까 해서요."

김 박사는 노기석을 보고 역시 호기심이 느껴졌다.

"우리 노 연구원이 휴가까지 반납하고 연구할 정도로 호기심이 생기는 일이라니, 뭔가 대단한 일인가 보군. 노벨상을 목표로 하는 연구인가 봐? 이번엔 어떤 과제야? 양자 물리학 쪽인가?"

노기석은 김 박사의 장난기 어린 질문에 난감하다는 듯이 고개를 갸우뚱거리며 질문에 대답했다. 김 박사는 그의 대답을 듣고 충격을 받을 수밖에 없었다.

"사실은 그쪽 일이 아니라. 그냥 개인적인 호기심 해결 차원에서예요. 박사님이 잘 말해주시진 않았지만, 우리 프로젝트는 사실 도살자 사건과 밀접한 관계가 있었잖아요. 그래서 그 도살자란 놈에 대해 좀 알아보려고요. 불과 8개월여 동안 169명을 죽인 살인마에 대해 그렇게 많은 조사를 했는데도 아무도 그 정체를 모른다는 것이 말도 안 되는 것 같아서요. 제가 태어나기도 전에 일어났던 일이지만, 그 사건에 대해서 수많은 기록이 남아 있잖아요. 물론 공식 수사기록이 공개되려면 10년 정도 더 남았지만, 나머지 기록들만 꼼꼼히 검토해도 도살자의 정체를 밝혀낼 수 있을 것 같아서요. 그 악마의 정체를요."

2001년 2월 12일 오전 11시 1분

"죄송합니다. 원칙적으로 모든 수사기록은 일반 공개가 불가능합니다. 상부에서 특별한 지시 없이는 요청하신 자료를 내드릴 수 없습니다."

"도대체 이유가 뭐예요? 그 수사기록만 유독 한 부분도 공개하지 않는 이유가?"

김 박사의 추궁에 검찰 담당자는 원칙만 들먹이며 대답을 회피하고 있었다. 수사자료 공개 개정안이 국회에서 통과되었지만, 기본 공개는 30년 후였고, 게다가 필요에 따라서 공개를 연장할 수도 있었다. 김 박사로는 그 기록을 30년 이상 기다릴 수 없는 입장이었다.

정상적인 생활로 돌아오자마자, 김 박사가 시작한 일은 바로 도살자에 대한 모든 자료를 모으는 것이었다. 신문, 잡지, 그밖에 얻을 수 있는 모든 자료는 그럭저럭 모아졌다. 하지만, 가장 핵심이라고 할 수 있는 수사기록은 전혀 구할 수 없었다.

"그럼 좋소! 내 무슨 일이 있어도 그 수사기록을 얻어내겠소! 반드시!"

나중에 안 일이지만, 수사기록 비공개에는 경찰과 검찰의 내부적인 문제가 큰 원인이었다. 건국 이래 가장 큰 사건을 해

결하는 데 실패한 두 기관의 실패담이 적나라하게 기록되어 있는 셈이었다. 총리를 비롯해 내무부 장관이 3번이나 경질되고, 수많은 검찰과 경찰이 그 사건으로 인해 해임되거나 징계를 받았지만, 더 많은 관계자들이 다칠 수 있는 기록들이 그 파일에 담겨 있었다. 그로부터 6개월 후, 김 박사는 대통령의 비밀 허가를 앞세워 모든 수사기록을 열람할 수 있게 되었다. 물론 절대 비공개가 원칙이었다.

1999년 4월 20일 15시 40분

지하철에 몸을 실은 K는 생각에 깊이 빠져 있었다. 최대한 계획에 따라 행동하려고 했던 김 박사의 의도는 정체 모를 사람들의 습격으로 인해, 어그러진 것이다. 그는 최선을 다해 사건을 최소화하기 위해 그 자리에서 몸을 뺐지만, 그 과정에서 한 명의 괴한을 쓰러뜨려야 했다. 타격의 부위와 강도로 봐서는 상대방은 즉사했을 것 같았다.

그는 자기 손에 의해 현재 시간대의 한 사람이 죽었다는 사실에 기묘한 감정이 느껴졌다. 죄책감이나 양심의 가책이라기보다는 아이러니 같은 것이 느껴졌다.

한 사람이라도 죽는 것을 막기 위해 여기에 온 것인데, 그 목적을 이루기도 전에 한 사람을 죽인 것이다. 그는 자기 마음속에서 알 수 없는 감정들이 혼란을 일으키고 있다는 것을 느꼈다.

그는 그렇게 골똘히 생각에 잠기는 바람에 자기를 주시하고 있던 사람이 바로 자기 등 뒤에 접근할 때까지 알아차리지 못했다. 다음 순간, 그제야 그는 뒤에 이상한 낌새를 알아차리고 몸을 돌려 자기 뒤에 접근한 사람의 손목을 낚아챘다.

"어머!"

그는 자기에게 손목을 잡힌 사람이 여자라는 것을 보고 당황했다. 예기치 못한 그의 반응에 놀란 그 여자는 금세 침착하고 밝은 목소리로 그에게 얘기했다.

"아니, 위기에서 구해준 사람을 이렇게 아프게 잡는 법이 어디 있어요? 나는 아까 얼마나 무서웠는데요."

처음에는 그녀가 무슨 얘기를 하는지 잘 알 수 없었다. 하지만 자세히 살펴보니, 아까 그 정체 모를 사람들한테 포위되었을 때 나타났던 그 여자였다. 옅은 화장에 청바지에 하얀 면티셔츠를 입고 있는 것이 예쁜 여대생으로 보였다. 머뭇거리는 그를 보고 그 여자는 얘기를 계속했다.

"고맙다고 안 해요?"

커다란 눈으로 장난기 어린 미소를 띠고 얘기하는 그녀를 보고, 그는 엉겁결에 말해버렸다.

"죄송합니다."

K의 엉뚱한 말에 그녀는 '풋' 웃으며 부드럽게 미소 지었다.

"참 재미있는 분이네요. 아까는 무시무시하게 보였는데."

K는 스스럼없이 말을 거는 쾌활한 그녀에게 이상할 정도로

호감이 갔다. 더 놀라운 것은 자신에게도 감정이 있다는 사실이었다. 낯선 사람의 접근에 대해 우선적으로 느껴야 할 경계심이 약해지고 있다는 사실….

2020년 2월 1일 14시 40분

"고민이 하나 생겼네."

"무슨 고민인데?"

서 박사는 갑작스럽게 김 박사를 찾아와 다짜고짜 고민을 털어놓으려 했다. 서로 일주일마다 업무 진행사항을 교환하고 있음에도 불구하고, 서 박사가 갑자기 직접 찾아왔다는 것은 필히 중대한 일이 있다는 말이었다.

"그에 대한 치료는 이제야 어느 정도 효과를 거두고 있다고 했지. 하지만 결코 만만한 일이 아니야. 전에도 얘기해 주었듯이 그는 끔찍했던 경험으로 인해, 자기의 모든 기억과 감정과 인성을 지워버렸네. 그것이 자기 의지였건 아니었건 간에 말이야.

그래서 나는 시간을 두고 처음부터 차근차근 시작해 나가기로 했네. 다시 말해 그의 인생을 다시 만들어주는 것이었지. 치료라기보다는 인간을 하나 만들어내는 교육이었어. 지금 현재 그는 아마 열두세 살 정도의 학습능력과 사고능력을 지니게 되었어. 이런 식으로 진행된다면 자네 실험 일정에 맞출 순

있을 것 같지만."

"그렇담 뭐가 문제야? 그가 또다시 원인 모를 발작을 하기 시작했나?"

서 박사는 주머니에서 담배를 하나 꺼내서 불을 붙였다. 구시대의 니코틴 덩어리 담배가 없어진 지는 10년이 넘었다. 정부의 강력한 규제로 담배는 불법 상품이 되었다. 하지만 거대자본의 담배 회사는 담배를 대치할 만할 기호품을 상품화하는데 성공했다. 담배와 똑같은 맛과 기능을 가졌지만(심지어는 연기까지) 인체에 무해한 상품이 나와 구시대 담배의 위치를 훌륭히 대치했다. 물론 담배 재배 농가의 강력한 반발이 있었고, 아직도 소송이 진행중이지만, 각 담배 회사는 한술 더 떠 건강증진 담배라던가, 영양제를 함유한 담배를 팔기 시작했다.

인체에 무해한 것을 잘 아는 김 박사지만, 남의 담배 연기는 싫기 때문에 습관적으로 서 박사의 담배 연기를 손으로 저어 날렸다. 서 박사는 그런 김 박사의 모습을 보며 얘기를 계속 했다.

"그 발작 문제는 해결됐네. 언제 또 재발할지 모르지만. 오늘 고민은 그 발작 문제가 아니야. 그의 사회성일세. 아까 말했던 것처럼 그는 다시 하나의 인간의 모습을 갖추어가고 있네. 다른 모든 것은 교육과 치료로 주입할 수 있네. 우리가 필요로 하는 많은 지식과 기술, 그리고 도덕심까지…. 하지만, 사회성은 교육만으로 해결될 문제는 아니거든. 직접 사람과 접촉해가며 증진시킬 수 있는 능력이란 말야. 쉽게 말해 수많은 종류의 사람들을 만났을 때 어떻게 대처해야 한다는 판단 능력 같은 것이지. 이것은 철저하게 경험에서 우러나오거든.

생각해보게.

알다시피 그는 거의 20년이 넘게 철저히 격리된 채로 살았어. 도살자 사건 이후로 만나본 사람의 수는 다 합해도 100명이 넘지 않을 거야. 20년 동안 말야. 그런데 그런 그가 혼자 1999년에 가서 어떤 사람들을 만나 어떤 일이 발생할지 어떻게 알 수 있나? 그런 일들은 우리가 계획으로 예측할 수 있는 것들이 아니야. 그가 스스로 느끼고 대처해야 하는 것이란 말야. 어떻게 그의 사회성을 시간 내에 발달시키냐는 말이지?"

"그게 그렇게 심각한 문제야?"

김 박사의 반문에 서 박사는 답답하다는 듯이 신경질적으로 담배를 비벼 끄며 대답했다.

"이 친구 답답하긴. 물리학엔 천재지만, 사람에 대해서는 완전히 빵점이네. 만약, 그가 우연히 한 여자를 만나 사랑에 빠진다면 어떤 일이 일어날 줄 예측할 수 있어? 아니면 길거리에서 시비 거는 깡패를 만난다면? 이런 것들이 우리들은 무의식중에 간접 경험으로 터득할 수 있는 능력들이야. 물론 간접 경험의 형태로 습득할 수는 있지만, 거기에는 한계가 있는 법이고. 그는 지금 이런 능력이 결여되어 있는 상태야."

"그런가? 그런 문제가 있었군."

서 박사는 고민스러운지, 담배를 하나 더 빼 물고 얘기를 계속했다.

"극단적인 방법은 하나 있어. 그가 1999년으로 갔을 때, 사회적 접촉을 최소화하는 것이지. 필수적인 사회성만 습득시키고, 나머지 접촉은 일관적으로 회피하게 만들면 되는 거야. 자네에겐 이렇게 얘기하면 이해가 쉽겠군. 컴퓨터 프로그램의 룰(rule)을 만들 듯이 그를 교육시키면 될 수도 있어. 하지만 그 경우도 돌발적인 사태에는 전혀 도움이 안 될 테지."

그 얘기를 들은 김 박사는 혼란스러운 표정으로 잠시 상념에 잠기더니 혼잣말처럼 중얼거렸다.

"만약 그렇게 한다면, 우리 목적을 위해 한 인간의 인성을 철저히 파괴하고 조작한다는 얘기잖아. 어쩌면 우리도 도살자 못지않은 죄를 저지르고 있는 것일지도 모르겠어. 휴…."

1999년 4월 20일 17시 45분

"죽을죄를 졌습니다. 저의 죄를 사하여 주십시오. 교주님. 제발…"

지하철에서 그를 둘러쌓던 그 정체불명의 사내들 중에 두목은 교주라는 사람에게 무릎을 꿇고 빌었다. 어두컴컴한 단상 위에 있는 그 교주라는 사람은 체형이 너무 말라서 날카로워 보일 정도였다. 그는 무표정하게 자기 발밑에 엎드려 있는 사내들을 내려다보고 있었다.

엎드려 있는 사내들 옆에는 그에게 목뼈가 부러져 죽은 시체가 빨간 천에 쌓여 있었다. 두목은 겁에 질린 목소리로 계속 해서 교주에게 얘기했다.

"그 놈이 그런 놈일 줄은 몰랐습니다. 너무 갑작스럽게 달려 드는 바람에… 내일 가서 더 많은 봉헌금을 걷어오겠습니다. 한번만 더 기회를 주십시오."

아무 말 없이 가만있던 교주는 음침한 목소리로 천천히 물어보았다.

"종말일까지 며칠 남았는지 기억하고 있느냐?"

"예, 정확히 87일입니다. 그전에 파리 같은 목숨이지만 그것이라도 바쳐서 모든 준비를 끝마치겠습니다."

교주는 두목의 대답에 입술을 옆으로 비틀며 싸늘한 미소를 지었다.

"그럼 됐다. 하지만 형제의 죽음은 우리에게 큰 의미를 가지고 있지. 자 그럼 교리대로 의식을 치른다."

교주의 말이 떨어지자마자, 단상 뒤에서 핏빛 천으로 온 몸을 두른 네 사람이 천천히 걸어 나왔다. 그들의 손에는 날카로운 칼들이 쥐어져 있었다. 그것을 본 두목과 같이 엎드려 있던 사람들의 표정들이 두려움으로 새파랗게 질렸다. 붉은 천의 네 사람은 천천히 역시 붉은 천으로 쌓여 있는 시체에게 다가갔다. 네 사람은 시체를 싼 붉은 천의 네 귀퉁이를 동시에 들더니 교주 앞에 있는 테이블 위로 들고 와서 내려놨다. 그러고는 절도 있는 손놀림으로 시체의 붉은 천을 펼쳤다. 붉은 천 위에 놓인 시체는 퀭한 눈을 하고는 혀를 빼물고 있었다. 두목을 비롯한 그 패들은 구역질이 날 것 같았다. 하지만 이것은 의식의 시작에 불과했다. 시체를 덮었던 천을 펼친 네 사람은 익숙한 듯이 칼을 들어 시체의 몸을 가르기 시작했다. 기분 나쁜 냄새와 함께 검붉은 피가 갈라진 시체 사이로 흘러왔지만, 네 명은 아무렇지도 않게 작업을 했다. 신자들과 엎드려 있던 사람들은 그 끔찍한 모습에 정신이 아찔했지만 억지로 보고 있었다.

교주는 팔을 들어 신도들의 외침을 유도했다. 100여 명이 넘는 신도들은 점점 큰 괴성을 지르기 시작했다. 그 광기 어린 외침은 점점 커졌다. 피범벅이 된 칼을 휘두르던 네 명은 작업이 끝났는지, 일제히 칼을 거두었다. 교주가 팔을 들어 신도들의 외침을 멈추게 했다.

바람소리 하나 들리지 않는 적막함이 사방을 채웠다.

교주는 난도질당한 시체가 놓인 연단으로 천천히 걸어가서, 엎드려 있던 두목을 손짓으로 불렀다. 지명된 두목은 두려움이 가득 찬 얼굴로 최면술에 걸린 것처럼 연단으로 걸어갔다. 두목이 연단 앞까지 가서 걸음을 멈추자, 교주는 피가 뚝뚝 떨어지는 시체의 살점을 집어들어 새파랗게 질린 두목의 입으로 가져갔다.

교주는 사악한 목소리로 외쳤다.

"형제는 죽어서도 우리 안에 있으리라! 너희들은 순교한 형제의 육을 삼켜서 한 몸이 되리라!"

교주의 외침에 호응하듯, 잠자코 있던 신자들이 광기 어린 괴성을 다시 지르기 시작했다. 함성은 점점 빨라지고 커져 혼이 빠질 정도로 커졌다. 시체의 살점을 든 교주의 손이 점점 공포에 질린 두목의 입으로 다가갔다. 신자들의 빠른 괴성은 거역할 수 없는 악마의 외침처럼 울려 퍼졌다. 불과 몇 시간 전만 해도 자기 부하였던 자의 살덩이를 눈앞에 둔 두목의 표정은 형용할 수 없는 공포로 일그러졌다.

1999년 4월 20일 18시 15분

"그 영화 얼마나 재미있는데요. 아직도 그 영화 안 보셨어요? 정말 방글라데시에서 오셨나 봐요?"

그녀는 뭐가 그리 신이 나는지 벌써 한 시간 째 별 말없는 K를 향해 수다를 떨고 있었다. 그녀는 '지하철에서의 은인'을 그냥 보낼 거냐며 차 한 잔이라도 사라면서 그의 팔을 붙잡았다. 머뭇거리던 K는 거의 그녀에게 잡아끌리듯 카페로 이끌려 왔던 것이다.

K는 서 박사의 교육대로 외국에서 오래 생활했다는 것으로 세상 물정에 어두운 점을 변명했다. 하지만 그녀는 그런 것이 오히려 재미있는지 지치지도 않고 이야기를 계속했다. K는 학습한 대로 자기 자신에 대해선 기초적인 몇 가지 사항만 말해 주고 계속 그녀의 얘기를 듣고 있었다.

엉겁결에 끌려오긴 했지만, 해맑은 미소를 띠며 밝게 이야기하는 그녀를 보니 은근히 기분도 좋아졌다. 원래는 이런 예기치 않았던 타인과의 만남은 30분 이상 지속시키지 말라는 가이드라인이 있었음에도 불구하고 이상하게도 그는 서희라는 이름의 그 아가씨와 대화하는 시간이 좋았다.

"한참을 혼자 떠들다 보니, 아저씨 이름도 잊어버렸네. 유재훈이라고 하셨죠? 우리 과에 김재훈이라는 애가 있었는데, 얼마나 싸이코인지…"

그녀와의 대화가 편한 점은 그리 많은 것을 묻지 않는다는 점이었다. 기본적인 이름과 사는 곳, 직장 정도를 물어보았을 뿐, 대부분 자기 말만 하는 것이었다. 한 시간의 대화를 통해 그는 서희라는 아가씨가 대학교 졸업반이고 영어를 전공하고 있고, 영화를 좋아하고, 아직 남자 친구가 없다는 등등 거의 모든 것을 알게 되었다.

그는 재잘거리며 떠들고 있는 그녀를 유심히 보았다. 짧은 단발에 까만 눈이 매력적이었다. 그의 눈에도 예쁜 얼굴이었다. 항상 미소를 띤 인상이 그에게 이유 모를 안정감까지 느끼게 해 주었다.

"아휴… 한참을 떠드니 배까지 고프네. 아저씨, 이왕 쓰는 김에 밥까지 사주는 게 어때요? 이 가게 김치볶음밥 끝내주게 잘 하는데…."

어느새 저녁 시간이었다. 습득한 규칙을 어겨도 한참 어긴 K는 한동안 망설였다. 하지만 그녀의 모습에 결국 무너졌다.

"드시고 싶은 것이 뭐죠?"

"와! 정말 좋은 아저씨네요. 감사합니다! 당연히 김치볶음밥이지요. 맥주도 한잔하면 더 좋고."

곧 먹음직스런 김치볶음밥과 맥주가 나왔다.

맥주를 처음 본 K는 서희가 건배를 제의하자 얼떨결에 한 잔을 꿀꺽 들이켰다. 맥주는 좀 씁쓸한 음료였지만, 청량감이 느껴지면서 이상하게도 매력적인 맛이었다. 맥주를 처음 마셔본 K는 그 맛에 매료되어 밥보다는 맥주를 들이키기 시작했다.

"야… 아저씨 술 잘 드시네요. 제 것도 드세요. 저는 김치볶음밥이면 되니까요."

그녀는 자신의 맥주를 K에게 넘기고 밥을 먹기 시작했다. 맥주를 순식간에 두 잔이나 마신 그는 요의가 느껴져 자리에서 일어나 화장실로 향했다.

그러자 서희의 눈에서 반짝 빛이 돌았다. 서희는 화장실로 향하는 K의 뒷모습을 뚫어지게 노려보고 있었다. K는 자기의 뒷모습을 이상야릇하게 바라보는 서희의 눈초리를 알아차리지 못한 채 재빠르게 화장실로 발걸음을 옮겼다.

처음 마신 맥주 때문에 취기를 느낀 K는 화장실에서 거울을 보며 잠시 생각했다.

'나는 지금 무엇을 하고 있는가?'

항상 자신을 괴롭혀 온 의문이 다시 떠오르기까지 했다.

'아무도 아는 사람 하나 없는 이곳에서 임무를 완수한 다음 무엇을 해야 하는가?'

거울 속에서 자신의 모습을 살피던 그는 잠시 후 고개를 세차게 저었다. 이제 더 이상 쓸데없는 행동과 생각은 그만하고 도살자를 죽이는 임무에 집중해야 한다고 결심했다. 아쉽지만 자리에 돌아가 그 아가씨와의 자리를 파하기로 마음먹었다. 지금 이렇게 노닥거리고 있는 자신이 우스꽝스러워 보였다. 사람을 죽여야 할 놈, 이미 한 사람, 아니 두 사람을 죽인 놈….

굳은 표정을 하고 자리에 돌아온 K는 곧 서희라는 아가씨가 없어진 것을 알았다. 화장실에 갔으려니 하고 자리에 앉은 그는 직감적으로 돈 가방이 없어진 것을 알아차렸다. 그리고 테이블 위에 뭔가를 써놓은 냅킨을 발견했다. 쓰여진 내용을 읽는 순간 K는 어떻게 된 상황인지를 모두 알 수 있었다.

'죄송합니다. 돈 가방은 제가….'

2021년 10월 17일 21시 22분

김 박사로부터 모든 자료를 받아 온 노기석은 자기 방 침대에 편한 자세로 비스듬히 기댄 채로 DNP(디지털 노트 패드)에 디스켓을 넣고 자료를 검색하기 시작했다.

김 박사가 그 동안 모았다는 자료는 실로 어마어마했다. 모든 관련 기사와 뉴스, 수사 자료, 해설, 관련 소설, 영화 등등 별의별 종류의 자료가 다 있었다. 그걸 다 읽는 데만도 몇 년이 걸릴 것 같았다. 어떤 것부터 읽어볼까 인덱스를 훑어보던 노기석은 김 박사가 자료를 건네주며 했던 얘기가 생각났다.

"그 놈의 정체를 한번 밝혀보게. 그런데 명심할 것이 하나 있네. 그 놈의 정체를 파헤치는 것은 좋지만, 너무 깊이 빠지지 말게. '악마의 뒤를 쫓다간, 악마에게 쫓긴다' 라는 말도 있으니까. 나도 그 꼴인 셈이지. 여하튼 조심하게."

그 얘기를 해주던 김 박사는 늘 자신감에 넘치던 그의 모습이 아니었다. 뭔가 죄책감을 느끼는 것 같은, 그에게선 좀처럼 볼 수 없는 모습이었다. 사실 노기석은 이 프로젝트의 진정한 목적이 무엇인지도 모른 채 프로젝트에 임했다. 단지 김 박사의 주도로 시간 여행의 실제 가능성을 타진하는 실험이었고, 20세기 사건 중 가장 미스터리한 사건의 진상을 알아보기 위해 도살자 사건 발생 시점 즈음으로 보냈다는 사실만 알고 있었다. 실험 대상은 자원자였다는 것밖에 모른다. 또한 가장 의문스러운 것은 과거로 보내진 그를 현재로 돌아오게 하는 방법에 대해선 김 박사가 함구하고 있다는 것이다.

실험의 성공 여부를 알기 위해선 과거로 보내진 그가 돌아오든지, 그로부터 뭔가 실험 성공여부에 대한 메시지라도 받아야 하는데, 거기에 대해선 김 박사가 자기 나름대로 다른 프로젝트를 진행중이라는 것밖에 알 수 없었다.

노기석에게 맡겨진 일은 단지 김 박사의 이론에 따라 그를 과거로 보내는 장치 일부를 설계하고 테스트하는 일이었기 때문에, 나머지 일에 대해선 알 수 없었다. 노기석은 분명히 김 박사가 뭔가를 숨기고 있다는 것을 확신하고, 이번 기회에 모든 의문을 풀어볼 작정이었다.

노기석은 커피를 마시며 2002년에 김 박사가 직접 쓴 것으로 보이는 도살자 사건에 대한 개요를 찾아 읽어내려 가기 시작했다.

도살자 연쇄 살인 사건

1999년 전 국민을 공포에 떨게 했던 전대미문의 연쇄살인 사건.

살인범의 동기나 정체는 밝혀지지 않은 채 사건 종결.

그래서 범인 이름이 도살자라고 붙여짐.

현재까지 밝혀진 바에 의하면, 도살자에 의해 살해된 피해자의 수는 169명으로 추정되나, 정확한 피해자의 숫자는 확인할 수 없음.

현재까지의 조사에 의해 밝혀진 바로는 도살자가 저지른 첫 번째 살인은 1999년 4월 21일…

1999년 4월 20일 21시 19분

단상 위에는 처참히 뜯겨진 살덩이 몇 점이 남아있었다.

그것만 보고서는 불과 몇 시간 전에 사람의 시체가 있었다는 것은 도저히 상상할 수 없었다. 광기의 괴성을 질러대던 사람은 다들 사라지고, 차가운 표정의 교주는 얼빠진 듯한 두목을 향해 따라오라는 손짓을 했다. 교주는 두목을 데리고 단상 뒤에 있는 문을 열고 들어갔다. 거기에는 붉은 천으로 둘러싸인 방이 하나 있었다. 그 방에 들어온 두목은 다시 겁이 났다. 들리는 소문에 의하면, 이 방에 들어온 사람 중에 살아서 나온 신자가 없었다는 것이었다. 교주는 그 소문을 아는지 모르는지, 가만히 방 중앙에 있는 의자에 앉아 무릎을 꿇고 있는 두목을 바라보았다. 그리고는 기분 나쁜 목소리를 울리며 광기 어린 어조로 얘기했다. 그 얘기를 들은 두목은 새파랗게 질렸다.

"크라샤두, 이제 너는 이제 한 사람이 아니다. 자크리드를 먹었으니, 둘이 되었다. 신의 명령은 분명하고 단순하다. 자크리드를 죽음으로 밀어 넣은 그 자를 지구 끝까지라도 쫓아가 찾아내라. 그리고 그 자의 사지를 잘라낸 채로 교단으로 끌고 와라. 반드시 산 채로 가지고 오도록. 일주일 내에 신의 명령을 지키지 못할 경우에는 크라샤두 너 역시 우리 몸에 들어오리라. 너 역시 산 채로…."

〈6권에서 계속〉

쉿! 뒤돌아보지 마라.

그가 당신 뒤에서 노려보고 있다!!